U0464850

诗歌卷（二）

公刘文存

公刘 著 刘粹 编

时代出版传媒股份有限公司
安徽文艺出版社

图书在版编目（CIP）数据

公刘文存.诗歌卷：全4册/公刘著；刘粹编.—合肥：安徽文艺出版社，2018.6
ISBN 978-7-5396-5760-8

Ⅰ．①公… Ⅱ．①公… ②刘… Ⅲ．①中国文学－当代文学－作品综合集②诗集－中国－当代 Ⅳ．①I217.2

中国版本图书馆CIP数据核字(2018)第054366号

出 版 人：朱寒冬	特约策划：万直纯
选题策划：朱寒冬　岑　杰	丛书统筹：岑　杰
本册责编：姜婧婧　张妍妍	装帧设计：张诚鑫

出版发行　时代出版传媒股份有限公司　www.press-mart.com
　　　　　　安徽文艺出版社　www.awpub.com
地　　址　合肥市翡翠路1118号　邮政编码：230071
营 销 部　(0551)63533889
印　　制　安徽新华印刷股份有限公司　(0551)65859551

开本：700×1000　1/16　印张：321　本册字数：580千字
版次：2018年6月第1版　2018年6月第1次印刷
定价：780.00元(全9册)

(如发现印装质量问题，影响阅读，请与出版社联系调换)

版权所有，侵权必究

目 录
MULU

001 / 封　闭

002 / 家　乡

003 / 吹号者之死

004 / 象形文字

005 / 皱　纹

007 / 枕　头

009 / 饱　嗝

010 / 雪　景

011 / 誓

012 / 白　花

013 / 献给您一个社会主义的现代化强国

014 / 骨灰呵骨灰……

015 / 咬住嘴唇……

016 / 我做了一个噩梦

017 / 大地以红心为盾

018 / 春天,你好!

020 / 歌声之一

021 / 歌声之二

022 / 铁脚歌

032 / 献给科学大会

038 / 白花·红花

042 / 春　歌

047 / 哀诗魂

056 / 献给宪法第十四条的恋歌

065 / 大行军

070 / 重登景山

071 / 诗的复活

076 / 鼓角鸣

078 / 沉　思

081 / 为灵魂辩护

086 / 星

094 / 问　鞍

095 / 松花江的灵魂

097 / 龙的家族

098 / 千山一峰

099 / 牙　雕

100 / 万人坑中风萧萧

101 / 车过山海关

106 / 爆　竹

112 / 鞍山评论

117 / 东陵回声

119 / 燕子书柬

121 / 石油是什么?

122 / 古潜山

123 / 雁翎油田

124 / 呼　唤

125 / 萨尔图

126 / 07号大轿车

127 / "社会主义大火把"

128 / 波斯菊

129 / 草原落日

130 / 枕　头

131 / 咬　牙

132 / "小会战"

133 / 忽然我想起了十三年前

134 / 江上吟

136 / 书　包

137 / 甜的土地

138 / 信

140 / 芭蕉树下

141 / 为养路工请功

142 / 祖　国

144 / 一路红棉

145 / 凯旋门

146 / 爱是不许浪费的

147 / 打了胜仗的青山割胶了

148 / 什么是勇敢?

149 / 琴

157 / 圣洁的贡献

160 / 再致老街

169 / 鸡的驳斥

174 / 七公尺、一百二十公尺和四千公尺

180 / 闪光的星云

182 / 滇　池

183 / 龙门传说

185 / 山　雨

187 / 石林怀旧

189 / 但愿我不会那么愚蠢

190 / 假如……

191 / 残　雪

192 / 关于真理

193 / 呼　喊

197 / 哎，大森林！

198 / 刑　场

201 / 想想张志新阿姨

204 / 回　答

209 / 竞赛万岁

214 / 上访者及其家属

220 / 从前我们是诚实的

223 / 长城砖

224 / 雪　花

225 / 绳　子

226 / 送给没有见过面的小南方

229 / 骨灰盒上的阴风

231 / 宪兵进行曲

232 / 影　子

234 / 讨论会

235 / 失　眠

237 / 我不是汉朝人

240 / 访大梨花山

245 / 冰　山

246 / 竹　问

247 / 关于《摩西十戒》

249 / 十二月二十六日

253 / 声　音

258 / 寄　冥

264 / 冻　雨

267 / 掌　声

268 / 自卫武器

269 / 读十一月十五日《参考消息》有感

270 / 重　逢

271 / 伤　口

272 / 关于本本的闲谈

273 / 人　梯

274 / 空气和煤气

275 / 自　沉

276 / 自　焚

277 / 死者的名单

278 / 追悼会

279 / 噪　音

280 / 寻觅与呼唤

282 / 寄语政治

284 / 华表的传说

287 / 《丝路花雨》剧评

292 / 八十年代，为什么你迟到一秒钟

295 / 我不要！

296 / 俚　歌

297 / 平方米

299 / 请问……

301 / 无　题

303 / 长江口远眺

304 / 喇叭声声

305 / 致三位不知名的青年引水员

306 / 沿外滩经吴淞至铜沙夜航

307 / 宝山和金山

308 / 工地遐想

309 / 新堤和老堤

310 / 数字概念

311 / 看新建的巨轮下水

312 / 海　魂

313 / 广西都安棉山歌圩口占

314 / 豺狼、猎人和圣者

315 / 我把种子撒在冻土上

316 / 在上海听傅聪独奏音乐会

319 / 往日的梦

320 / 读罗中立的油画《父亲》

323 / 祈　　愿

324 / 笛　　歌

325 / 重读《红烛》

327 / 新短歌行

330 / 西北献辞

331 / 老天！原来你可以这么瓦蓝

332 / 大金瓦寺所见

333 / 塔尔寺酥油花

334 / 我在青海湖边漫步

335 / 赠　　人

336 / 沉　　船

337 / 嘉峪关

338 / 酒　　泉

339 / 红　　柳

340 / 夜走月牙泉

342 / 误　会

343 / 骆　驼

345 / 谒西路军烈士陵

346 / 过河湟古道

347 / 题　画

348 / 阳　关

352 / 海　市

353 / 舟行刘家峡水库有感

354 / 入门第一课

355 / 镍都颂

359 / 给金昌市委的建议

361 / 十八栋"高楼"

363 / 龙首山上的摇钱树

364 / 绿

365 / 水与火

367 / 写给铑、铱的情书

368 / 百万富翁和无产阶级

370 / 电解镍车间的联想

371 / 为解说员作一点补充

373 / 工人浴室印象

374 / 我不说"别了"

009

375 / 我不是孤雁

377 / 雨中登大雁塔

379 / 铁器时代的开始

380 / 项羽算个什么英雄?

381 / 始皇陵上的石榴

382 / 尖底瓶

384 / 假如这些秦俑们突然间都活过来(一)

385 / 假如这些秦俑们突然间都活过来(二)

386 / 华清池

387 / 骊　山

388 / 登未央宫遗址

389 / 南泥湾

390 / 市场沟

393 / 桥

397 / 解　剖

399 / 王家坪前有座桥

400 / 清凉山文物管理处索句

401 / 听　歌

403 / 访桥儿沟鲁艺旧址

405 / 延安啊

410 / 面对忘川

411 / 希　望

413 / 人之歌

415 / 无弦琴

417 / 北京时间

419 / 不单是金杯

420 / 大上海

429 / 石　晷

430 / 本色的条凳

431 / 墙和相框

432 / 没有忘川

434 / 龙之歌

435 / 心　香

436 / 献给长城的情歌

439 / 预　言

440 / 狗　年

441 / 掌灯人礼赞

442 / 乾陵秋风歌

446 / 大雁和鹅

448 / 灵魂和躯壳的对话

450 / 车轮颂

457 / 《彭德怀自述》卷终，有所思

458 / 赠李连杰

460 / 汉阳琴台

462 / 行吟阁行吟

463 / 青铜编钟

465 / 电

466 / 今天轮到了洋人看我们

470 / 三游洞

471 / 龙舟竞渡

472 / 秭归的橘树

473 / 菖蒲艾颂

474 / 屈　沱

475 / 与骚坛社农民诗人们对话

477 / 访昭君村有感

479 / 神　女（一）

480 / 神　女（二）

481 / 神　女（三）

483 / 依斗门的高度

484 / 山　泉

485 / 仰望巴人悬棺

486 / 小三峡印象

488 / 雷鸣二重奏

489 / 背 篼

490 / 川 江

491 / 江轮上的噩梦

493 / 短暂一生中的漫长一夜

502 / 都江堰宝瓶口

503 / 薛涛井

504 / 望江楼评竹

505 / 武侯祠感事

506 / 赠《星星》诸诗友

507 / 石头在歌唱（诗剧）

514 / 最初的一瞥

515 / 沙氏家族

516 / 篱 笆

517 / 致园丁（一）

518 / 致园丁（二）

519 / 火炬树

520 / 花 棒（一）

521 / 花 棒（二）

522 / 文冠果

523 / 李冰太守夜巡歌

529 / 告别庐山雾

530 / 庐山剧场

531 / 仙人洞

532 / 李太白之死

541 / 你！大运河！

543 / 迷　楼

544 / 八怪画馆

545 / 鉴　真

546 / 平山堂

547 / 瘦西湖

548 / 雨花石

550 / 栖霞山第一百窟

551 / 明孝陵

552 / 伟大而悲壮的往事

553 / 石头城

554 / 很久很久以前……

556 / 西去的航程

559 / 铁托墓

561 / 南共大楼

563 / 克拉古耶瓦茨一堵墙

564 / 粉碎性音乐

566 / 噩梦的肖像

567 / 自　由

568 / 活在你们当中的火

569 / 铜　像

571 / 两穗玉米

575 / 在德拉戈米尔同志家宴上想的心事

577 / 朗诵晚会

578 / 邂　逅

581 / 在高速公路上

583 / 多恼多瑙河

585 / 诺维萨特古堡

587 / 雨天游克鲁舍瓦茨

590 / 安德里奇故居

592 / 美人国

595 / 老人和鸽子

597 / 听茨冈人唱歌

600 / 看话剧《岔路口》

602 / 国际书展印象

603 / 一张菜单

605 / 干　杯

607 / 心　约

608 / 九千公尺高空看日出

611 / 寄诗人戴姗卡·马克西莫维奇

613 / 美丽的孤岛

615 / 凤　阳

623 / 桂林，你曾应许我满城桂花

625 / 这不是我梦中的漓江

626 / 芦笛岩

封　闭

用制服封闭体形，
用台词封闭心；

用苦茶封闭失眠，
用鸦噪封闭韵；

用蛛网封闭鸣琴，
用锈斑封闭刃；

用云翳封闭穹窿，
用块冰封闭笋……

肯定是封闭不住的啊，
因为它告诉你有一扇门。

1975 年 12 月　山西忻县

家　乡

我是一只鸟，
在天地间流浪；
我有许多朋友，
他们是云，是风，是虹，
是帆（这船儿的翅膀），
是盲人的拐杖，
是纸鸢牵着的孩子的梦，
是铁窗后面囚徒的目光。

他们给我写了多少信啊，
每逢春天，就变成绿叶，
一张，一张，又一张，
挂满在所有的树上。

谁说鸟是没有通讯地址的？
你看，每一棵树
都是我的家乡。

吹号者之死

告诉我，大地！
为什么，吹号者突然仆倒，
他竟以头颅做鼓槌，
对准你的胸脯猛敲？

而那最后一缕血丝，
也随颤音之波四散飞飘；
远了！
远了！

为什么医生又开始号口兆？
为什么这一切不能写进讣告？
肺叶破裂！
空气不够！

象形文字

唉,黑暗的洞穴!
唉,坚硬的岩壁!
唉,深奥的象形文字,
唉,组成了一个谜!

考古学家与人们打赌,
谁能解得开它的秘密?
我当然是个傻瓜,
但是,连傻瓜也猜中了谜底——

一位远古的悲哀的先知,
在这儿出版了他咒语般的诗集;
这位原始公社的诗人写道:
未来,会有假社会主义……

皱　　纹[①]

一

是什么样的蜘蛛,
在他的脸上
织了一张网,
然后,再一点一点地
把他吃光。

蜘蛛呵,
蜘蛛呵,
你的名字
是不是叫作希望?

二

假如有一百万倍的放大镜,
我就领你去观察这儿的地貌地形,
我将能从头至尾地告诉你,
眼泪的洪水制造了什么样的灾情,
青春又是怎样和黄土一道流失的,
而生活之树又怎样设法保持了自身,

[①] 以上几首小诗,均构思于林彪、"四人帮"横行的十年。

多亏它的根！把信念抓得很紧很紧，
可惜呵，我们找不到这样的放大镜，
这一张脸，这满脸的皱纹，
只好仍旧是微观世界的未知部分。

枕　　头

每一个枕头都是一部书。

虽然有的外边套着绸缎,
有的不过是打了补钉的布,
有的里边是羽绒,
有的是糠,或者更糟糕的填充物。
不管怎么说吧,它们
终归属于同一种族。

可枕着它们的头却大不相同,
大不相同的梦,
大不相同的醒着的思想,
大不相同的快意和惊恐。

今天的太阳多么好!
何不晒晒枕头!
大多数拥挤在随便什么竹竿上,
(反正夜夜有泪痕,不必害羞。)
另一些拍打在高楼,
(除了露台,你什么也看不透。)

它们彼此相望,

皱皱眉,谁也不愿开口;
风徒劳地吹来吹去,
没有什么可以交流。

饱　嗝

眼睛发绿的并不都是狼,
有些眼睛发绿是由于饥饿;

老爷,您可别惹翻了这群狼,
您可别一个劲儿地打饱嗝。

雪　景

好一场大雪！四野生辉！
连垃圾都变成了纯洁的一堆！

妈妈警告着：听话！小鬼！
不许你用脏鞋底破坏了它的完美！

孩子默默，对着窗玻璃哈气，
还用手指头画了一个……愚顽的妇女。

誓

是谁在说:作为自然法则的死,
它不取决于任何人的意志。
"不!"人民却悲伤而愤怒地呼喊:
"我们分明看见了那些咬他的牙齿!"

沉重的云,沉重的泪,沉重的步子,
更其沉重的是忡忡忧心事。
一月八日的中国啊,漫天风雪中,
静悄悄地烧着火辣辣的誓!

白　花

我扎了一朵纸花，
纯洁的雪白的纸花；
我说:纯洁得好似雨后的明月，
其实我是想说:纯洁得简直像他。

我扎了一朵纸花，
悲愤的苍白的纸花；
我说:苍白得如同因中暗箭而失血的勇士，
其实我是想说:人民的心要爆炸！

献给您一个社会主义的现代化强国

从今天起,我们必须将自己强迫,
强迫自己,习惯于失去了您的生活;
但是,我们又怎能沉默,怎能怯弱,
怎能容忍如此凶残狡诈的剥夺!

您是巨人,巨人才能像您那样工作,
您是战士,战士都应学您那样忘我;
前进!挽起泪水浸透的衣袖去战斗,去开拓,
明天,献给您一个社会主义的现代化强国!

骨灰呵骨灰……

每一条江河呵,每一个土坡,
大张开颤抖的颤抖的胳膊;
伟大的周恩来呵,不朽的共产主义者,
人民的心窝,就是您的陵墓与棺椁!

每一片庄禾呵,每一串浆果,
承受着深情的深情的抚摸;
伟大的周恩来呵,彻底的唯物主义者,
强盛的祖国,就是您的丰碑与花朵!

咬住嘴唇……①

全世界都为您肃立默哀,
这家伙为何偏把帽子歪戴?
亿万双眼睛呀,记录下来!记录下来!
坏蛋!她又欠了我们一笔债!

全世界都向您鞠躬致敬,
这家伙为何帽子紧箍秃顶?
亿万副牙床呀,咬住嘴唇,咬住嘴唇,
妖精!暂忍住唾骂她的臭名!

---

① 以上五首,合为一组。
1976年初,我正在昔阳,噩耗传来,默然垂泪。1月11日写一、二两首,1月14日晚参加追悼会后写三、四两首(其中第四首,1月19日重写),1月16日晚看电视后写第五首。

我做了一个噩梦

我做了一个噩梦,
梦见了……叶卡捷琳娜二世,
还梦见了,她的宠臣和骑士;

还梦见了,这一群"拐子马",
踏着我滴血的眼和心横驰,
而满天黄尘蔽日。……

该回车间去了,
去锻造新诗——
像锻造砍马蹄的刀子!

大地以红心为盾

1976年春,听同志们议论江青及其帮派扈从们纵马作乐等种种恣意暴行后,写于昔阳第一招待所。

一夜霜风燎,
香山的枫叶红了!
今年的枫叶
是否红得太早?
看,日历上分明标着:
一九七六年……九月……九号。

不,不,三山五岳的枫叶
于今全都红了!
掏出枫叶般的红心来吧,
这是号令!这是警报!
勇敢地迎上前去!中国——
将有一场特大雪暴!

1976年9月—10月　山西忻县

春天，你好！

春天来了！春天来了！
春天，你好！
春雷在残冰上敲，
春雨在薄云下飘，
春风在柳梢上把手招！
春天，你好！

春天来了！春天来了！
春天，你好！
春雷在门窗上敲，
春雨在房檐下飘，
春风在燕翼上吹口哨！
春天，你好！

红旗满春城，
红花满春郊，
锣鼓鞭炮把春报；
迎春的人儿心欢跳！
我们舒眉展眼昂首挺胸纵情大笑，
人间春歌胜海潮！

春天来了！春天来了！

春天,你好!
前面是火辣辣的犁耧,
后面是水灵灵的秧苗!
春天来了! 春天来了!
春天,你好!

春天来了! 春天来了!
春天,你好!
我们爱忙碌的春天,
春天爱辛勤的手脚!
春天来了! 春天来了!
春天,你好!

春天来了! 春天来了!
春天,你好!
我们耕耘知时节,
大地丰收在明朝!
春天来了! 春天来了!
春天,你好!

1977 年 4 月

歌声之一

　　毛泽东同志生前,多次在党和军队的重要会议上倡议齐唱《三大纪律八项注意》,借以教育全党全军和全国人民……

歌声像鹰群腾空,翱翔于中南海上,
伟大的毛泽东,在指挥这百万雄师的齐唱!
他们首先是士兵,然后才是元帅、大将和上将,
他们没有金光闪闪的肩章,只有金光闪闪的思想。

歌声呵歌声,中国革命的无敌力量!
半个世纪,你冲决了多少强寇国贼的火网!
"一切行动听指挥",敌人愈怕我们愈要唱,
步调一致跟着党,向着共产主义制高点,跑步,上!

1977 年 7 月　京原列车上

歌声之二

　　欧仁·鲍狄埃的《国际歌》,过去,现在,将来都是对全中国、全世界劳动者的伟大召唤……

在上饶,在渣滓洞,听见歌声就仿佛看见同志的心,
在龙华,在雨花台,歌声争向人间报道献身的忠贞;
革命也许潮起潮落,歌声却永远召唤我们前进,
只要有一个人,歌声就始终是火种,而不是灰烬!

我们的歌是《国际歌》的后裔,我们是巴黎公社的子孙,
我们的歌声是刺刀,它伴随我们战胜了黑夜开辟了清晨;
擦亮刺刀出发吧,去学习,去劳动,去站岗值勤,
用歌声欢迎二十一世纪吧:前面的荒地需要火的耕耘!

1977 年 7 月　山西忻县

铁 脚 歌

——献给抓纲治国初见成效的一年兼致继往开来、任重道远的小将

一

人脑诚然很小,才不过一千四百毫升的平均容量,
可你又怎能测定革命者的头颅?那真正是一片汪洋!
遍布于大脑皮层的沟回呵①,谷何其深,峡何其长!
多少事,和着血掺着汗在这里层层沉积,深深蕴藏……

历史是有记忆的,它记得住今朝的欢乐,昨夜的忧伤;
人心是卷宗呵,件件桩桩,一万年也要立案归档!
精生白骨,鬼闹北邙②;女娲多么虚妄,女皇何等疯狂!
长角带刺的史前怪兽又打算怎样将中国拖回太古洪荒?

看!在她们头顶——乌云啸聚;在她们脚底——毒菌暴长,
而且她们都挥舞双刃利剑:一面割断传统,一面杀害理想!
同志,这并非故事中化作美女的蛇,扮成外婆的狼,
这是一群二十世纪七十年代人面肉身的魑魅魍魉!

感谢呵,感谢明鉴秋毫的中南海,革命的宝镜一方!

---

① 大脑皮层组织的一种结构形态。
② 即邙山,在洛阳市东北郊,历来作为墓地的代词。

马列主义的生物分类学终于命名了:她们叫"四人帮"!
十月是宠爱人民的呀,霜侵叶愈红,露重花竞放!
日出天安门呵,毛泽东的中国又洒满了灿烂阳光!

二

于是,时代决定加重我们的负荷,而我们也乐于承当;
三百六十个日夜怎样度过?请问神经中枢吧,请问党中央!
哪时哪刻哪分哪秒,不是热烈镇定、有条不紊又繁忙异常!
任重而道远呵,快栽培迎春的新苗,快深翻越冬的土壤!

是的,"十一大"丰碑入云,镌刻了敌人的政治灭亡;
斗争,难道就此结束了吗?不,不,远不是这样!
无凝,子孙们因祖先而自豪,将挥泪写下这么一章——
《大治之战》:人民每前进一步,都要打一场硬仗!

我想,把"四人帮"比作原子毒尘,未必就算诗的夸张,
至少可称为污染万物的公害吧,岂不正该认真扫荡?!
最痛恨她们施展换头妖术,妄图变共产党为法西斯党,
一面又挖沟拆墙,把上层建筑海市蜃楼般挂到了天上!

读者同志呵,到此,请允许我稍稍离题写上几行,
是谁砸烂镣铐击碎枷杠,让诗歌获得了第二次解放?
每一个垂危的细胞呵,又是谁赋予你活力和激情的翅膀?
红色的炸弹和旗帜呵①,冲锋陷阵吧,永远跟定亲爱的党!

---

① 马雅可夫斯基:无论是歌,无论是诗,都是炸弹和旗帜。

三

思想呵思想,像蓝天一样明净云彩一样纷纭的思想,
此刻,你神奇的手指又牵引我回到云海之南的边疆;
当我睁开双眼,立刻就望见了那钢针依旧在浪尖上跳荡,
好呵!你永不生锈永不沉没永不失当年的皎洁与锋芒!

难忘呵难忘,我们初相逢正是在追剿残匪的行军路上,
钢针呵,猛虎连长他带着你也带着枪,穿越过多少火网!
广东广西滇南连续作战,八千里朔风吹破了单薄的夏装,
忽而又一日四季呵:夕卧亿万年积雪,朝沐亚热带骄阳!

老林弥漫着毒瘴呵,股匪出没更比毒瘴十倍猖狂,
记得吗?每当我们清点俘虏,将花名册呈报首长,
查一查匪徒们的籍贯吧,竟然是南起湖广北抵黑龙江;
这意味着什么?——必须和顽敌作一番殊死的较量!

常追忆那天夜半伸手不见掌,忽听联防①报告有情况,
紧急集合!怒发冲冠须眉抖擞一路小跑着威武的连长;
战士们一个个也早已把备齐的树棒别在了各自腰上,
向后传!快跟上!忽闪忽闪认磷火呵②,乞察乞察听步响!

---

① 解放初期,云南境内各兄弟民族刚刚建立起来的民兵,通称联防。
② 自1950年至1952年将近三年的云南剿匪作战,条件极端艰苦,战士们曾经利用原始森林的朽木磷光,在夜间奔袭中保持联系。

四

天将晓,包围了敌人盘踞的村寨,望见了匪徒们取暖的火塘,
可是,为什么为什么一个趔趄跌倒了我们英勇的连长?
阴险的竹签呵,龇突着狰狞的锯齿,庆幸着罪恶的折伤……
战士们拥过来了,他却厉声下令:听一排长指挥,上!

部队冲上去了,留下了连长;鲜血似涌泉呵,大汗如沸汤;
艰难呵,拔下大娘的拥军鞋,上下前后细端详:
黄河呵长江,碰倒山①的千层底,竟然已磨成纸一张!
连长呵连长,你凝神蹙眉想什么!为何顾鞋不顾伤?

你不感觉疼吗?诉苦会上分明是恸哭失声摧肝肠!
你不理解疼吗?南下途中多少次赴汤蹈火救老乡!
咽不下祖祖辈辈牛马罪呵,因此才眼珠枪口一般亮;
此时此地他在想呵:天底下还有多少盼儿的娘!

部队冲上去了,怎能够怎能够独坐沙场不掴枪?
钢针呵擦亮,麻线呵捋长,一颗铁心咬在了牙关上……
我们不满周岁的共和国呵,我为你骄傲,我为你歌唱!
襁褓之中,你可感到战士的特殊的爱特殊的胸膛?

五

太阳飞也似的升起来了,因为感奋因为激动而涨满红光,

---

① 山西太岳地区老根据地人民做的一种异常结实的布鞋。

原始森林万木萧萧,由于骇异由于震惊戛然屏止了喧嚷;
竹楼上的炊烟呵弯下腰来,朝着红星鞠躬膜拜合十抵掌,
而脚下的土地呵却想躲开,躲开这难以承受的鲜血流淌!

快过来呀!即将解放的天地,即将解放的山庄!
快过来呀!缝脚的人就是解放军,缝脚的人就是共产党!
汗珠跌落在草上,草说:露珠呵,我们不爱清凉爱滚烫;
野花急匆匆开放,花说:把红润给你!你的脸庞莫焦黄!

看呵,一针!怎么能叫一针?!一行!怎么敢算一行?!
连长呵,他收针绕线,全然不见那尚未凝固的血浆;
只有枪声,枪声,在他思想的峡谷中无休止地轰响……
革命岂有回头路!枪声——是命令!冲锋——向前方!

冲上去了,冲上去了,人民的好儿子,我们的好连长!
大地呵,你要记住这双脚,记住中国革命的伟大形象!
它步履艰难,它流血带伤;它一往无前,它筋强骨壮!
它从过去来,它就是传统;它奔未来去,它就是理想!

六

我是一名新兵,我的头和脚都是些品位极低的铁矿,
还是请老红军来讲吧,还是请老八路来唱!
讲吧,讲吧,给我们讲冰峰雪苍苍,草地野茫茫,
唱吧,唱吧,为我们唱北国青纱帐,水乡芦苇荡……

请接着唱呵接着讲,唱遇水忆延河,讲逢山思井冈,

再反复讲呵反复唱,讲长夜望北斗,唱破晓向太阳……
唱呵,唱"趁热打铁才能成功",唱掌钳握锤的神工巨匠,
讲呵,讲中国农村的广大烘炉,讲普通人变成特种钢……

钢!钢的队伍中打不碎砸不烂的一块正是我们连长,
你看他冲过竹林,冲过蕉园,冲过榕树织成的篱墙①,
你看他弹跳滚爬,左拨右挡,闪过了敌人多少黑枪,
好样儿的!连长!冲上去了,就像一支利箭直插匪徒的心脏!

冲锋号响了,猛虎连长呵好似领着一群猛虎下山岗,
机关枪切割,手榴弹开膛,竹楼在硝烟中呻吟摇晃;
投降!匪徒们举手滚下楼梯,清一色丧家犬狼狈模样;
连长!我们的连长哪里去了?红旗呵快跃上楼顶探望!

七

连长在这里!连长在这里呵,连长只身扑进了牛房②,
任什么敌人,能逃脱这燃烧着深仇大恨的目光?!
那是谁?混迹牛群之中,也像牛群一般狂乱而又惊慌,
准是他!这家伙就是我追捕已久、凶残狡猾的三步王③!

何物三步王?!不过困兽一头,走投无路而负隅顽抗,

---

① 在云南南部边境,到处有巨大的榕树,它们垂下无数气根,扎入地表,再长成幼树,如此往往形成一堵堵篱笆似的树墙。
② 傣族及其他若干兄弟民族居住的竹楼,习惯于上层住人,下层圈牛。
③ 当时,蒋匪李弥残部流窜于中缅、中老边境,实行所谓三大步政策(意即跨三步可入境搔扰,跨三步也可逃逸境外),一些股匪头子都自称什么三步王。

只因刚刚吞下云土①一两,才错把自己的虚弱当作豪强;
凭借着牛群东奔西突,匪首他不离开这道活的屏障,
怎么办?这样的格斗还是头一遭呵,一霎时竟比一天长!

思绪像风一般活泼呵,肢体也像风一般轻飏;
腾空一脚呵,天旋地转!火星四溅呵,剧疼难当!
千万不能逃脱了匪首呵,也莫要把群众的耕牛误伤;
牛群终于逸去了,踏烂了被连长踢翻在地的门框……

匪首进退失据了,东躲西藏好似蛇钻竹墙,
匪首两眼充血了,呲牙咧嘴如同狼掘墓圹,
但为何鬼脸上掠过一丝奸笑?好大胆竟敢将对手打量?
呵,站稳!站稳!再坚持三分钟!只要三分钟呵,连长!

八

如此精微的计时单位呵,钟表无法刻度,公式难以抽象,
但它确实存在于斗争之中,存在于生死相搏的战场;
看呵,匪首突然抽搐着举枪的右膀,嚎叫着扑倒地上,
就在这一瞬间呵;连长却经历了黑夜又再度天亮!

枪声召唤呵,战士们像暴风中的云团自天而降,
一半解押着瘫痪的匪首,一半簇拥着英雄的连长;
小心!慢着点!脚踝踏凶器,抽枪触签刨,
鞋呢?不知道!赤脚走天下,带伤又何妨!

---

① 国民党统治时期,云南大种其鸦片;所谓云土,颇负盛名。

这是什么材料做的脚呵,冷风飕飕爬过匪首的脊梁,
他斜眼偷看,他胡思乱想,他又恨又怕,他悲观绝望……
堪笑他得克萨斯黄牛皮裹着两堆臭脂肪,
美国皮靴能帮什么忙?海角天涯照旧要追上!

向敌人公开宣布吧,我军的训练历来有两项:
一要会跑,二要能打,跑路的目的完全是为了打仗。
万岁!铁脚板!万岁!率领铁脚板进军的党!
只因有了党呵,三湾小道才曲曲折折通向了天安门广场!

九

历史跋涉着,山隔水挡,一程柳暗花明呵一程冬雪秋霜,
土匪事业从来寿命不长,但有时居然又颇为"兴旺";
四分之一世纪过去了,三步王的鬼魂呵悠悠飘荡……
警惕呵同志!且看它何处附体还阳?怎样兴风作浪?

来了,终于来了,这一回红帽红鞋红衣裳精心梳妆,
靠边站!挂起来!打倒!所有革命的脚都不能幸免祸殃;
我们认得当年的这双脚呵,认得当年的猛虎连长,
如今也被抛进了地下室,黑暗,窒息,潮湿,冰凉!

打他的脚!打他的脚!喽啰们一阵阵狂呼乱嚷:
谁再敢为这双脚评功摆好?先把他的资本打光!
谁叫这双脚不乖乖转弯子?给他点辣的尝尝!
党委书记呵猛虎连长,他怒目圆睁声震铁窗:三步王!

是的,三步王想办而不能办到的,统统移交给了"四人帮";
他们仇恨董存瑞的脚,为什么为什么顶天立地胜似铁桩?!
他们仇恨黄继光的脚,为什么为什么直扑枪眼踏倒死亡?!
他们仇恨邱少云的脚,为什么为什么凤凰浴火慨当以慷?!

十

敬礼!党委书记呵猛虎连长,你挂着双拐正向何处奔忙?
你说得多么好呵:噩梦虽已消逝,我们无权遗忘!
当年你吩咐我投稿战地小报,如今你叫我把诗献给小将:
莫辜负父兄的瞩望呵,青年是早晨八九点钟的太阳!

快操起扫帚吧,打扫我们的车间、农场、营房和课堂,
打扫我们的生活和艺术吧,涤荡"四人帮"的全部肮脏!
难道我们不应该活得更加问心无愧,更加纯洁健康?
我们是铁脚板的后代呵,要时刻准备着开来继往!

莫沉溺于制作那传染软骨病的各式沙发弹簧,
休耽恋于设计那削弱抵抗力的家用锅炉水箱;
"直升飞机"又有何值得羡慕?无非是过客匆匆你来他往!
还是锻炼腿脚硬功吧,快传递革命马拉松的接力棒!

让我们再一遍的热烈讨论吧:关于传统,关于理想,
让我们再一次奏起主旋律吧,谛听这充满天宇的交响!
毛主席,周总理,朱委员长,星座永不陨落,光焰万世辉煌;
留下了如此清晰的足迹呵,指明了如此坚定的方向!

十一

战荒原呵,铁脚钻杆同等长,思想石油两芬芳!
造沃野呵,襟怀大地一齐量,粮山棉海喜相望!
挽起袖子大干吧,建设起遍地流奶流蜜流钢流油的家乡,
迈开双脚攀登吧,你的珠穆朗玛峰就在你的战斗岗位上!

学马列吧,团结起来到明天,人类解放我解放!
学毛著吧,三个世界分敌我,万里征途放眼量!
你想过没有?何以将实现四个现代化写入党章?
要巩固共产主义根据地呵,要壮大世界革命总后方!

我知道,在我的稿笺上,也许永远写不出动人的诗章,
我的呕哑的歌声呵,也终将变得微茫……
但那时千万首新诗当何等优美!千万张歌喉又何等雄壮!
此刻呵,我仿佛就能听到,能听到他们的纵情歌唱!

仅仅是因为生产了一亿吨钢?因为制造了更多的针和枪?
当然不是!屹立在全部颂歌的中心的,只能是我们的党!
欢呼吧,我们的真正财富,在于不可胜数的猛虎连长!
难道还需要证明吗?传统和理想——是诗的空气和食粮!

      1977年8月20日—10月12日 山西忻县

献给科学大会

一

谁的孩提时代,不是人类童年的重演?
——搬一块石头,倚坐门前仰望周天;
那困扰过屈原的一百七十二道疑难①,
一下子也都扑到了你我眉间。

沿着历史的长河呵上溯亿万斯年,
这宅院楼台想必聚合过穴居野处的祖先;
他们扬着头,大睁着为劳动所解放的双眼,
艰难地运用思维,快乐地远瞩高瞻——

多么神奇呵,冷冷月华,耿耿河汉,
多么壮丽呵,炎炎流火,轰轰雷电……
周柏唐槐都来作证,水杉银杏②争相发言:
中国天文学的摇篮呵,正是这初民脚下新开田。

看哪,会唱歌的星星已在浑天仪③中出现,

---

① 屈原:《天问》。
② 水杉、银杏均系古孑遗植物,我国特产。
③ 浑天仪系汉代伟大的学者、发明家张衡所创制,用以观测星象。

博学的隐者呵,单凭背诵歌诀焉能泰然步天①?
时至今日,这大陆这苍穹经历了何等剧变,
红领巾的视野竟如此开阔,着实令人艳羡!

我们的太空使者刚刚把日月星辰一一参见,
科学院便发布通知:举行一次前所未有的晚宴;
卫星同志主讲天路历程,为此它将准时返回地面。
骄傲吧!八万万!此刻呵谁的心不是一座卫星通信站!

二

我们探索宇宙,既非参与瓜分更非意图独占,
我们进入外层,不是向往瑶台而是热爱人间。
顶天立地从来就是社会主义中国的阶级特点,
怎容得核霸王在我们头顶悬挂威慑之剑!

你好!李四光同志!谁说你的主攻方向背离了三级火箭?
我们感谢"多"字型构造呵,赞美这充满诗意的发现!
多呵,金属非金属;多呵,稀有与分散;多呵,石油与煤炭;
好一个新华夏海!果然有海的富饶海的浩瀚!

我看见,你兴高采烈地奔走于草原、沼泽和山巅,
忽而又下海勘探,也许,翻腾的气泡都是一氧化二氮②?
漂亮的浅海大陆架呵,丰饶的深山褶皱线,

---

① 隋代隐者丹元子著《步天歌》七卷,中有识别诸星的歌诀。
② 笑气,N_2O。这里借用其字面的意义。

向华主席汇报吧,准能拿下十来个大庆油田!

敬礼!地下情况侦察部①!万千英雄侦察员!
你们清点了全部石片,却未必记得自己有几件衬衫;
祖国把九百六十万平方公里交付你们看管,
直如同信赖那布满边防海疆的硬骨头六连!

听腻了骗子们的"裁军谈判",麦克风昏昏欲眠;
让我们向全世界大声宣布吧:既要犁锄,又要刀剑!
硝——做礼花也做炸药,钢——造琴弦更造炮弹,
一百零五种元素鼓噪呐喊,这就是当代中国科学之奇观!

三

地层深幽,天宇广远,这地舆天象靠谁运算?
靠浸红祖冲之筹码的心血②,靠泼湿华罗庚稿纸的热汗;
没有直线岂能架构严整?没有正圆哪来车轮飞转?
神妙的数术哟,你的笑纹鬓斑牵动着整个人寰!

要改造交通枢纽吗?请计算机拔掉所有门闩,
要革新操作规程吗?用优选法抓住主要杠杆。
你胎孕于生产,坠地便成巨人神力非凡,
你的王国屡世拓展,囊括了质量、速度、时间和空间……

---

① 毛主席对李四光同志表扬过地质部的工作,说地质部是地下情况侦察部。
② 祖冲之是南北朝时代的杰出数学家,他用筹码(小竹签)演算得出圆周率近似值,比西方早千余年。

何谓哥德巴赫猜想？陈景润同志会给你答案，

对于我它却是一颗铁核桃，一种敬畏与遗憾；

然而，像任何普通战士一般，我自有数的概念：

革命开始是 0，是赤手空拳，但前程是 ∞，是任重道远！

当陈独秀屈膝投降，当蒋介石刀起血溅，

挺身而出呵我们的老套筒，揭竿而起呵我们的莲花县①！

虽然只剩下了"1"，也要上井冈山，也要见毛委员！

难道这不是铁的定律吗？——石在，火种就不断！

革命的代数学有多少未知数，有多少不测的凶险？

真理到此并未完善，它还缺少更为重要的一半；

数学家中的数学家呵，唯独您运筹帷幄，稳操左券，

为我们划定一条马列主义的轨迹，星星之火方燎原！

四

革命胜利了！推倒了窒息聪明的三座大山！

潜流解放了！汇成了欢腾歌喧的洪波巨澜！

回头看——古国文明流长源远，

望前方——人民事业风光无限……

人类向何处去？请看中国罗盘！

崎岖怎得平坦？炸药把它掀翻！

---

① 1927 年，江西省莲花县的共产党员们坚决抵制了陈独秀的投降主义路线，保存了一杆枪，并带上了井冈山。

造纸印书吧,让思想和空气一般流畅一般新鲜!
四大发明呵,标志着我们伟大的心灵伟大的信念!

这样的民族岂能蒙受屈辱?这样的人民怎会容忍专横?
可恨复可笑,朗朗乾坤竟冒出一帮野狐妖禅!
看"红衣主教"们博带峨冠,念念有词照搬罗马裁判①,
怎奈地球照旧绕日公转,血液依样周身循环!

他们的阴谋已达到"峻岭"顶点,他们的愚蠢也至于"奇峰"极端,
他们的"哲学就是基础理论",他们的活羊就是地毯,
他们押赌注于梦幻,他们赐永动机以专利权,
他们从伪科学的假山一头栽进了真神学的深渊!

君不见勃先生治下的苏联,大兴土木正把教堂扩建,
君不见"四人帮"吹嘘的样板,牛鬼蛇神出入大雄宝殿;
流水落花春去也,心电感应捧作尖端试验,
罗衾不耐五更寒,地震诏诗引为窃国谶言②!

五

起来!共产党员!不许叛徒特务毁我金锤银镰!
起来!革命人民!岂容城狐社鼠盗掘锦绣江山!

---

① 欧洲中世纪的宗教裁判所曾残酷迫害坚持太阳中心说的意大利科学家布鲁诺和发现血液循环的西班牙医生塞尔维特,最后都处以火刑。

② 唐山丰南地震成灾,"四人帮"却眉开眼笑,大肆宣传太平天国洪秀全的一道《地震诏》:"地转实为新地兆,天旋永立新天朝",以此作为他们篡党窃国、"乱中夺权"的反革命预言。

党的首脑呵多谋善断,英雄军队呵冲锋在前,
夜战近战令敌丧胆,王张江姚一网全歼!

于是,图书管理员手捧《通知》,泪水模糊了老花镜片,
看浩如烟海的史籍古典,几曾见这样的庄严文献!
开始了,肯定开始了,社会主义建设的新阶段;
新一代龙腾虎跃呵,老一辈鹤发童颜!

论文、图纸、脚印、灯光甚至失眠都化作了誓言,
毛主席周总理的宏图大愿一定能在我们手中实现;
憎恶修了的俄罗斯呵,唾弃朽了的美利坚!
新世纪呵新嫁娘,要与新中国结良缘!

活满百岁吧,带上氧气包也要把险峰登攀,
死于沙场吧,倒在无人区就等于宣告攻占!
世上有什么金城汤池,能抵住党所掌握的刀尖:
我们的武器是又红又专,我们的口号是苦战过关!

看吧,强大的人民共和国——科学家的会场和讲坛,
听吧,动人心魄的学术论文——大气磅礴的红色诗篇;
呵,革命现实主义与革命浪漫主义竟也适用于科研!
伟大的想象如同伟大的理论,来自又走向伟大的实践!

1977 年 11 月—1978 年 1 月　　山西忻县

白花·红花
——周总理八十诞辰献诗

白花歌

前年一月八,
霜欺兼雪压;
敢问灵堂何处是?
寻常百姓家。

呵,横了心,竖了发!

春雷何时炸?
告我悄悄话;
十年惯唱无字歌,
有剑鸣于匣!

呵,天不聋,地不哑!

素盔银铠甲,
黑手不胜掐;
历尽数九历尽冬,
清明遍天涯!

呵,万人痛,四人怕!

振衣拂笔架,

但描胸前花;

虎头山下埋小诗①,

祭酒浇新芽!

呵,春花小,秋实大!

芳菲遭践踏,

入土犹护花;

满腔心血浸花籽,

雪霁燃明霞!

呵,一朝罢,千朝发!

红花歌

今年三月五,

犁牛耕沃土;

慷慨春风扬蹄花,

朵朵见肺腑!

呵,总理在,天下熟!

---

① 1976年1月8日,广播中传来了最悲恸的消息,我正在昔阳,默然垂泪之余,曾写小诗数首,在朋友间传抄。

江河入海注,
纳清更吐污;
革命洪流浪淘沙,
沉舸岂能阻!

　　呵,总理行,水不腐!

北岳大旗舞,
巍巍擎天柱,
举纲张目结天网,
三战毒蛇除!

　　呵,总理来,鸣金鼓!

老树花二度,
新枝花繁富;
南北东西红烂漫,
总也看不足!

　　呵,总理笑,勤浇锄!

天地一陵墓,
苍松何矗矗!
不待年轮满百圈,
神州展宏图!

呵,总理寿,人民福!

1978年2月17日 北京

春　歌
——以此纪念周总理八十诞辰

整理好军风纪！我们不再哭泣；
生活又有了欢笑和歌声，为什么不放逐眼泪？

请看，在我们公社拖拉机站的场院里，
忙呵，人们奔跑着，烘烤着所有的发动机。

来了来了，穿过冰砖雪墙，三月跨进了春之门楣；
我们的心，比水箱还冒着更多的热气！

我们是经过一九七六年锤打的钢铁呵，
谁不明白：当务之急——是速度和马力！

听！开山炮响了，冻土化作候鸟飞，
扇着翅膀大喊大叫呵，盘问春的消息：

快告诉我吧，中国的第二个春天该如何算计？
呵哈，一道多么富有诗意的政治试题！

也许，不妨引用杜甫的千古名句？
"润物细无声"，始于那温暖的雨滴！

或者,该摘下第一朵蒲公英作为标志?
它那毛茸茸的眼睛呀,犹带睡意!

不!不对!你何必拘泥于寒来暑往物换星移?
更无须去扳动那毫无心肝的日历!

试问:如今这普照神州的十月骄阳,
难道不曾冲击、不曾撕裂过一月的云翳?!

试问:昔日那天安门前花似雪,
一经鲜血点染,不已是万紫千红开遍大地!

但即使这样的答案,也并非确切得不差毫厘,
走吧,还是让我们去读一读拖拉机手的日记——

一九七六年。清明。纷纷泪……雨……
节令不等人呵,应该快开犁。

然而,我终于在地头熄火了,
我迟疑,我认为自己不再有耕耘的权利。

江河已不是往日的江河了,
土地也不是往日的土地!

茫然四顾呵,谁又能料到——
他!竟站在地里!竟站在地里!

"开过来吧,"他对我含笑招手,
"我向你学习,咱们,创造一个好的成绩!"

拖拉机手把日记合上了,
轻轻地,叹了一口气:

"为何又有七月六日?为何更有九月九日?"
我的祖国呵面色苍白,哭出来的是血液。

帝修反的神汉巫婆们唾沫飞溅了,
纷纷跑到我们窗前,妄测中国的祸福凶吉。

可是且慢,秋庄稼登场了,沉甸甸的颗粒!
江河灌溉,土地养育,悲恸出奇迹!

这时,我们熟悉了华国锋同志的话音和手势,
就像战士熟悉了军号和红旗。

翘首仰望党中央呵,翘首仰望华主席,
把握住关键的战机,给"四人帮"以致命一击!

于是,我们打响了新的辽沈、平津、淮海战役,
大江东去!涤荡"四人帮"制造的全部垃圾!

撒野的恶枭再也不能在烟囱里筑巢了,

万千座工厂正吐纳着炽热的呼吸!

垂涎的疯狗再也不敢在田野上横行了,
万千个公社又苏醒了碧绿的生机!

"反儒的刘邦"①再也不能拿烧瓶当尿壶了,
须发苍苍的科学家正检验着新的试剂!

政治教唆犯再也不敢用弹弓打黑板了,
面颊红红的孩子们又爱上了旧的桌椅!

朋友大声欢呼呵,敌人窃窃私语;
中国,眼神又恢复了明朗,步伐又恢复了整齐!

这就是对您的纪念呵,我们的好总理!
这也是伟大的信息呵,向着二十一世纪!

呵,历史的伤口愈合了,
留下来的是战斗的回忆:

十里长街哑寂,百万人众唏嘘;
有谁能对我论证:它等于多少吨 TNT!

---

① 汉刘邦曾将儒冠作溺器。"四人帮"的论客们尊奉其"古为帮用"原则,对此津津乐道,借以证明知识分子是"臭老九",自古已然。

人民就是这样悼念您呵,敬爱的周总理,
这岂不正是,岂不正是打倒"四人帮"的一次伟大演习!

因此我要说,春天,只能是从这里步履唇启:
草芽的萌动,冰层的隙裂,雷电的郁积……

驱除了狐妖鬼蜮呵,夜晚是如此月朗星辉!
消灭了瘟疫灾异呵,白昼又何等风和日丽!

听吧,哪里有江河,哪里就有活泼的生命!
看吧,哪里有土地,哪里就有庄严的真理!

万物复苏之春呵,我们该怎样迎接你?
多蘸汗水写好诗!人民的总理最欢喜!

1977年12月—1978年3月

山西—北京

哀 诗 魂
——怀诗人郭小川同志

我知道,总有一天,我会化烟,烟气腾空;
但愿它像硝烟,火药味很浓,很浓。
————郭小川:《秋歌》

一

仿佛时间被推回去了,
整整二十四度寒暑;
多么温暖的一九五五年呵——
春之末,夏之初。

处处是庆祝"五·一"节的标语,
一幅,又一幅,
在红的天安门广场上,
也在红的心上高矗。

是什么精灵指引我呀,
和你并肩站到了一处?
金色的缎带,像向日葵花瓣
在你我胸前狂舞!

我们素不相识呀,

偏要把心曲倾吐；
欢度阶级的节日嘛，
怕什么冒昧唐突！

你通报大名，又笑加笺注：
"小小的到处可见的河谷。"
呵，多谢你甘美的山泉，
流进了我的园圃！

说话是如此热烈呵，
关于祖国、明天、笔的任务；
还用得着探讨诗行和韵律吗？
看游行的队伍！听雄壮的脚步！

二

这一天，我的确拥有了
一种琳琅满目的富足；
假如这话被资本家偷去，
他们该怎样嫉妒！

他们能炫耀什么呢？
——闪着血光的赃物！
而历史所万分珍贵的
乃是精神的稀有元素！

我惊叹呵,凝望着你
如同凝望着一片大陆;
我庆幸呵,竟自以为是
又一个哥伦布!

看你黑亮的眼珠子吧,
透露着宝藏的丰富;
看你纷纭的鱼尾纹吧,
报导了庄稼的成熟……

三

我跋涉着,才结束
一段艰难的道路,
我赶来北京看你,
带着愧疚和惶怵。

万不敢想呵,迎接我的
竟是一声欢呼!
"让咱们研究研究诗的代数学吧,
这体积、容积、比重,该如何测度?"

似乎一切都不曾发生,
似乎昨天相约了会晤,
似乎此刻的话题
不过是偶尔中断了的叙述。

……而对于解剖自己,
你从来都那般严酷!
我终于忍不住了,
一句话脱口而出:

你批评吧,你斥责吧,
唯独不要宽恕……
云彩从额头上升起来了,
你的眉峰紧蹙。

"我相信诗的真诚,
我相信战士的觉悟;
只要心上没有迷雾,
就能采到远在天边的花束……"

肺腑之言呵,铭刻于肺腑!
我沉思了:是的,人各有路,
但也无非是两条吧,
不是干革命,就是当叛徒!

四

何必仿效古人?鸿雁传书,
刀剖双鲤求尺素;
万里心相通呵,
又岂在朝朝暮暮!

听说你的水稻丰收了,
尽管蚂蟥吮吸着血珠;
气蒸云梦泽呵,
久居江湖恐失误!

听说失眠折磨你了,
犹如钝锯折磨大树;
让我睁眼陪伴你吧,
能否稍减你的痛楚?

听说你患浮肿了,
莫不是疾病侵入了肌肤?
愿神经坚韧如昔吧,
愿笑声依旧把人们俘虏!

当我合上眼,来信便历历在目,
每一行都高翘斜竖;
它是友谊的秤杆吗?
你关注别人,从不吝惜慷慨支付!

我却连一封也未能收藏呵,
由于那众所周知的缘故。
敬礼!手稿的保卫者们,
我感激你女子的黠慧,义士的英武!

五

孩子们手头还玩着爆竹,
我又来到了首都;
那时,才开罢"万人大会",
女妖已自封为真主。

你好哇,北京!
你有多少正直的胡同,
多少敞亮的大路!
襟怀坦荡的广场呵,
你无限光明!无比宽舒!

我细数着玉柱上的华灯,
我细数着华灯下的玉柱;
止不住对你的思念呀,
置同志们的规劝于不顾——

于是我来在永安路上了,
举步而又踟蹰,
目送着五路、十五路汽车
急匆匆循环往复……

前方不到一千米呵,
就是那被围困的碉堡!
呵,不能去!不能去引起新的屠戮!

我,半是智者,半是懦夫……

但我倒真想了解,
这杂沓的行人陌路,
其中都有谁们——
是江青的派遣特务?!

又岂能学魏晋酒徒?
停车抚膺,长歌当哭!
新中国大道通天,
哪来的歧路穷途!

好艰难的岁月哟,配给到你名下
只有独流碱河的蛙鼓,
而祖国的青春面庞呵,
也无端刻上了忧愤愁苦!

看! 地平线上的那帮狐鼠,
渐由身影模糊而面目清楚;
你冲杀上去了,浩茫天宇间
充塞着人民的鼓噪喧呼!

但女妖是这样淫毒,
她继续施展巫术;
多龌龊的唾沫呵,
竟化作了黑雨如注!

"给我查郭小川的后台!
不管他腰杆多粗!"
那就请吧,后台就在这儿——
工农兵的亿万脊骨!

那黑衣白马践踏着什么?
我们母亲贞洁的胸脯!
想想吧,她居然存在过,
真是历史的奇耻大辱!

所有最神圣的事物,
都因她而蒙受亵渎;
而我们无辜的子孙,
必将比其先人更为震怒!

六

你遗留下的战斗掩体,
肯定有新兵来填补;
但你那激越的歌喉,
有谁能使之复苏?!

我不相信诗句会成为谶语,
我不是佛教徒;
但空气中的火药味,
确已如预言那样憋得很足,很足。

听！霹雳爆炸了！
敌人在霹雳下抖觫！
霹雳中看见你呵，
诗之魂！魂兮永驻！

你属于党，属于人民，属于中华民族，
呵，诗人！你的诗是子弹也是珍珠！
应高悬于国门呵，
须深藏于武库。……

    1976 年 10 月 惊闻噩耗，急草于山西忻县。
    1978 年 4 月 11 日 在北京听郭小川诗歌作品
            朗诵会后重写。

献给宪法第十四条的恋歌

贫穷和苦难将被遗忘，
幸福的道路迎着祖国开放；
一百零六条柱石，
为我们撑起了一座真正的地上天堂。

——引自 1954 年 10 月旧作:《在这庄严的时刻》

一

亲爱的同志，请多多原谅，
原谅我那时还太年青，太爱夸张；
当战争的暴风雨刚刚隐退，
沉雷还在某处牙齿咬得格格作响，
原谅我，不该拣起轻柔的羽毛
结巢于诗歌的"消息树"上。

谈何容易！真正的地上天堂！
不能兑现呵，我的幼稚的狂想；
如今该我脸红了，也许
是我撒了一个善良的谎。
人民胼手胝足三十载呵，
如今，仍忙于打扫施工现场。

而敌人却瞅准了,瞅准了
我们的汗挥尘扬,
一把罪恶之火,烧了多少库房!
烧了我们的竹木、砖瓦、水泥和钢①!
这一切,似乎只是为了辨明一条真理:
以血赢来的,还须以血去保障!

他们篡改蓝图,换柱偷梁,
仅仅为了欺骗,才保留下
伟大建筑师的光辉印章;
他们焚毁典籍,训练豺狼,
勒令全国都种"社会主义的草",
同时,又开轮盘赌博,又设镣铐丁当。

有谁愿尝一尝那羊头狗肉汤?
我们既要集中、纪律和阶级的统一意志,
我们又要民主、自由和个人的心情舒畅!
快打发张春桥的"全面专政"见鬼去吧,
我们的旗帜将始终缀满阳光——
完整、准确、作为体系的毛泽东思想!

于是,我们又在连续作战的废墟之上,
着手规划新的宫殿、新的画廊;

---

① 见邓小平同志在全国科学大会开幕式上的讲话:"'四人帮'……使我国国民经济一度濒于崩溃的边缘……"

看呵,劫后余烬犹自风中飞飏,
推土机却已开足马力向前冲闯,
怀着对于破坏的深仇大恨,
怀着对于建设的朝思暮想!

大路小路,人流像河流一般喧嚷,
欢呼新的涡轮呵,欢呼新的宪章!
旋转吧,我们发热! 旋转吧,我们发光!
呵,我,大潮中的小小一朵浪花,
既然恰巧贴着第十四条开放,
当然就该贴着第十四条歌唱!

二

像弹片嵌入了肌体,
瘢痕犹在,往事怎能淡忘!
关于花草,我倒见识过一番奇景异象;
那是古老中国的最后一个冬天,
我们穿越十万大山,奇兵袭取夜郎①,
某天薄暮,三军泅渡花的海洋……

到昆明去! 到昆明去!
听说昆明是春之城,花之乡,
眼前这风摇花串赛铃铛,
莫非是报道昆明在望?

---

① 贵州省安龙县有"夜郎古国"碑。

愿我们都变做了蜜蜂儿吧,
谁不兴奋谁不忙!

到底这是什么花?乱纷纷青蓝绛紫黄!
百十里一片平坝,为何不种食粮?
这个鬼地主是谁?爱花竟至疯狂!
终于弄明白啦,这是罂粟、鸦片、云土!
这是尸骨!这是黄金万两!
这是毒品贩子蒋匪帮!

人民雀跃,黑暗一角初露曙光,
敌人惊惶,残山剩水只堪尺量,
而为了抢收一季,他们又何等愚妄!
革命的任务是什么?简单极了——
连根铲除!不准生长!
凡为敌人所爱者,我们绝不可欣赏!

我的水平很低,认识仅此而已;
思虑既不深呵,联想也不广!
至于:为何敌人脚下独见烟花兴旺?
我迟钝的神经呵,还很不清朗;
要等待若干岁月,要经历几许风浪,
我才能感受到这一启示的全部分量。

呵呵,这岂不正是资本主义的花房?
呵呵,这岂不正是修正主义的温床?

诱人沉沦的波光！
致人窒息的芬芳！
一片妖艳的肮脏！
一种销魂的死亡！……

三

敌人是一条两头蛇,死而不僵,
这个头已被埋葬,那个头尚未出场；
来了来了,狗男女偏扮作护花神匠！
"你们大寨怎么没有牡丹呀？
我种牡丹,完全是为了人民健康！"①
药材商？不！这是盗窃尊贵,僭称花王！

怒冲冲一觉醒来懒梳妆,
情切切露台之上凭栏望:
哪个吃了豹子胆,
哼！敢不依老娘！
去大观园一平二调芍药坞②,
打曹州府捉拿民夫献天香③!

虎头山怒发冲冠拍胸膛！
老妖婆！你丧天良！
俺七沟八梁海棉田,

---

① 丹皮可入药。
② 《红楼梦》第六十二回,写史湘云醉酒,睡在铺满芍药花瓣的假山上。
③ 山东省曹州(菏泽县)盛产牡丹。

黑土流油万千方,
叫俺让你扎毒根?休想!
人民心上,岂有你半点土壤!

但天地自有爱憎,群众也终非群氓,
我们心中的土,寸寸奉献给党,
我们心上的花,朵朵向着太阳;
纵然绚烂的鲜花全被杀死,
依旧有数不尽的白花,白花……
伴随这火焰般的呼吸抵御冰霜!

清明节几曾见白花如雪夺春光?
松柏树在何时着过这玉兰素装?
人世间果真有断肠花令人断肠?
但这一切我们都经历过了,如同
王尔德的夜莺①,血染白蔷薇彻夜高唱,
甘愿让尖"角"利"刺"穿透心脏!

请看我们心上的花哟,开得多么顽强!
斗争,失败,再斗争,终又东风浩荡!
历史选择了华国锋同志作为领袖,
这分明是导师的慧眼,人民的主张;
春天因他的呼吸而滋润四方,

---

① 见英国诗人奥斯卡·王尔德的著名童话《夜莺与蔷薇》:一只夜莺为爱情所激动,甘愿以自己的胸脯抵紧白蔷薇的刺,唱到天明,终于血浸出一朵红花来。这里仅取它的一片赤诚之心。

每一匹绿叶、每一片花瓣都热烈鼓摩!

有了这样一位勤谨智慧的园丁,
怎不招金蜂银蝶熙熙攘攘!
毛主席、周总理、朱委员长巡天远去,
早已为我们环列诗峰如屏如障;
陈总他笑指点青松含雪红枫咽霜,
教会我们,该怎样化霜雪为营养……

四

"宪法第十四条难道是漂亮姑娘?
干嘛如此缠绵,仿佛坠入情网?
无非是描写了你们那个'双百'方针,
对她唱恋歌就是公开反对'首长'!
换在哥儿们掌权的黄金时代,
这样的作者早该五花大绑!"

失敬了,女皇陛下,列位亲王,
还有众大臣,众内侍,众叭儿汪汪;
我听见了你们的窃窃私语,但我决定
继续用钉耙替你们的伤口搔痒!
歌唱!歌唱华主席!歌唱党中央!
歌唱花儿鸟儿挣脱死牢,重见天光!

而且要收缴你们行凶作恶的大棒,
哪怕它能屈能伸宛如魔杖;

看呵,如今它的确盘曲在某些人胸前,
像一些可爱的小别针闪射光芒,
一个个顺便都挑着枚自制的勋章:
善辨风向,虎卧龙藏。

从什么角落,又传来阵阵嘟囔?
"该收了,该收了,迷途的羔羊!
再往前将跌进资产阶级自由化屠场!"
果真如此吗?是糊涂人挽绳拉缰?
还是"初澜"之流的又一锦囊?
同志,要警惕呵,万万不可上当!

我们习惯于两线作战而不是单一设防,
无论那乌云升起在右侧还是"左"方;
要防止一种倾向掩盖另一种倾向,
这哲理也首先是得自生活的课堂。
骆驼队,坚定不移地向前迈进吧,
地上的风沙天边的幻境都不能阻挡!

牢记住当前和今后一段时期的头等任务,
仍然是撕掉"四人帮"的种种伪装,
剥下那最最最红的袈裟,使之一丝不挂,
还他们以骗子、流氓和叛徒的本相!
新宪法是党和人民锻造的尖端武器,
用诗句向敌人喊话吧:投降!否则灭亡!

是的,古今中外哪有法典保护鸟语花香?
五千岁的文化见此倾心,绝非老来轻狂;
爱情的潮水泛滥于肺叶和喉管呵,
像斟得过满的杯子溢出了酒浆!
这酒烧着了血液,如同注入了硫磺——
我忠贞的恋歌呵,愿你永不寂灭,地久天长!

1978年4月20日　北京

大 行 军

庄严的纪念堂,宁静的早晨,
我们屏息望定这玉阶金门;
如同等待着统帅前来阅兵,
每四十人列为一个方阵。

想象着自己已变成花团缤纷,
太阳以金手指摩挲一往情深;
松针柏叶因春风而雀跃,
仿佛尽悬挂着我们激动的心。

擎天的石柱屹立在我们身后,
莫非曾约定?一对巨人题铭文。
如今纪念堂又和纪念碑融为一体,
像历史本身不可分割,一般雄浑。

还有谁不理解伟大的中国革命?
天安门广场就是揭开的课本;
读一遍石头的记忆和眼睛的誓言吧,
时间和空间必将会无限延伸……

领袖、政党、阶级和群众血肉难分,
在这儿体现得何等生动、深刻、单纯!

北斗星座因七星结构而光照宇宙,
拱卫北斗的更有万千星辰!

手执斗柄者正是那最明亮的一颗,
如今就在这殿堂之上安寝;
神圣的职守已付与新的集体,
可靠的巨掌旋转着朗朗乾坤。

但耳边又怎能不萦回您的呼声?
是您血涂荆棘,指点历史的迷津;
如果中国竟不曾听从您的召唤,
人们肯定还在黑暗中徘徊、沉沦……

阅兵式终于开始了,纵队穿越大厅,
不是三尺的步武,而是寸寸分分!
静!静!我们绕圈椅、眠床而行,
此刻,统帅和战士彼此能谛听心音。

看您的一呼一吸,吐纳着万里风云,
弄浩浩江河为琴,倚莽莽昆仑作枕;
呵,我们确实同时见到了您的战友——
无所不在的骨灰!无所不至的忠魂!

中国的兵车轰轰然在天地间飞奔,
时代之大轴联结了一对巨轮;
倘或失去了你们的配合默契,

谁知道二十世纪在何处颠簸困顿?!

而且我们重新发现了您眉间的结,
家国之忧呵,竟终生未得平熨!
我们早年见过,当斯诺首次指给全世界,
我们后来见过,当敞篷吉普驶进天安门。

也许还必须上溯得更其长远——
黄鹤楼前把酒,橘子洲头行吟;
那时您就把心事绾结在额前,
沉郁的目光已专注于各民族的命运。

我们当然只有一些渺小的烦恼,
而您却郑重宣告:要为人民谋生存;
伟大的忧思呵从不嘲笑渺小,
共产主义和柴米油盐挤满了您的胸襟。

多么亲切的眉结! 亲切得令人心疼;
最不凡的凡人! 人民这样确认。
您以当人民的儿子为光荣,
共和国却将您比作父亲。

然而恶鬼和魔女偏要兴妖犯禁,
以丑陋的色彩、拙劣的画笔制造光轮;
他们妄想用符箓当砖高筑庙墙,
变人民与领袖为愚众与尊神。

不！巫术岂能将真理蒙混！
请看那眉结分明鼓突着愤懑！
"一句顶一万句"不过是迷人的蓍草①；
恶鬼和魔女相继用它泡制毒鸩。

您慧眼如火洞穿了魔鬼的心肝，
人民也早已成熟，拒绝这谋杀的燕饮；
撕破他们的红袍！扯下他们的红巾！
收缴他们伪造的权杖金印！

雨露恩，自来最刻骨铭心，
怎容得毒蜂儿揳入芒刺半根！
革命无神祇，无需靠巫师沟通神、人，
人民万岁！我们当牢记您的谆谆教训！

白胡子的故事讲，您和我们骨连筋——
翻身老雇农同您拉家常满座生春；
长翅膀的山歌唱，您和我们心贴心——
幸福小八路同您依偎在延河之滨。

昨天我们曾经是您的战士，
今天我们依旧是您的大军；
关山重越，再来一个二万五千里，

---

① 蓍草，俗名锯齿草，古代用来占卜。

帅旗飘飘,引导我们建立新的功勋。

于是我们从纪念堂誓师出征,
冲出新的腊子口就是新的吴起镇;
十一大路线是我们阶级的进攻路线,
大军行!向二〇〇〇高地挺进!挺进!

1978 年 4 月 28 日　北京

重登景山

万春亭上雨燕舞,
近年栖息何处?
并非呢喃总多情,
须知诗出愤怒!

谁持湖山归原主,
人民将谁拥护;
倾城空巷踏歌声,
四凶吊了槐树!

1978年5月　北京

诗 的 复 活

一

旗手,是我们阶级的头一名勇士,
不是廉价的玻璃首饰!
你不配!上海滩的浮浪青苹!
用开襟连衣裙化装起来的吕雉!
谁相信呢?难道一夜之间,
中国革命,曾经调换过旗帜?!

二

什么时候,黑暗、野心与阴谋杂交,
产下来这押着韵脚啼哭的私生子?
呵哈,"诗报告"?典型的生物学名词!
根据"原则",对于数不清的无耻,
必须突出其最无耻,因此,
突出了身裹蝉翼薄纱的主子!

三

若明若暗中,行刑队一拥而上,
清一色笔尖武装到牙齿;
他们宣布:诗有罪,罪该凌迟!
油头粉面的弄臣们营营嗡嗡了,

在我们纯洁的党报上,
落下了蝇矢。

四

诗呵,就这样悲惨地死去了,
死于拷打!
死于毒鸩!
死于羞耻!
秃鹫狂舞,而蝙蝠和乌鸦
纷纷飞来,争食这遍体鳞伤的尸⋯⋯

五

诗果真死了吗?不!
肉体的暂时消逝,不过是日月之蚀,
它不朽——并非由于玄妙的秉赋,
它永生——并非由于神仙的素质,
须知:既扎根于人民的心脏与热血,
冰雪杀伐,又岂能灭绝花枝!

六

敬爱的周总理呵,您的恩泽
遍及于处处、时时、事事!
而今我还要说:是您,拯救了诗!
是您召回诗的英灵,
是您鼓舞火凤展翅,
——在那乌云漫天的日子!

七

看吧,人民从四面八方涌来了,
人民举起了自己的血誓;
二十世纪七十年代呵,
竟重演了一部诗的上古史:
不是源自个别的诗人,
而是源自万千无名氏!

八

帝王们为何设采风的官职?
当然不是爱诗成癖,
而是为了巩固统治!
"四人帮"却这般愚蠢、骄恣,
他们爬上火山,追"谣言",查"黑诗",
愈见"谣言"真呵,愈见"黑诗"赤!

九

建筑科学发展着,风驰电掣;
"四人帮"却命令人民,玩积木,
制造各色各样的诗的房子:
背会《帮体200句》,
套用杜林先生和江青女士的模式,
然后,再提上红漆喷它一次……

十

诗的冤魂骚动着,踏倒积木,
攻破帮派恶魔盘踞的大小城池;
斗争!斗争赢得了十月六日!
这才是诗的复活节呀,
寸草心,心心向着
我们的统帅华国锋同志!

十一

大坝在此!见证在此!
郭小川生前埋下的歌声在此①!
挖出来吧,挖出来吧,一团火炽!
而历史博物馆窗明橱净,
看哪,昨天的所谓地下出版物,
今天堂而皇之②!……谁不泪眼轻拭!

十二

堂而皇之!我们理应写出更多好诗!
万吨生活矿砂——也许提炼仅一字,
万里革命征途——必须校正每一尺;

---

① 见郭小川同志诗《团泊洼的秋天》:不管怎样,且把这矛盾重重的诗篇埋在坝下,/它也许不合你秋天的季节,但到明春准会生根发芽。
② 在北京中国历史博物馆二楼大厅里,人们看见《天安门革命诗文抄》等一系列由革命群众自行集资出版的铅印油印诗集,公开陈列于"周恩来同志纪念展览"的玻璃橱柜中,不禁感极而泣。

是香花就统统开放吧,缀满这
纪念碑下、纪念堂前的全部花池,
奉献给瞑目含笑的先烈和导师!

1978年5月23日 北京

鼓 角 鸣

故事,是烈士的英魂。

……在夹金山口,
周天狂舞雪尘,
暴风卷着白的舌头,
舔掉所有的脚印。
后续部队来了,
何处是北上之门?
猛见得冰的铠甲下面,
有一支僵直的手臂指引;
这就是路标!
一颗不死的心!
它在召唤我们:
前进!前进!前进!

故事,是老兵的歌音。

……在淮海战场,
天地复归于混沌:
熔岩在脚下横流,
火焰贴着军帽飞奔。
我们建立了一个桥头堡,

但河水隔断了援军。
调工兵部队去吗?
时间就是胜利!就是责任!
同志们跳下去了,跳下去了,
搭一座人桥插向纵深!
没有它岂有长江大桥?
前进!前进!前进!

故事,是每天的战讯。

……在新的长征路上,
呼啸着九亿人民,
仗越打越大呵,
到处是"四化"之阵!
党中央号令既出,
鼓角鸣金声玉振!
要粉碎所有的障碍——
"四人帮",还有自满、软弱和迟钝……
看!横竿已提到二〇〇〇高度,
架起人梯来!跨过这个水准!
我们是十月的子孙!
前进!前进!前进!

传统在,故事不会换主人。

1978 年 7 月 10 日　北京

沉　思
——读摄影作品《最后的时刻》

既然历史在这儿沉思，
我怎能不沉思这段历史？
凝望着敬爱的人呵——
想起您弥留的日子。

记不得曾有过什么照片
能使我如此激动，难以自持；
但既非倾泻脆弱的泪滴，
也无须慷慨陈词。

是一名期待恶战的老兵，
是一面召唤风暴的旗帜；
敌人害怕您静若悬剑，
人民信赖您稳如磐石！

仰之一分有损您的谦逊，
俯之一分背离您的质直；
那布满面颊和手背的老年斑呵，
也仿佛都是些傲霜的梅枝。

双眉乃勇士横握长刀，

这正是中国革命破敌的英姿；
目光揉动着冰与炭，
大哉！无产者的神勇与睿智！

紧闭的嘴唇昭告人们：
这里蕴蓄着乐观的诗；
而被钢牙挫败了的
又岂仅是癌，更有江青的无耻！

何谓最后的时刻？倘在我辈
这等文字诚然完全合适；
而您却是永恒的永恒呀，
除非大地寂灭，除非江河消失！

因此我说，这是一个渺小的标题，
人民有权否决、屏斥；
但这又是一宗伟大的纪录，
全世界为之鞠躬、仰视。

万千工农和知识分子家庭，
都将您安顿在洁白敞亮的位置；
所有辉煌的展览大厅，
竞相悬挂这同一幅绒绣锦织……

最长寿的是人心！
人心不死您不死！

红色的星斗呵,您的光芒
永远是对开拓者的战斗启示。

假如在无产阶级专政的大树上
还寄生着资产阶级政客"同志",
那么,但愿癣疥们牢记,牢记
中国以哭当歌和以歌当哭的日子!

既然历史在这儿沉思,
我怎能不沉思这段历史?
玩火者!休得放肆!
十年,百年,莫妄动一根手指!

         1978年7月29日 山西忻县

为灵魂辩护

一

化学家以试管为笛,烧瓶为琴,
且歌且舞,半笑半嗔,
他的话语深奥而不容怀疑,
既清澈如水,又绵密如云。

他宣布:休看这大千世界嘈杂纷纭,
不过是一百单八种元素构成一团矛盾;
而更少的几种便造就了人类自己①,
科学的力量简直能点石成金。……

这话不假,我的骨骼就储存着磷——
大约能蘸八千根火柴棍;
哎,果真能八千次爆发希望的火花,
我倒甘愿在光明中化为灰烬。

而为了向四个现代化胜利进军,
该动员一切有用之材火速上阵——

---

① 据分析,人体中包含有40升水;3640升氧;5斤氮;碳,可制9000支铅笔;磷,可制8000根火柴;氢,可填充一只轻气球飞升高空;铁,可制5枚小钉;盐,可装满6个小瓶。

九千支铅笔能画多少草图?
有谁来将我体内的碳素提纯?

氧和氮,关系到动植物的生存,
这是常识,早已载入了小学课本;
请莫忘我还珍藏着轻盈的氢哩,
释放它吧,观测气球当直叩天门……

铁确实很少,但我也绝不悭吝,
全都拿去好了,足够打钉五根;
常自恨诗中少铁难得风骨遒劲,
这是否也算得一个先天性原因?

也许,在下一个世纪的某天清晨,
一觉醒来,广播员便对你报告新闻:
只消将火柴、铅笔、铁钉研磨成粉,
如此这般化合,便成功了"人造人"。

然而,对于这样的"人"我拒绝承认,
尽管他身上各种元素不短半分;
可敬的发明家呵,问题是——
怎样给你的新产品装配一个灵魂?

灵魂不可以怠惰、贪欲和残忍,
灵魂必须正直、纯洁而且勤奋;
既然它翱翔于共产主义的新的世界,

就该能战胜一切敌人的引诱与挑衅!

这当然大大超越了生物化学的本份,
灵魂工程师何在?哪儿去探访追寻?
于是人民把目光投向了作家和教师,
投向了千千万万隐名埋姓的雷锋们……

二

我把好诗当好友,一如结交知音,
他们不仅有血肉,也有活的灵魂;
他们大哭大笑,真爱真愤,
日日夜夜吸引我的眸子,占领我的心。

没有灵魂的诗是诗的赝品。
喂,小贩!谁还买你的"豪情"牌脂粉?
纵然你用格律将它包装严整,
再点缀些令人头晕的高腔险韵……

砖残瓦败了,是你曾频繁出入的女皇宫寝!
灰飞烟灭了,是你曾长期叫卖的化装用品!
快掩埋你那些"帮体"大赋、"法家"韵文吧!
绝不容许这尸臭污染我一代公民!

然而哀鸿遍野,毕竟是中毒者的呻吟,
手抄本汇成暗流,喧嚣着迷途的愤懑;
"左"与右、"革命"与堕落何以一胎并生?

谁之罪？横陈着这许多诗的畸形儿和阴阳人！

但历史裹血前进，谁又能扭转其车轮？
任什么外感内伤，有国师妙手回春！
听，"十一大"召唤着红色的文艺复兴，
须知任务庄严，经过了政治局讨论！

就像当年的枪杆诗叮咛我们瞄准，
就像当年的扁担诗鼓舞我们行军，
新的长征需要新的诗传单呵，虽然
这些花寒伧粗笨，却别有战地的芳芬！

我们的父兄有疵点，但更有金色的功勋，
伟大的诗人对此曾有完整、准确的评论；
他遗下一柄铁锤嘱我们锻造形象之翼，
岂可以抡起它当作了砍伐诗歌的斧斤！

我知道，并非所有自天而降的都是甘霖，
可谁能忍受那冰雹似的马蹄飞奔？
但愿园丁们下地来能耐心锄草中耕，
莫开动推土机错把荒圃认作野坟！

脚步在山间轰响，通报着军威大振，
同志们肯定能将前路高峰一一登临；
愿你我都将灵魂交付于时代的铁砧，
尔后再以自己的灵魂去锻炼诗的灵魂！

这首诗不妨结束,脚步声却永不停顿,
它究竟能活多久?丝毫也不用担心;
如果注定了像蜉蝣一般飞着死去,
我也绝不向演员呼救,求助于朗诵的技巧和嗓音!

       1978 年 8 月 18 日 山西忻县

星

——我为大有希望的一代歌唱

一

条条大路通向天安门广场,
而广场……怎么通向了"四人帮"牢房?
鹤发童心的中国呵,活到了
公元一千九百七十六年清明,
为什么?为什么呀?火山!岩浆!
事情竟至于这样!

谁从这儿架走了我的孩子?
我的孩子!此刻你在何方?
天哪!我起誓:对于这一代,
广场,才是真正的摇床!
孩子吮吸过火焰般的乳汁呀,
看看吧,他们的眼睛多么明亮!

呵,多么明亮!多么明亮!
像灿烂的星光!像灿烂的星光!

二

为父母者,谁能不捣枕捶床披衣推窗,

夜未央！将黑云阻隔的星光凝望——
那条条黑云恰似铁的栅栏，
透过栅栏，星光抚摸着天安门广场。
为什么？为什么呀？惨白！冰凉！
广场竟变成这样！

我的孩子！因何你拧眉咬牙沉思默想？
莫不是追寻那最初照耀你生命的星光？
"五星红旗……迎风……飘扬……"
妈妈下班了，你绊着裤腿牙牙学唱。
于是后来你才写下了第一篇作文，
骄傲的题目：我，在红旗下成长！

呵，多么明亮！多么明亮！
能思索的星光！能思索的星光！

三

五岁了，爸爸让你骑在脖子上，
兴高采烈，跳进了五一节的波浪；
不相识的阿姨递给你一面小绿旗，
又咔嗒一声替你照了相：
"你是红色的，又是绿色的，你是希望。"
她的话多难懂呀，可听上去简直像歌唱！

你咬着耳朵问爸爸："全中国都来了吗？"
"都来了，条条大路通向天安门广场。"

气球和鲜花在你的瞳仁中飞扬,
阿姨！快给我们的生活也照一张相！
从此,你长一岁相片也跟着长一岁,
谁敢将你心中的胶卷夺去曝光?!

呵,多么明亮！多么明亮！
有信仰的星光！有信仰的星光！

四

快来看！他都写了些什么呀?
开掘吧！枕头下边有矿藏！
革命的孩子是早熟的,
这样的早熟又何须惊慌！
多少个少男少女曾得过这无名"热病"——
永不出版的诗集,独自吟哦的华章……

柔嫩的童音故意装作粗犷,
狂热的幻景暂且代替夸张:
"请你告诉我,天安门广场,
为何你的每一粒砂子都如此滚烫?
天安门广场说:因为走在我身上的
不是脚掌,而是心脏。"

呵,多么明亮！多么明亮！
会写诗的星光！会写诗的星光！

五

一转眼你却把诗集投入炉膛,
掏罢余烬妈妈已眼泪汪汪。
你偏像成人般庄严宣告:
我发现了天空!我发现了翅膀!
该结束这浪漫主义的游戏了,我的任务
是和同志们一道,拯救天安门广场!

你套上了爸爸的旧军装(未免太长),
又匆匆佩戴起鲜红的袖章;
你的虔诚赢得了人们的普遍尊敬,
你的坚决鼓舞了全家去迎接风浪。
茫茫九派横流呵,谁能辨
哪些是沉渣泛起?哪些是鼓帆远航?

呵,多么明亮!多么明亮!
学游泳的星光!学游泳的星光!

六

星光!星光!且莫以光年把时间度量!
十年了,中国才游近险岸曲港;
泥沙俱下,水妖争嚷,
正叹息沉滞漫长,又欢呼涌起潮涨,
看呵,最后一个旋涡已迫在眉睫,
浪花朵朵,愿献给真正的闯将!

是谁夜半陨落?人海溅起泪浪!
铁骨迸化火种,沛然自天而降!
不该熄灭呀,星光中的大星光!
不该熄灭呀,不该熄灭了您的辉煌!
孩子们哭喊着冲上去了,谁料想,
这最后的旋涡,竟在天安门广场!

呵,多么明亮!多么明亮!
白花般的星光!白花般的星光!

七

黑幕下垂,天空召集星星布防,
我的孩子!你高声朗读着新诗上岗——
是不是从这一天起你又开始写诗了?
朴素如全中国的花圈,悲哀如全中国的肝肠;
但愤怒又像炸弹,锐利又像刀枪,
打!打偷花圈的贼!打窃国的"四人帮"!

为什么我们的钢铁成了他们的镣铐?
为什么我们的灾异成了他们的吉祥?
时针、分针和秒针竟相倒退,
审讯室的大钟和它主子一般癫狂!
我的孩子!唯其无罪你才身陷罗网,
休管它寂寞日影移高墙……

呵,多么明亮!多么明亮!
被囚禁的星光!被囚禁的星光!

八

岔腿横立着的是谁?"帮"公安局长!
止不住淘气的念头呀,快替他画相!
大不敬呵,你伸出食指凌空勾勒,
体态:鬣狗的矮胖,面孔:纸糊的善良。
一夜间局长大人掐灭了一千只烟头,
可又怎能掐灭半点星光?

我的孩子!可惜你无缘欣赏,
欣赏这位分身有术的"帮"局长——
同时他也在广场之上挥汗奔忙;
手提水龙头冲洗什么呀?
百分之一百的无效劳动!百分之三百的痴心妄想!
广场不是餐巾,血痕并非酒浆!

呵,多么明亮!多么明亮!
不屈服的星光!不屈服的星光!

九

风暴摇撼着铁窗,
风暴呼啸在广场,
广场四周的大树,铭记着孩子们的榜样——
它们搏击风暴,如同孩子们笑迎棍棒,

咬着自己的头发,挽着胳膊,挺着胸膛,
看!这就是中国悲愤的形象!

没有眼泪了,眼泪已灌满汽油库,
没有嗓音了,嗓音已贮进火药仓,
只等待只等待最轻微的一记震荡,
正义的撞针你推送公理飞出炮膛!
雄鸡将啼,长夜将尽,曙光将降,
今晚的秘密将伴随明朝的钟声普天传扬!

呵,多么明亮!多么明亮!
黎明前的星光!黎明前的星光!

十

爆仗锣鼓响,英雄花怒放,
好孩子!果真是拯救了天安门广场!
四面八方,道路都已通畅,
无产阶级的敌人才进无产阶级的牢房!
我冲破冤狱的孩子们哪儿去了?
看车间,兵营,胜利的红花覆盖着总理的相框。

是的,星星消溶了,消溶于
明净的蓝天和灼热的流光;
难道这意味着从此不设防?
不!无名的星体永远守卫着天宇浩茫,
像小小的纤尘不染的螺丝钉,

紧紧地拧在了庞大的机器上……

呵,多么明亮! 多么明亮!
失而复得的太阳! 失而复得的太阳!

1978 年 6 月—9 月　北京—哈尔滨

问　　鞍

乍到鞍山,山山叩门环:
鞍有多大？圈在哪边？
万千烟囱齐伸手,为我细指点,
好热情呵好威严！

一指红云如鬃,再指黑烟似鞯,
喜相逢,骑手欠身未下鞍；
我忙掏笔作记录:地点……
鞍山人笑道:时间,请写八〇年……

1978 年 10 月 9 日　鞍山

松花江的灵魂
——看吉剧团的演出

比天池还要幽深，
听清风摇落松针；
较丰满①更加喧哗，
雷电在浪涛中打滚。

像一支支人参，
散发着泥土的芳馨；
像一架架鹿角，
积蓄着生命的精蕴。

扇子是采蜜的蜂蝶，
颤动中有似雨的花粉；
手绢从天空掠过，
好一窝淘气的鸣禽！

更有那长长的水袖，
胜似出岫的白云；
欢乐而炽烈的秧歌，
如草原上野火飞奔……

---

① 丰满，指小丰满水电站。

松花江哺育了大地,
松花江是歌的母亲;
长白山叫你白了头,
共产党给你以青春。

牢记住诞生于车院和瓜棚,
丝绒大幕软化不了你的灵魂;
载歌载舞跟随我们去吧,
将二十一世纪辛勤耕耘!

1978 年 10 月 16—21 日　长春—北京

龙 的 家 族

一部潜孔钻,一部电铲,五部翻斗载重卡车,组成一个采、运合一的作业小分队,谓之"一条龙"。这是弓长岭工人阶级的伟大创举。

海里闹龙,云里游龙,
敢情这山里也藏龙?
峰峦起伏岂非大地的海?
烟岚飘忽正是酿云的风!

神龙见首不见尾呀,这里轰轰,那里隆隆,
吼声起处,日照汗雨抛彩虹;
君识弓长岭,可认得它众弟兄?——
好样儿的!鞍山工人皆龙种!

1978 年 10 月 23 日　北京

千山一峰

　　千山，在鞍山之南，传说恰恰只有九百九十九座峰，那一峰何处去了？导游者讷讷。

千山九百九十九座峰，
还有一峰呢？无影踪！
问遍了，前朝往代砍樵汉子卖炭翁，
都道是：要寻它，除非东方红。

千山九百九十九座峰，
还有一峰呢？西复东；
但只见，虎背熊腰钢都铁人采矿工，
笑不语，飞车去，峰随巨轮动……

1978年10月25日　北京

牙　雕

　　参观贝雕厂，想起了弓长岭党委的规划：他们决心把二十二公里长的弓长岭像一根象牙似的精雕细刻起来，使它变成布满花果林木农田畜群的新型矿区。

谢主人殷勤，这满目精妙，
呵呵，我却只能报之以歉然一笑；
对不起呀，真对不起，
我的眼在看，心儿却早已飞掉……

在琳琅的贝雕中，我偏想牙雕，
想牙雕，更想那十亿匠师齐操刀；
展览馆占地九百六十万平方公里，
让全世界来参观吧，不收门票！

1978 年 11 月 3 日　京原列车上

万人坑中风萧萧

　　当年,日本侵略者曾在弓长岭设立"矫正辅导院",制造"千人沟""万人坑",疯狂屠杀我爱国矿工。

一道山沟尸骨填,
填沟难填"矫正辅导院";
落后便亡国,亡国准有万人坑——
步儿沉甸甸,心儿沉甸甸!

矿石更加沉甸甸,想必是尸骨变,
变作矿石,就能复活在今天;
风萧萧,忠魂争相发豪言:
恨不得矿山下边烧把火,就地把钢炼!

1978 年 11 月 7 日　北京

车过山海关

一

车过山海关，
有人高声唤：
快！快来看！
长城在正北，
孟姜女庙在正南……

长城在正北，
孟姜女庙在正南——
历史的大舞台呀，为什么
选中了这狭窄的地面？
列祖列宗的悲歌呵，
先后先妣的哀叹，
无奈何呵，
无奈何竟逼面相见！

二

长城是一张弩，
紧贴在大地胸前；
谁挽弓？
谁控弦？

望群峰鼓突蜿蜒，
直如那征人们隆起的胸腱。

可爱的胸腱！
可靠的胸腱！
曾有多少妻子，枕着它
夜夜睡梦香甜；
泪浣青丝缠不住呵，
抵着异族的铁蹄，
这胸腱，这胸腱
垛成了万里青山……

于是，小小的孟姜女庙，
立在了青山之巅，
顽强，而且凄怨——
仿佛一枚箭镞，
仿佛一颗弹丸，
地老天荒，愿与弩弓长相伴！

你，小小的箭镞呀，
你，小小的弹丸，
难道你是从心上挖出来的吗？
要不，怎会这样血迹斑斑？
弩弓抵御了外患，
箭创却留在肋间；
这是怎么一回事呀？

谁能决疑难?!

漫漫长夜呵风雨如磐,
香火明灭呵百代云烟,
在这儿,小庙厮守着,多少年!
仿佛一滴冻结了的苦水,
当初来不及强咽,
呵呵,丈夫有泪不轻弹!

三

长城在正北,
孟姜女庙在正南;
想必始皇帝会满意这地点,
想必他在这儿会就地长眠。
呵呵,他死了,一手持矛,一手持盾,
呵呵,他死了,矛和盾,都是遗产。

多少狂舞! 多少礼赞!
多少隐痛! 多少沉冤!
多少绣花的囚衣!
多少鎏金的锁链!
阳光共冰霜同时降落,
乌云与青天交替变幻;
桑麻地里生荨麻呵,
甘泉眼中涌泪泉!
仁慈而又残暴,

明智而又昏乱,
大胆中藏着卑怯,
诚实里夹带欺骗!
是的,普天之下莫非王土,
道路铲得多么平坦!
连轮距都一般宽窄,
人见了能不喜欢!
又偏教这大路两旁,
挖下些活埋的坑;
更点燃文明之火,
焚书扬灰如纸钱……
好呀! 霹雳烧净了荆棘与芜蔓,
农夫和商贾欣慰着平安;
但太空中却充斥阴阳二电,
穿墙逾户,居家也难幸免!

他,就是秦始皇,
伟大悲剧中的伟大演员!
不平凡!
但绝非神仙!

四

车过山海关,
满座皆怃然;
都道是,生我埋我的泥土呀,
感谢你,抟造了这块块青砖!

说什么正北正南?
我看是同等庄严!

长城呵,父亲的战鼓!
孟姜女庙呵,母亲的心弦!
鼓手们和琴师们呵,演奏起来吧,
这是乐坛,也是圣殿!
喧闹必走向和谐,
复杂将归于简单;
我是信赖你们的呀,
我信赖你们的成熟与勇敢!

呵,车过山海关,
一切闪后边;
新鲜空气扑过来了,
向前!向前!

1979年　旧历除夕之夜写于合肥

爆 竹

一

从现在起,全世界会向我们致以良好的祝愿,
每逢三月五日,看中国挑一竿爆竹将它点燃;
呵,多少年这日历总是埋藏着他的寿诞,
想起来,此刻还令人深感疚心和遗憾……
让我们努力去弥补那错过了的大欢乐吧,
历史的老人如今已什么都不再隐瞒!

二

三月五日出生的孩子们哪,我羡慕你们!
要牢记,他正是选择了这一天来到人间!
不是地震,古城却经受了剧烈的摇撼,
四门洞开,到处生出些浅草吐丝疏柳含烟;
千百年流淌着绀黄泪水的运河两岸,
民夫们竟纷纷割断纤绳笑看那官船倾翻……

三

这是春天神奇的力量!这是春天隐秘的召唤!
只有春天能给人决心!只有春天能给人勇敢!
他来了,他在冰川之上凿开窟窿汲满瓦罐,
然后又注入江河,化作桃花泛红的激流巨澜;

他挥舞着双臂,像窗前掠过的第一只雨燕,
招引我们随他奔向原野,去迎接春天。

四

宇宙总是表现为复杂又总是体现着简单,
事物总是表现为偶然又总是体现着必然;
如同最冷酷的顽石迸发出最热烈的火星,
如同最污秽的淤泥孕育成最皎洁的白莲,
当他一旦割断脐带,他就大声宣布反叛——
封建的逆子呵,他比任谁都更憎恨黑暗!

五

他学步在镇淮楼前①,他跌倒在北京医院,
生命之路呵,每一个脚印都经受了铁与火的检验!
他踏破两洋波涛,把异国的海岸视同真理的门槛,
径直到巴黎去吧,去寻找公社社员墙上的弹洞血斑,
索性渡莱茵河吧,那儿有全体无产者的家园,
律师和厂主的不肖子孙②,正等待他于会心一笑中相见!

六

公元一千八百九十八年,他开始举步向前,
跋山涉水,聚合着夜行者与毒蛇猛兽作战;
他顽强地走呀走呀,从不知何谓疲倦,

---

① 周恩来同志的故居,在江苏淮安城镇淮楼西北隅约三百米处的一条小巷中。
② 马克思的父亲是律师,恩格斯的父亲是工厂主。

他那又大又黑的眼睛,燃烧着不灭的火焰!
如果他曾有过迷误和失算,他就会说:
战士的伤疤无须遮掩!呶,大家看!

七

他替穿草鞋的士兵找到了穿草鞋的总司令官,
他为共和国大厦储备了梁、柱、檩、椽;
他以胸为盾,保护着革命的引擎持续运转,
想想吧,没有他舍身相救,哪有当今的主机部件?
他是总理,又是将军、诗人、记者、大使和警卫员,
他是精通众多业务的公仆,他是包容众多星斗的河汉!

八

但毕竟春天来得很晚很晚,
为什么迟到了?这问题也许该留待儿孙钻研;
不过我们深知:春之路曲折而又艰险,
脚掌划破了,一万缕血丝结一个茧;
然而玫瑰花在额头盛开,好一顶荆棘的王冠!
褴褛衣衫,通体焕发着光艳和新鲜……

九

起初我们在红霞中呐喊,呐喊,呐喊,
后来我们在乌云下默念,默念,默念,
我们像戈壁滩上蹒跚的骆驼一般,
习惯了海市蜃楼的欺骗,欺骗,欺骗;
当然也像骆驼似的感到天真的喜悦,

假如我们果真能遇见哪怕是一泓苦泉……

十

因此他站到了穹窿似的大屋顶下边,
高声地领着亿万群众发出誓言;
这宣誓像一阵郁雷滚过天庭,久久地
在大屋顶似的穹窿下不愿消散而终归消散;
他愤怒了,再一次登上那仿佛变成了祭坛的讲坛,
以更高的声音带领我们又将誓言重复一遍……

十一

可是没有甘霖,只有电光石火冰霜雪霰,
只有烧焦了的树木,只有轰塌了的墙垣,
他被击中了!我们跪倒在车库似的小屋里将他装殓,
而本来,他理应得到一座真正的寝殿!
呵,果真是祭坛!魔鬼嫌没有牺牲,他便将自己奉献,
一位伟大的女性复述了他的遗言:让我的骨灰肥田!

十二

"运动便是一切,而目的是没有的。"①
我们断然驳斥这愚蠢而又狡诈的谎言!
你要听从它么?它将把你变成罪犯!
你真信仰它啦?肯定你已黑了心肝!
春天诚然与冰雪斗争,但斗争也不过是一种手段,

---

① 第二国际头目伯恩施坦之语。

花蕾结果，母亲分娩，这才是春天的哲学观念！

十三

春天不是无声的风雨，潮润并且温暖，
不是一朵花重复另一朵花的色彩、芬芳和笑靥，
不是忙碌的蜜蜂自管忙碌，悠闲的蝴蝶自管悠闲，
不是雌性和雄性的活物相互追逐，情意缠绵；
对于我们，春天是靶，是箭，是理想，是信念，
是为之吃尽万般苦而后受之无愧的甜！

十四

我不懂，为什么说起民主自由就怒气冲冲铁青着脸？
我不懂，为什么说起物质幸福就暗中扳开牛津字典？
不要把美好的世界都奉送给资产阶级吧，
难道劳动着的工人、农民、知识分子注定和它无缘？！
难道公有制不正该大大地高于私有制的低水平线？！
难道他，还有万千死者，不是春之信使和先遣？！

十五

千万不能再有了，捆绑解放者的锁链，
千万不能再有了，囚禁革命者的牢监，
千万不能再有了，扔在街上踏碎的贝多芬的唱片，
千万不能再有了，投入火中焚烧的杜工部的诗篇，
不能再像配给口粮似的，配给蒙昧、图腾和野蛮！
已经是制造机器人的时代了，不能倒退为猿！

十六

脱下不合脚的鞋子,丢掉中世纪的习惯!
聪明的科学家哟,将迷失那创造与梦想的界限;
一个农业工人,就能盛满一百只饭锅和一百只菜碗,
这才是地上活着的神仙!这才是社会主义大生产!
看哪,院墙都装饰着壁画,听吧,客厅都跳动着琴键,
劳动终于成了公民的证件,哪儿还有轭头和皮鞭!

十七

今年的三月五日更不平凡,他本人带来了爆竹一串,
这爆竹又脆又欢,纸花的红雨撒遍了塞北江南;
热情响亮如同他朗读公报,宣布了战略性的伟大转变:
建设四个现代化的强国,是今后全党的工作重点!
他和我们一道舞,一道唱,一道掐着手指算,
一道迫不及待登上高巅,一道展望二〇〇〇年!

十八

春天的形象如何?当然教人迷恋:
霹雳火在腰间燃烧,好一柄精钢的宝剑!
怀抱丝弦,双目闪射着坚定和乐观,
更身插民主与科学之双翼,只是羽毛尚欠丰满……
欢迎春天!热爱春天!我们与春天结了生死缘!
谁敢再放暗箭?除非先把我们的心脏射穿!

1979 年 2 月 6 日　深夜于合肥

鞍 山 评 论

一

有的皇城本身就像君王,
万城之城呵,富丽而堂皇;
有的都市拥挤着摩天大楼,
仿佛一片密林,争夺空气和太阳。

有的古堡已无力将黄风抵抗,
任衰老的建筑在沙海中漂荡;
有的集镇却竟日沐浴着绿雾,
到处是湿的小桥,湿的翅膀……

有的采邑如同一只蜗牛,
终生驮着壳,壳便是城墙;
有的居民点简直是雨后的蘑菇——
白花花,多少地质队员的篷帐!

在它们的上空都飘拂着红旗,
这正是新生活的脉搏与歌唱!
但毕竟多数是旧日的遗腹子,
有丑陋的胎记,同时发育不良。

看！唯独鞍山选择了炉子当作脊梁，
一呼一吸都吐纳着热浪；
白天是无边的烟云，
黑夜有吓人的火光。

云蒸霞蔚的鞍山哟，
你真是别样的美别样的雄壮！
你的汗水是为大众流淌的，
这样的汗水自有其芬芳！

二

我当然不是朝圣的教徒，
鞍山也根本无有庙堂；
而出钢的钟声何以如此神奇？
一声声唤起我的虔诚和敬仰！

早一天拿下六千万吨吧，
这已是全民族的热切愿望；
因此我才一步一个顶礼，
将工厂和矿山一一探访。

钢都的主宰是产业工人阶级，
既不宽恕剥削，也不容忍祭享；
须知菩萨和人都是泥土所生，
社会主义岂能靠明烛高香？！

在这儿繁衍兴旺的种族,
血肉中一概饱含着铁矿;
如果还有别的什么元素,
那准是会燃烧的硫磺。

市中心矗立着烈士纪念碑,
它比所有的烟囱更器宇轩昂;
前后左右的石头全学会了思考,
思考我们多灾多难的国家和党。……

于是能听见死者与生者交谈,
他们都谈些什么了呢?钢!
四个现代化离不开钢,
但钢又怎能离得开正确的方向?

三

鞍山曾经是战争的废墟,
日本人说要留给中国种高粱;
无数个孟泰立即昂首回答,
但不是用言语,而是用机器轰响!

秋果既然这样丰盛,四溢糖浆,
大可以废止春日剪枝夏天浇锄冬季保养;
因此一股风闯进千家万户打破铁锅,
据说是炼丹炉能超过西方。

试问哪一位工人老师傅,
不憋了满肚子委屈要讲?
钢浇铁铸的硬汉子从来不畏劳苦,
可难忍这样一种醉狂自戕!

为什么要又涂又抹,
在彭总名下造一笔假账?
然而鞍山心中有数:
工人得浮肿病,高炉也闹饥荒。

接下来是林彪和"四人帮",
男男女女轮番坐庄;
皮包骨的中国呵这儿还算得块肥肉,
不待说招来了野狗和恶狼。

如今工人们还指着天车回忆:
那时车间垃圾成山,天车停在山上;
而且,挺好的小伙子变了流氓,
鞍山哟,没打仗你怎么内外负伤?!

四

今天我来拜鞍山为师,
跟他学科学,学近代史,
学不掺水的马克思的革命主张,
同时还学歌唱。

和我同行的诗人们,
甚至画下了火龙的形象;
可我只是不停地想呀想,
有时苦恼,有时欢畅……

因为鞍山终于活了转来,身强神旺,
我庆幸他有极健康的心脏;
又因为他受尽折磨,
这一场浩劫怎敢遗忘?!

最动心的还是遍地英雄榜,
像片中人有的竟判过劳动教养;
而秘密居然并非七斗八斗,
只不过是信服真理的力量。

至于那三十年代的设备,
老实说我并不欣赏;
"再过几年就拿它去化铁!"
工人同志的介绍倒真豪爽!

愿这样的城市更多一些吧,
八十个成百个全都无妨;
到底是大炉子有炼化一切的威力和器量,
何况新时代还在不断吹氧!

　　　　1978年11月6日—1979年2月9日　北京—合肥

东陵回声

　　今年元月二十三日,《工人日报》邀请一些同志游览清东陵,我也去了。我们驱车来到遵化县境内的普陀峪,登上了万人唾骂的慈禧的宝顶(坟包),一时颇有感触……

一块巨大的顽石,
雕成了一只巨大的乌龟;
这乌龟又驮着一块顽石——
那个女人的神道碑。

十六字成串的尊崇徽号①,
像堆砌顽石般堆砌着冰凉的词汇;
它肯定出自头脑僵化的大臣,
终生叩首,捣碎了可怜的想象力。

汉白玉栏杆拱卫着隆恩殿,
阶前一方彩石,上有云霞聚会;
好一面当年的镜子!
凤在上,龙在下,作危险的嬉戏②……

---

① 慈禧的徽号全文是:慈禧、端佑、康颐、昭豫、庄诚、寿恭、钦献、崇熙。
② 享殿前边的这一类雕刻,历来都是龙在上,凤在下,唯独此处弄颠倒了。

后面是高大的明楼和宝顶,
颓败中维持着堂皇和崔嵬;
五十年前的乱兵盗掘,
墓穴中想必还留有劫灰。

如今地宫封闭,无门可入,
据说她光着脚,失掉了绣花金屦;
难道这个女人也长着骈趾①?
要不,何以有这等权势和狐媚?!

人人信步踏上她的坟头,
笑看面包纸和香烟蒂随风飘飞;
这时我想起了那拉氏的余党,
倘或来凭吊,定不免铜驼荆棘之悲!

这个可恶的女皇是谁?
三岁孩童也知道:她叫慈禧;
何况前不久大家都见过她的鬼影,
听过她的回声,说的是革命汉语。

1979 年 2 月 25 日　北京

---

① 六个脚趾。

燕子书束

并非职业介绍所的引荐,
也不相信命运之驱遣,
跟随着带枪的缪斯,
我闯进了生产诗的车间;
革命对我说:小伙子,好好干!
一眨眼却老了少年——
但思想的经络仍旧不甚坚韧,
但情感的肌肉仍旧不甚丰满。

应该怎样总结这不成功的经验?
难道就笼统说一声:缺少锻炼?
其实我爱汗水淋漓的大艰苦,
其实我爱最后冲刺的大喜欢;
哦,假如能生年稍晚,
本来我会跟你们走的,运动员!
我也将选择一条崎岖道路,
奋力去攀登奥林匹克山!

如今却只好在看台上一壁钦美,
赞赏你们的勇敢、坚毅与精湛;
我肯定算不上什么体育爱好者,
只不过常默想诗与竞技的血缘——

我爱你们充满力量的美丽,
我爱你们充满美丽的康健,
我爱雕塑般的男性的棱角,
我爱工笔画式的女性的曲线……

我爱肢体中流荡的音韵,
单纯,舒展,必要时又间不容发地惊险!
还有那骨骼中蕴藏的节律,
指挥着每个关节的启合、动弹。
我爱那接力传递的火炬,
像人类燃烧着的血液绵延,……
而马拉松更有史诗的雄伟,
思想与技巧一律得接受考验。

亲爱的同志,此刻你们又身轻如燕,
欢乐较着装更能说明冷暖;
可为何诗的水银柱还忽高忽低?
戴着口罩的缪斯竟瑟缩于风前?
这时节我真想有一副健壮的体魄,
怕什么料峭三月,气流变幻!
但愿我是一朵大胆的小花,
请燕子衔了去吧,献给真正的春天!

        1979年3月7日　北京

石油是什么?

石油是什么?一团香喷喷的黑色的乳酪?
不!为了这富有想象力的名字,应当感谢沈括①;
它像石头变了水,然而并不是水,
它是石头变了火,但又并不像火。

谁知道,人造羊毛的祖先竟漆黑如墨!
谁相信,醉意醺人的乙醇,仿佛来自糟粕!
这才是为革命输血,热烘烘却也冷默默,
唯独工人阶级有权说:石油,它像我。

1979年3月7日　北京

---

① 我国宋代大科学家沈括,是世界上第一个为石油命名的人。

古 潜 山

这里曾沧桑几度？陆变作海，海变作陆？
在天地颤栗的一刹那，灭绝了多少生物？
那奇妙的石灰岩溶洞，怎会造就了油壶？
这又是谁的旨意，戴千枷百锁，闭重门叠户？

造化之谜哟，北京人的后裔岂能从事占卜？
我们有一切必要的技术，我们有地质图；
我们伸出六千米长的胳膊，一把将你逮住，
是时候了，古潜山，去完成祖国下达的任务！

1979 年 3 月 7 日　北京

雁翎油田

哎,一定有过两个白洋淀,两个白洋淀,
一个汤火沸沸,一个波光涟涟;
苇塘静悄悄,掩护着游击队员——
当年小伙子,转眼两鬓斑,但依旧警觉如大雁。

哦,而今又是两个白洋淀,两个白洋淀,
一个藏在地下,一个躺在水面,
钻机轰隆隆,歌唱着钻井队员——
老故事不老,新故事续篇:雁翎队和雁翎油田。

1979 年 3 月 8 日　北京

呼　　唤

　　石油展览馆内陈列着台湾省新竹县的原油样品,橘红色,鲜亮可爱。

一大堆玻璃瓶,拥挤在桌子中间,
仿佛全中国的油田,相约在这儿会面;
琥珀或深或浅,茶晶有浓有淡,
赛过翡翠的绿,胜似墨玉的黟……

唯独这橘红如珊瑚的忒鲜艳!
祖国呵,敢问——它来自您的哪方宝山?
忽然间玻璃瓶叮当作响齐声呼唤:
愿我们早日煮酒把盏!归来吧!台湾!

1979 年 3 月 8 日　北京

萨 尔 图

萨尔图,蒙语,有月亮的地方。

萨尔图,萨尔图,你的名字多么好听!
团圆的满月照耀着第一座帐篷;
起这个名字的肯定不是牧民,而是诗人,
因为他爱草原,爱覆盖着草原的光明。

萨尔图,萨尔图,你的名字多么动情!
团圆的满月照耀着第一口油井;
喊这个名字的已经不是牧民,而是工人,
因为他爱草原,爱草原覆盖着的光明。

1979年3月9日　北京

07号大轿车

周恩来同志视察大庆油田时,坐的就是这辆大轿车。

萨尔图站口停着一辆大轿车,
编号多少?切莫要漫不经心将它忽略;
车子陈旧了,蓝的发灰,白的发黑;
只有光荣和怀念,永远不会褪色。

不显眼的轿车,载过些不显眼的乘客,
其中不显眼的一位,却有最显眼的品格;
07!仿佛是首长代号,仿佛是战争岁月,
喊一声他的英名,心儿也会发热!

1979年3月9日　北京

"社会主义大火把"

"废气"不废,遗憾的是目前我们还不能完全利用……

草原之夜竟这般黑!在我还是头一遭,
伸手摸不着,却能感觉到:它如漆似胶;
但见这里一团火,那里一团火,
南,北,东,西,在半空中燃烧。

"社会主义大火把"?闭嘴!不许这样嘲笑!
我们的草原,拒绝它的照耀!
祖国呵,您听见了吗?草原在恳求:
先制止人的浪费吧,让科学家投入创造!

1979 年 3 月 10 日　北京

波斯菊
——致艾青同志

红白粉三色的波斯菊,开满了大庆,
朴实而又旺盛,像原油,像工人的生命,
像粗笨的铁锄,像瘠薄的砼土,
像寒伧的但是被着意擦亮的饭盒和马灯……

这就是魔力。年迈的诗人被它牢牢吸定。
"咱们在延安就认识,咱们都是老兵。"
话语到此消失了,(再说下去就会有雷声!)
是呵,有一些不便对花儿谈的冬天的事情。

1979 年 3 月 10 日　北京

草原落日

想必是这片草原过分寥廓,
在如此广大的背景上看日落,真是惊心动魄!
苍黄,疲乏,衰弱,更增添寒意许多——
一旦当你明白:它早已是一团失了热力的火!

上夜班的工人们正匆匆奔波,
那脚步表明了清醒、坚定和方向的毫无差错;
他们是绝不会把暮霭当作朝霞的,
他们的脉搏才是生活的脉搏。

1979 年 3 月 11 日　北京

枕　头

王进喜曾把这钻头当作枕头，
铺天席地小睡，又跳起来参加战斗；
于是所有的钻头都获得了思想，
懂得了为什么要争分夺秒把大地钻透。

在这样的大脑里准是含有镭或者铀，
接触了它，钻头便改造了自己的原子结构；
肯定将来会发明更加犀利的合金钢种，
但王进喜式的大脑和王进喜式的枕头绝不能丢！

1979 年 3 月 11 日　北京

咬　牙

　　　　无臂英雄耿玉亭,创造了一种用嘴噙着写字的笔……

他噙着的不是笔,他噙着的是花,
花!生命之花!创造者不是上帝,是革命家;
没有深奥的公式,结构也不复杂,
最重要的原理和部件都在笔之外:咬牙。

一切机器、工具,从电子计算机到犁铧,
一切技术的尖端,耸入云霄的塔和摩天大厦,
谁不曾从这儿出发?咬牙,流血,结痂;
如果不下狠心排除那必须排除的,谈什么四化?!

　　　　　　　　　　　　1979年3月12日　北京

"小会战"

> 即使实现了科学技术现代化,大庆会战精神仍旧是我们的传家宝。
>
> ——手记

我们来到了一所幼儿园,不,一座苹果园,
到处是红扑扑的小脸,连笑声都那么甜;
"你叫什么名字？小淘气？小捣蛋？"
"就不！我叫小会战！""我也是！""我也叫小会战！"

都是"小会战"？莫非这名字也是一种普遍的遗传？
昨天工地上,分明听年轻的父亲们忆当年;
当年,他们本人,襁褓不正是这片大草原！
呵,会战！长寿的稳婆,何时您再接产新油田？

1979 年 3 月 13 日　北京

忽然我想起了十三年前
——赠哈尔滨儿童铁路包乘组

比起那又长又大的火龙,
儿童铁路真是列车中的儿童;
你们身穿制服,操作如同成人,
然而,哪一个纽扣能系住天真的笑容?

忽然我想起了十三年前,
那时间想必是另一群少年;
后来他们都干什么去了?也许——
有的乘直升飞机上天,有的下了牢监。

那时间花儿也尽做噩梦,
风雨匆匆,装点了谁的前胸?
大地上呻吟着不结果实的一代,
没有蜂蝶,只有谎言飘飞在半空。

但愿你们向人民献出全部的蜜,
可一滴也别为毒药包裹糖衣!
亲爱的孩子们,警惕啊,警惕,
不能让历史也坐上小火车循环不已……

1979 年 3 月 18　北京

江 上 吟
——纪念作曲家张寒晖同志

我们这一辈,
唱过多少歌?
没有一千,也有八百个。

好歌永远不褪色,
它和我们的旗,我们的心,我们的血,
共着一种品德。

它像火一样发光发热,
像泉水一样解渴,
像刺刀一样攻无不克。

如果它能叫你痛痛快快哭一场,
未尝不是欢乐;
眼泪,并非总是弱者的选择。

一曲《松花江上》,
君且听,意若何?
——游子亡国归不得。

歌手哪儿去了?
去了陕甘宁,去了延河,

延河呵,给他上了一堂课!

松花江几曾胆怯?
它和延河一样不屈不挠,千回百折,
它和延河一个性格。

延河日夜流,
松花江也流日夜,
天下江河终汇合。

如今我来江上行,
松花江!切莫把我当远客!
我为你,凭栏轻拍旧鼓瑟……

四十年前的幼小者,
捧着春泥般的心一颗,迎接抗战兵车,
松花江的大河槽呵,是留在心上的辙。

十月寒流江水黑,
脱了夏装的太阳岛,像一只空螺壳;
不!健儿冬泳好骨骼!

一江滔滔下庙街,
卧冰白熊,辗转碰磕:
松花江水深莫测!

     1978年10月—1979年3月　哈尔滨—北京

书　包

红河边上,一个孩子在奔跑,
甩着他的书包;
两只胳膊像翅膀,
他是一只小鸟。

为何翅膀遽然一抖?小鸟!
缩拢,下垂,终于跌倒!
他被死亡捉住了——
子弹像流氓打口哨。

战士扑上前去,火在瞳仁中燃烧,
抱起了孩子,拾起了书包,
只有遗落的习字帖在腥风中飘摇:
"同志加兄弟",血打了惊叹号。

甜的土地
—— 一位哈尼族老人告诫参军的儿子

这是糖甘蔗的土地,
这是菠萝蜜的土地,
这是我们的土地,
我们的土地是甜的土地。

安南兵①来了,又埋雷又插签子,
那好比是毒蜂的刺;
要是让毒蜂蜇过了,
甜汁会变苦汁。

当了解放军该咋个办?
你自家想想看。

---

① 中越边境的少数民族习惯地把越南兵叫做安南兵。

信

父亲,亲爱的父亲,
这是儿子的声音。
我在前线挂了花,
医院养伤到如今;
现在右手能动了,
才亲自给您写信……
附上的两块弹片,
请您仔细认认。
如果竟认出钢里的指纹,
劝您也不必伤心。
把流氓错当作同志,
这是血的教训!

儿子,亲爱的儿子,
你的信为何比弹片还沉?!
一连三夜我没合眼呵,
枕上有多少悲愤!
如果人的生命可分,
我一半给了他们——
每日加班造炮弹,
抗美白头,援越霜鬓。
那另外的一半是谁?

在你还用再问!
请全世界的父母评评,
他们怎配称作人!

芭 蕉 树 下

一丛一丛的芭蕉树下,
战士替战士理发,又彼此拉呱,
一个在掐算前不久剃头出征的日子,
一个揉搓着这长得委实太快的发茬。

记得当初也在这芭蕉树下,
军中无戏言呵,英雄无闲话;
敌人再猖狂,也休想动我一根头发!
现在儿子们回来了,愿把它都献给祖国妈妈。

为养路工请功

兵车开过去了,
大炮开过去了,
坦克开过去了,
舟桥部队的推土机也开过去了,
平平整整的公路变成搓板了。

养路工一个劲儿地笑。

渣石铺上去了,
红土铺上去了,
黄沙铺上去了,
对着巴掌吐的唾沫也铺上去了,
搓板又变成平平整整的公路了。

汗珠子一个劲儿地掉。

祖　国

担架上躺着我们的重伤员,
他饿了,渴了,瘦了,黑了,
他过多地失血了!
原先的棒小伙子,
于今简直不敢认了。

他的体重显然很轻,
为什么,为什么,
抬担架的民工,
却打心眼里觉着沉!

帆布床上片片殷红,
已经变成了紫瘢;
就这样他还是棒小伙子!
真正的英雄!
一路之上,没听过他哼一声!

只是,他不断地打问:
(问得叫人心疼!)
"到祖国了吗?"
"到祖国了吗?"
"到了,同志!"

诗歌卷(二)

他闭上了眼睛，

留下了灿烂的笑容……

一路红棉

一路红棉,一路红棉,
哪有时间看!
从金平,到封土,
从河口,到柑塘,
从马关,到老街,
高高的树干,
圆圆的树冠,
满树红花,
像红色的信号弹:
向南!向南!

一路红棉,一路红棉,
今朝仔细看!
从封土,到金平,
从柑糖,到河口,
从老街,到马关,
敬礼又鼓掌,
狂欢把花献——
满树红花,
都落在我们胸前,
凯旋!凯旋!

凯 旋 门

我从来也没有通过
这么多的凯旋门,
从几百里外的国境线,
一直排到昆明城。

我从来也没有遇见
这么多的群众欢迎,
脚下跳着各民族的舞,
胸腔跳着同一颗心。

是的,我们从来也没有想过
这么严肃的事情:
光荣原来是一杆秤,
标明了战士的责任。

爱是不许浪费的

人山,人海,
部队根本过不来,
人山,人海,
这里谁能把步迈!
鸡蛋像神奇的卵石,
自己会挤进衣袋;
糖果是甜蜜的冰雹,
一下子把路面覆盖。
装已无法装,
塞也无处塞,
四下滚的,满地撒的,
且用层层纸花埋!
怪可惜的!哎!
这都是劳动的血汗呀,
这都是群众的钱财!

不怕!同志们!
你们就大胆踩!踩!
只要你们记住:
爱是不许浪费的!
爱!人民的爱!
人——民——的——爱!

打了胜仗的青山割胶了

壮工们齐上前线，
女工们也参了战，
下山的时候，
谁能不朝这胶林多看几眼？
橡胶林，我们的母亲，
无论此去走好远，
儿女们都始终能闻见
您的乳汁多香甜！

壮工们缴获了匕首，
这是杀敌的纪念；
女工们也炫耀着匕首，
这可比首饰更值钱！
打了胜仗的青山割胶了，
山山喷溅着乳泉；
工人们晃着匕首喊：试试看，
喂，再割半圈，再割半圈……

什么是勇敢？

猫着腰冲锋向前，
心里有个战术观念，
这是勇敢。
直着脖子，挺着胸，
送进敌人的火力圈，
这是鲁莽汉。

打了胜仗找缺点，
反骄破满，
这是勇敢。
打了胜仗就发横，
老子长，老子短，
这是傻瓜蛋。

到底什么是勇敢？
同志们，摆摆沙盘，
也亮亮思想，
讨论三天，
总结一番，
光荣花儿会开得更鲜艳。

以上一束诗传单，写于1979年3月—4月间，云南边境

琴

泪珠在铁掌中闪光

大幕早已完全合上，
报幕员正再次走向麦克风旁，
猛然间剧场像被人摇醒，
千百双大手同时鼓掌。

掌声带着金属的铿锵，
像火炮在阵地上不间歇地轰响；
但分明又见有男子汉的泪的珍珠，
捧在拿枪的铁掌中闪闪发光。

演奏者只好出台谢幕，
怀抱着小提琴如同怀抱着冲锋枪；
他行了一个庄严的军礼，
琴声便又一遍在星空飞扬……

英雄们心中藏着一支歌

所谓剧场不过是一块草地，
在从前也常有边民来放牛牧羊；
如今却只剩下一圈帐篷似的远山，
再加上一圈远山似的篷帐。

什么角落里藏着一只大蟋蟀？——
发电机在不倦地扇着翅膀；
演出小分队登上简陋的舞台，
宣布：要为英雄们彻夜歌唱。

但英雄们心中另有一支乐曲，
它的名字叫作：我们的七班长；
我们的七班长！你在哪里？
你的琴弦呢？为何至今哑静不响？

滋润生活的甘泉

记忆中有另外一座山谷，
山谷中有另外一片草场；
自从他来到了这个团队，
草场上便多了一股山泉流淌……

每当晚饭过后，山衔夕阳，
在军号与军号之间必有琴弦跳荡；
谁也不愿承认自己是在等待提琴，
但如果提琴失约，大家就深感失望——

丢开有趣的小说，扔掉待洗的衣裳，
彼此询问着：怎么听不见七班长？
哦，看来提琴已成为一种特殊的装备，
琴声，也自有它的权威与力量。

带提琴的班长

莫以为他不过是一名士兵音乐家，
不！他首先是个好班长；
同志们爱他也并非仅仅因为琴声，
最动心的还是质朴、勇敢和坚强。

老资格的战士早就认得那把提琴，
在巡回演出中它曾崭露锋芒；
后来文工团解散，鸟儿们飞到了更高的树上，
提琴的主人却选择了相反的方向。

全班十二个人，共住一间营房，
确切地说吧，是共住一颗心脏；
现在他只能每天摸一会儿提琴了，他需要
操心枪支、身体和不生锈不感冒的思想。

关于提琴与军号的配合问题

从第一天起，司号员便将他引为同行，
同时又将他认作老师和兄长；
七班长也喜欢这稚气的少年，
仿佛他俩出自一个亲娘。

少年爱用目光摩挲着提琴，
更爱用红布把铜号擦得锃亮；
有一回七班长偶然打趣逗乐：

喂,小兄弟,号兵和提琴兵怎么配合打仗?

小号手照例是腼腆地露齿一笑:
这个问题,的确该认真想想;
敏感的琴弦通身为之一震,
当夜严肃地写在了日记本上。

谁说这不是武器?

这一段往事不过是小小的前奏,
它的任务是引导整个的乐章;
革命战士将以生命作为雷管,
去触发一声惊天动地的巨响。

早在自卫还击战斗开始的日子,
司号员便主动请求把提琴背上;
如果谁敢说一声这不是武器,
谁准要领教这位小战士的倔犟。

提琴和军号终于一同渡过红河,
七班长和司号员相继钻进了丛莽;
这一个似乎忘记了关于提琴兵的玩笑,
另一个则为了保全提琴不惜扔掉背囊。

仙乐自天而降

一条条峡谷像一条条长巷,
争夺山头真如同争夺楼房;

为了一个远大的战略目标，
七班阻击在有名小霸的无名高地上。

战斗自拂晓打到傍黑，
山下的污血像被岩石碰碎的海浪；
四周的炮火逐渐沉寂，
沉寂中既有希望,也有难耐的紧张。

连首长徒然地向高地呼叫，
——步话机却未能排除故障；
突然,他仰望着初升的明月敞怀大笑，
小提琴！一声声仙乐自天而降……

军号哑了,提琴无恙

原来司号员肩负连首长的重托，
要先后突破敌人的几重火网，
有一项重要的作战意图，
必须迅速传达给我们的七班长。

也许是黑色的提琴盒太不寻常，
子弹老是咬着他狭窄的肩膀逞狂；
瘦小的战士却变成了无畏的巨人，
一路上尽和死神捉迷藏。

直等他接近无名高地的顶峰，
步履才稍稍显得有点踉跄；

七班长扑上去将他接应：
呀！小鬼！军号打碎了！颈部也早已负伤！

提琴也是信号枪

司号员从失血的昏迷中醒来，
日已偏西，只见山间又是薄雾茫茫；
细数罢山头的烈士和伤员，
剩下了六个完好者还包括班长。

于是他咬着牙到处搜集子弹，
不断地为七班长填充弹仓；
如此又击退了敌人的最后一次反扑，
把阵地坚守到指定转移的时光。

必须通报左右两侧的兄弟班排，
收拢兵力汇向围歼敌军的主战场；
怎么办？提琴从堑壕中一跃而起，
以神奇的集合令声超越了军号的激昂！

千分之一秒

七班长组织好全部能够行动的力量，
趁夜色悄悄撤下陡峭的山岗；
烈士的遗体暂安置于隐蔽的洼地，
轻伤架着重伤单兵成行。

不料想刚行进了七八百米，

草棵中跳出来一只持枪的狼,
头戴贝雷帽,光着一对脚掌,
狭路相逢呵,谁也无法闪藏!

快抢先开枪!难道你子弹不曾顶膛?
不行!前边的战友尚未发现对方,
自己还搀着虚弱的小司号员,
谁来替他将火舌抵挡?

提琴是最好的见证

于是他用力飞起一脚,
将前边的战友踢倒地上,
又反手把号兵揽在身后,
这才单发直射那深凹的眼眶。

此刻敌人已惊魂初定,
竟妄想一梭子把我军通通杀伤;
失去了的时间是再也不能挽回了,
七班长含笑枕卧在提琴盒上……

提琴呵,你是这一切的见证,
你该把全部的音响一一收藏;
更有那无声之声,不唱的唱,
都必须压缩于你坚实的音箱!

所有革命者的榜样

高亢激越的来自肺叶，
厚重雄浑的来自腹腔；
琴声引起了如此巨大的共鸣，
这合抱的群山，合拍的铁掌无一不是音箱。

战友们见提琴如见七班长，
缕缕哀思化作了余音绕梁；
直等到清音袅袅缥缈入云，
醒过来更感到巨痛深创。

亲爱的艺术家，你能否塑造这样一个形象：
硝烟弥漫，神采飞扬，战歌嘹亮；
也许他永远不会成为首席提琴手，
但他肯定是所有提琴手的最好榜样。

1979 年 4 月 2 日—4 月 8 日　云南文山个旧

圣洁的贡献

——向参加自卫还击作战的全体女民兵致敬

妹妹在后,

姐姐在前,

她们扛着木箱爬山,

木箱里是杀敌人的炮弹。

亚热带的白天,

亚热带的太阳蒸发着又窒息着亚热带的油汗。

姐姐在后,

妹妹在前,

她们抬着担架下山,

担架上躺着昏迷不醒的伤员。

亚热带的夜晚,

亚热带的星星燃烧着又结晶着亚热带的火焰。

她们的任务是送炮弹,

上级吩咐过:赶回寨子吃夜饭;

不行哇,负伤的哥哥在流血,

血,快要被那蚂蝗的国土吸干!——

汉族哥哥,傣族哥哥,各民族哥哥的血,

流了一滩又一滩。

怎么能掩面不看?
怎么能袖手不管?
这种事,哪用等人下命令才干?
难道自家做不了自家的司令员?!
只是黑山老林刺棵路,
不能抱,不能背,怎么办?

快做一副担架吧,
不摇不晃,不震不颠;
选那粗细相当的树棒,
用刀砍,用手扳,
比齐了长短,
就用腰带绾……

拿什么做床呀?
没有整布真为难!
姐姐悄声说:统裙,倒合适,
事到如今……怎敢再迟延?
妹妹高声应:我小,我脱吧!
十六岁女娃娃挣红了脸……

大树哟,快躲闪!
藤萝哟,莫纠缠!
这裸体飞行的天使,
并非为布道来人间!
她们是带枪的群仙,

她们飞行,是为了作战!

天亮了,胜利的炮声将故事宣传,
行云一样平淡,流水一样自然,
云和水是不需要形容的,
任何形容都会造成污染;
看!祖国正抚着好女儿的双肩,
感谢,感谢这圣洁的贡献!

1979年4月20日　槟榔寨

再 致 老 街

  在越南人民抗法斗争期间，我写过一首小诗，题名《致老街》。

红河水依旧这样的红，
南溪河水也依旧这样的蓝，
今天，我站在断桥北岸，
向着老街大声呼唤。

人生不满百年，
离别了的地方未必再见；
四分之一世纪过去了，
老街！我却呼唤你两遍！

记忆不是化石，
爱爱仇仇总该活在心间；
如若一切俱都是过眼云烟，
人又何以区别于猿？

所谓电脑岂能胜过人脑，
只有人脑能对历史做出判断；
不仅因为它储存的信息完备，
尤其因为它感情的色泽不变。

那年法国殖民军空投伞兵,
老街、孤柳都展开巷战;
我随高炮团来到河口,
君记否？这就是你我的初次会面。

同志们冒着酷暑构筑工事,
所有的制高点立刻用炮弹发言;
我们共和国的五星红旗,
严峻地屹立在大桥中间。

作为一名随军记者,
我有幸听过将军的临战动员:
"我们是无产阶级国际主义者,
我们不去支援,谁去支援?!"

"我们的担子固然已经很重,
干革命就是要不辞风险。"
将军的目光扫过墙上的地图,
两只眼分别盯住了越南和朝鲜。

美帝终于被迫签字停战,
喜讯来自那举世闻名的板门店;
南方的天空随之也明净如洗,
伞兵已全数就歼。

于是越南同志亲自前来邀请,
邀请我们去老街游览一番;
他是那样瘦小、黧黑而精悍,
通过烙铁似的桥面竟光着脚板。

但他胳肢窝里夹着一双鞋,
式样和我脚上穿的完全一般;
只见他就差一步迈上中国的土地,
却弯腰穿鞋并认真把鞋带紧绾。

这一串动作何等庄严而又自然,
怎能不深深打动我的心弦!
他是多么热爱中国呵,
而我又是多么热爱越南!

"这是中国同志送的解放鞋,
大家平时都舍不得穿……"
他的汉话说得相当流畅,
我只得以拥抱阻止那不必要的抱歉。

很快我们来到了桥的南端,
临河是一排华侨聚居的店面,
"他们捕鱼、修自行车、洗衣补衫,
他们的子弟打仗都很勇敢。"

主人正在一一指点,

一位背娃娃的少妇跑来我们面前，
双手捧住盛满凉粉的托盘，
她指着心房："中国！越南！不要钱！"

我们痛痛快快地接过木碗，
一边吃一边把她的手艺夸赞；
少妇站在太阳地里微笑，
她的笑和阳光一样灿烂。

如今这位越南同志哪儿去了？
也许他正焦渴地在将木碗思念；
我简直不敢再往下想呵——
假如他竟因此而被投入牢监！

一双解放鞋不能够穿一辈子，
鞋帮会蹭跛，鞋底会磨穿；
鞋帮和鞋底可以分离，
中国和越南怎么能被拆散？！

如今那位华侨少妇哪儿去了？
几次三番我端详报上的图片；
莫非当年的娃娃调换了位置，
变成了小伙子将老母驮在双肩？

多少被驱赶的侨胞挥泪涉渡，
华侨街早已不再是华侨的家园；

南溪河！你果真是亚热带的河吗？
不！你是一条北极的冰川！

忆当年法国飞机轰炸马关，
弹雨倾泻在学校和医院；
抢救别人的医生需要别人抢救，
小学生的书包抛上了树尖……

中国在不声不响地流血，
孩子的妈妈也哽咽无言；
新华社的每一根神经都悲愤万分，
可就是从未揿一下发报的电键！

当斗争跨进六十年代的门限，
席卷全中国的是饥饿和灾难；
仅有的一点大米仍然源源南运，
民工们以藤条河水煮野菜为餐。

至于我光荣的英雄战友，
是他们把大炮拆开扛上山巅，
奠边府大地丛莽再深再密，
又怎能掩尽这不朽的血汗斑斑！

胡伯伯从竹楼里策杖出迎，
多少次亲吻过我们的陈赓司令员！
他们一起展望着今天和明天，

他们互相表彰着后方和前线……

我们把支援越南当作应尽的义务，
我们总是勉励自己多作一点贡献；
我们甘愿承受最大的民族牺牲，
从那时起我们已是这样实践

现在是公开这一切的时候了，
保什么密？邪恶正利用保密进行欺骗！
虽然越南是一个多雾的国家，
人民也有权看见真正的青天！

老街！但愿我能再一次被你邀请，
去到那没有华侨的华侨街参观；
我将一定把阴谋当众戳穿，
我将一定把罪恶指给你看——

所有的墙壁都被打通，
所有的窗户都是枪眼；
而整条街外表却纹丝未动，
保持着家庭的温暖和平安。

由此我又想起了另一种诡诈，
有多少战士曾遭到它的暗算！——
里面明明是永久性的明碉暗堡，
外面却盖上草棚如同披件罩衫！

再看一看所谓的净化地带,
哪一排射孔不是对准北边?
山头与山头间的火力配系,
每一个死角都经过仔细核算!

多么精心的谋划和营建!
这岂是出自促卒与偶然?
我的善良的中国同胞呵,
请认一认这黑色的心肝!

呵,时间!整整一代人的时间!
"同志加兄弟"口号喊得多欢!
一面用中国粮食喂大儿童,
一面训练疯狂反华的冲锋队员。

对于军火河内从来就有特殊的贪婪,
我们造的弹药堆满了他们的前沿;
拿中国的枪炮打中国,
难道还有比这更大的背叛?!

原来它嘴上信誓旦旦,
心上却在窥测我们的胸脯和躯干,
不但为了便于掏空衣兜,
而且为了便于施放暗箭。

然而它毕竟是越南民族的败类，
我们也认得它背后的老教唆犯；
越南人民是不会听从奴役的，
越南人民和中国人民没有仇怨。

我们不要越南的一寸土地，
我们要的是边界的和平与安全。
我们希望越南人民掌握自己的命运，
我们祝愿初升的金星不要被人污染。

怀着对越南人民的深刻信念，
我们在战俘营举行了无拘束的座谈；
题目就是战俘自己墙报上的诗句：
是谁，割断了友好的脉管？

问得好！是谁割断了友好的脉管？
于是我急步登上河口的高山，
老街！你可听见？你可听见？
这觉醒者一声声悲怆的呐喊！

老街一片死寂，死寂一片，
没有回答，没有炊烟，
而观测日志上分明记载着，
四月十日和十五日，越方爆破大桥南段。

是谁割断了友好的脉管？

这就是新的无可辩驳的又一答案!
老街!起来!快挥舞你记忆的铁鞭,
管教那黩武健忘的暴徒醉汉!

1979年4月16日—5月1日　云南前线

鸡 的 驳 斥

假如我写下这么一个标题：
关于三个侦察兵，一位翻译，
以及他们所配属的穿插部队，
如何救活一只母鸡和八只小鸡……
同志们看了准要笑破肚皮，
然后也许还会骂上一声：
得啦！够铺满咱跑过的九十公里。

写战士，首先要对战士的脾胃，
你赞成什么？要明确，
你反对什么？要干脆。
因此我决定只用四个字：鸡的驳斥，
鸡的驳斥？谁的鸡？驳斥谁？
那还用问，当然是越南的鸡，
当然是驳斥河内的造谣机器。

鸡是蛋变的。故事就从蛋说起——
部队来到了一个小村子，
三四户人家，十几块耕地，
所有的人把影子都带走了，
只剩下一只闹窝的母鸡；
这只鸡行为又如此的诡谲离奇，

不能不引起侦察兵的严重注意：

一会儿它钻进深深的草棵，
从此半天没有了声息，
一会儿它仿佛又自天而降，
扎煞着翅膀直往窝里狂飞。
这是为什么？可疑而且有趣，
必须仔细观察，掌握规律，跟踪追击，
侦察兵的职业习惯嘛，就是揭露秘密。

原来草棵里有它下的野蛋，
东西南北，还不下在一起；
侦察兵只得一颗一颗地找，
好不容易，八颗蛋归成一堆。
草深蛋小，唯恐一脚将它踏碎，
那神情，那动作都简直像在排雷。
对！就是要排净敌人埋在人民心中的雷！

八颗鸡蛋都放进了窝，
母鸡用热情的叫唤表示惊喜和感激，
然后便全心全力地扑在蛋上，
十分理智，十分安静，十分甜蜜，
眯着眼，开始梦见了团团绒球滚来滚去……
这时，我们的战士们已经拉住了翻译，
正商量该在门板上写些什么词句。

起初,有人认为不妨借此进行政治教育,
宣传一下自卫还击的目的和意义,
譬如:我们永远是越南人民的同志加兄弟,
但必须惩罚那个恩将仇报的河内;
等等,等等,诸如此类……
最后他们终于取得了完全一致的意见:
只写简单的事实,事实最有力。

于是门板上留下了两种文字的话语:
越南房主人,请注意!
我们从草棵里捡回来八颗蛋,
都已交给了那只闹窝鸡。
你们回家后也点一点数,看看对呀不对?
落款是:过路的中国军队。
他们关上大门走了,却敞开了自己的心扉。

战争总是创造大大小小的奇迹。
十六天以后,我军奉命撤回,
这支队伍居然又宿营旧地。
侦察兵正待要推开那熟悉的门板,
便听见了母鸡的咯咯和小鸡的啼啼;
而就在这熟悉的门板上面,
又增添了两行新的字迹……

—— 越南大妈:我们在你家借住了一夜,
喂饱了闹窝鸡,还留下了几把米。

过路的中国军队,第二批。
—— 越南老乡,真是对不起,
我们自己已经两天没有吃饭了,
实在找不出喂鸡的东西,
不过,蛋都亮壳了,倒是个好消息。

果然,眼前是一只母鸡领着八只小鸡,
正在教练如何借树根磨嘴,用爪子刨泥,
热热闹闹,欢欢喜喜,一派生机!
怎能不叫大伙笑弯双眉!
虽然房东至今尚未来归,
但这又有什么关系!
活着的鸡,会说出活着的真理:

只要太阳每天升起照亮这块土地,
公鸡就会准时报晓一唱三啼;
只要生命兴旺世代绵延万物繁殖,
母鸡就会将可爱的雏儿孵育;
鸡生蛋,蛋生鸡,生生不已,
这些鸡,这些蛋,怎能割断记忆?
这些兵,这些事,谁敢污蔑、歪曲?

毫无疑问,军队不是慈善团体,
我们心上有秤,眼中有尺,
严格区分劳动群众和反动统治阶级,
一切服务于战争的设施应予全部摧毁!

如果连家禽也能明白这些常识,
河内的先生们,又何必迁怒于鸡!
须知:鸡是杀不绝的,主人更不可欺!

1979年5月8日　昆明

七公尺、一百二十公尺和四千公尺

歌手的报幕词

今天我要唱一支新歌，
因为我来自流血的南疆，
在那儿，大地上落满了各族人民的眼睛，
像池水中落满了周天的星光。

这支歌并非诞生在建筑工地，
所以用不着计算土石方；
当然它也缺少甜的调味品，
不像是办喜事扯布做衣裳。

它的标题可能有一点费解：
一公尺，到底有多长？
请翻开战争的代数学吧，
看英雄们的演算真不寻常！

代蒋金柱烈士自述

我的名字叫作蒋金柱，
一九七五年入伍；
论说也算个老兵了——
我以为，老该老在不把军龄虚度。

此去大约还有七公尺,
哦,我只剩下了七公尺生命之路!
待到最后一个敌堡被炸哑,
同志们,我将欣然接受烈士的称呼。

七公尺可能要昏死过去多少次?
我坚信每一次醒来都必定更加清楚:
只有最单纯的生活目的,
才有最彻底的为人民服务。

歌手的幕间补白

蒋金柱从来只会实干,
讲自己的故事就越加腼腆,
我们只好去向沉默的遗体告别,
不料他全身九个伤口争相发言——

他已经不能跑,甚至不能站,
他必须用血去润滑地面,
他一寸一寸地向前爬行,
他决心让手榴弹将生命继续伸延。

到达胜利是需要通行证的,
敌人又怎愿发放这一证件?
于是蒋金柱就咬牙争夺,
而且盖满了七公尺的红色印鉴……

代李启烈士自述

现在说话的不是活着的我，
是我留在三六九高地上活着的记忆；
我是一个彝族小伙子，
不过我能说汉话：李启。

那一天敌人疯狂发射燃烧弹，
妄想用火锯割断我们的胜利；
这时候，我不过做了一桩小事——
用肉体吸住了敌人的全部火力。

拿下山头后部队好费劲才找见了我，
证据是我胁下还有一片红线衣；
亲爱的大哥哥，你们莫哭了，
原谅小李启这最后一次的淘气……

歌手的又一次幕间补白

刚才大家都亲眼看见了，
这一缕英魂有多么可爱！
拖着断腿的李启匍匐进击，
是为了让有脚的战友冲得更快！

本来他随时可望生还，
一念兴起，就能滚坡下崖；
但他始终愿当拨火棍，

才搅沸了这一百二十公尺火海!

战友们脱帽致敬,向他报告:
柑塘的大门已经打开!
只见李启从火光中冉冉升起,
化作了向南压去的红色云彩……

代高华中同志自述

有一位记者对我言讲:
战场是专门生产奇迹的地方;
对这一点我倒也能够理解,
尽管不见天使只见子弹在头顶飞翔。

至于我个人实在贡献太少,
又过早地被刁钻古怪的子弹咬伤,
不能说话,不能喝水,不能咀嚼,
孤身昏迷在异国的丛莽。

但是我的心醒着,
我找连队,我找祖国,我找亲娘!
终于我找到了这属于我的一切,
不凭体力,但凭思想。

歌手同台旁白

有必要介绍一下高华中班长,
他创作了一整部英雄史诗;

须知在他失去战斗力之前,
已有五名越寇被他打死。

然后他的腮帮中弹洞穿,
下巴骨碎了,打飞了二十四颗牙齿;
敌人以为从此剥夺了他的发言权,
却不知道战士发言历来只用食指。

无奈何他服从命令离开阵地,
一千种艰险竟都来考验他的意志;
战士的爱情究竟具有多大威力?
答:爬行三十三个小时,四千公尺。

生者与死者的合唱

同志们,让我们排好队伍,
去到那雄踞山顶的墓场,
我们要邀请所有的烈士,
参加生者与死者的合唱。

其实他们并不曾离去,
倒仿佛正在执勤站岗;
而我们这些没有碑文的人,
谁又不时刻准备着战胜死亡?!

也许在七公尺内狭路相逢,
也许在四千公尺外冲破罗网,

这一切都将获得报偿——

只要真的栽花,我们甘愿筑墙。

1979年6月5日—6月9日　云南归来,定稿于合肥

闪光的星云

在红河前线,曾捧读王灿烈士未发出的家信,当时,营房外边,亚热带的大雨如注,也许是我们的泪吧!

好白净的纸张!
谁写的方块字,一行紧挨一行?
多么像钢板一般幽蓝的夜空,
密密麻麻地缀着星光。

这是纯洁的思想的天空,
这是灿烂的思想的星光,
要拔走一个字吗?休想!
它们是铆钉,钉在了钢板上!

钢板护卫着红色的大别山,
也护卫着红色的南疆;
而写信的战士为何眯缝双眼?
莫非望见了星光下的故乡?

你看他咬了一阵笔杆,
又伏膝疾书,纸张有金属的轰响;
天空立刻落到了他的膝下,
叮当叮当,笔就是铆枪。

"你们身边还有三个儿子,
贡献一个给祖国,理所应当。"
他的瞳仁火花四射了,
众星啊,肯定你们从中吮吸了光芒!

"那么,弟兄四个谁去牺牲?
让他们劳动、学习和恋爱吧,我上!"
知儿疼儿的爹!生儿养儿的娘!
莫悲伤!要理解他的每一寸肝肠!

如今哀牢山颤巍巍走来了,
走来搀扶大别山的臂膀;
她要讲述亲眼看见的故事:
一支悲壮的歌,一颗快乐的心脏……

飞越宇宙的星光总是迟到的,
但大别山终于感觉到了这燃烧的气浪;
王灿!亲爱的同志!历史记录了
你的星云,一九七九年二月的闪光!

      1979年6月13日 追记于合肥

滇　池

　　林彪、江青一伙的爪牙在滇池搞什么"围海造田",破坏生态平衡,遭到周总理的批评和制止。

五百里滇池
是我们的眼睛。
我们的眼睛
曾因您而免于瞽蒙。

我们的眼睛里
已有了您的眼睛。
我们的眼睛
将因您而大放光明。

那天际的一片白帆,
是您纯洁的心灵,
凭着它不倦的搏动,
纯洁了我们的革命。

1979 年 5 月 3 日　昆明

龙 门 传 说

老石匠是在这儿跳崖的,
留下了龙门——他的杰作:
石头烛台,石头香炉,石头供桌,
石头的异国禽兽,
石头的九天云朵,
整个石室,他以心血为錾刀开凿。

多少日出,多少月卧,
多少劳辛,多少寂寞;
仿佛只要嘴对着嘴再呵一口气,
这魁星点斗便会手舞足蹈,向人间降落。
然而,他疲倦了,他太疲倦了,
最后一刀,乃是无可挽回的过错!

老石匠是在这儿跳崖的,
背后是龙门——他的杰作。
从此滇池之滨有浣洗断笔的长者,
那是他的精魄。
老石匠!谁说你的灯灭了?
你已用不死的死延续了生命之火!

我今凭栏摩挲,

山风呼呼，竟令人以为自己也被烧着！
永不餍足的创造之神呵，
为何你总是不断地勒索？——
给我！给我！把你的生命给我！
必要时你就死了吧，
让艺术活！让艺术活！

1979 年 5 月 4 日　昆明

山　　雨

一路尘土,司机少言寡语,
仿佛有点忧郁;
这时忽然高兴起来:
看！山上在下雨。
真的么？翘首窗外,
好一团乱绿！

柏油公路发亮了,
像铺上了墨玉;
多情的松针、竹叶,
洒了我们一身水,
——也许这是见面礼?
远方的客人,请入浴！

于是我们弃车步行,
像孩子似喊着:
上西山去！
登龙门去！

风是绿的,
雾是绿的,
当然我们也是绿的。

但即使我们参加了，
又何尝是一团乱绿！
这绿的诗篇呀，
自有绿的天籁，
绿的韵律！

想必此刻山下正有人指点：
哦，山上在下雨……

1979年5月5日　昆明

石 林 怀 旧

石林!
石林!
记得那年相逢,
你我正当青春。
二十五载霜雪,
添我白发数茎;
我看你也老了,
老在失了童心——
沧海桑田亿万岁①,
岂在几圈年轮!

石林!
石林!
而今我来看你,
叫我怎敢相认!
一角倚山楼台,
几条通幽曲径,
哪来骚人墨客,
胡乱题壁行吟!
可惜多刃青锋剑,

---

① 石林,原系深海之底,早在二亿七千万年以前形成。

镂成玲珑商品!

石林!
石林!
请你领我去吧,
去找失落的心!——
遍访游击队员,
都是半百老人,
何处你埋锅造饭?
何处你安营布阵?
何处你站岗放哨?
何处你吹笙抚琴?

石林!
石林!
冲着四山发问,
山敲金石为韵;
阿诗玛仍在答应,
手榴弹更有回音,
受尽苦难的撒尼人呵,
革命早已另铸一个灵魂。
魂兮归来!魂兮归来!
我的战斗的石林!

1979年5月18日　昆明

但愿我不会那么愚蠢

但愿我不会那么愚蠢，
因为地上有腐草，池中有枯萍，
就宁可祈求冬天重新君临，
赞美那冰雪的统一与纯正。

但愿我不会那么愚蠢，
由于毒蛇也在惊蛰那天苏醒，
就拒绝雷电，拒绝布施生命的精灵，
拒绝太阳和吹开百花的熏风。

但愿我不会那么愚蠢，
让自己模仿神父披着黑衣巡行；
我知道，白天看着黑的，夜里将黑得更深，
阳光下当跟红旗走，黑了就靠红灯。

假如……

假如小鸟应该飞来，
偏偏却不见它飞来，
树林为什么还耐心等待？
北山有罗，也许已经张开[①]？

假如我的家乡天色阴暗，
而且射来了砸人的雨点，
我那雨中奔跑的乡亲哟，
是否你在默想未来的晴天？

假如雄鸡渴望歌唱，
却又偏偏噤声不响，
胆怯的孩子就难免惊慌：
妈妈，是不是来了黄鼠狼？

假如春天也学会了欺骗，
那么大地就会说：这不是真的春天；
锄头将生锈，
拓荒者将带走收获的预言。

[①] 古谣："南山有鸟，北山张罗；鸟自高飞，罗当奈何？"

残 雪

残雪在消,残雪在消,
消在屋脊,消在树梢,
它的污浊的眼泪,
涂脏了春天的容貌。

残雪在消,残雪在消,
它在退却,它在逃跑……
忽而一夜小小寒潮,
它又亮出了霜刃冰刀!

多谢春风,弹指一敲,
卷了霜刃,折了冰刀,
醒来了树梢上绿的茸毛,
传来了屋脊上鸟的喧闹。

嫩芽在笑:春天,你好!
小鸟在叫:春天,你好!
残雪在消,残雪在消,
明媚的春天定会来到!

     以上三首,写于1979年5月21日绝早,
      昆明城犹在夜色朦胧中

关 于 真 理

真理有时像无花果,
静悄悄,萌生于树叶之间,
它和树叶一样是绿的,
并不红得耀眼。

真理有时又像毛栗子,
它把果仁藏得很严,
不但有一层又厚又硬的壳,
而且像刺猬似的不招人喜欢。

尊重无花果吧,
它没有那股招蜂惹蝶的甜;
理解毛栗子吧,
它告诫采集者:艰难。

1979年6月21日　合肥

呼　喊
——献给伟大的先驱张志新烈士

一　复　活

同志们！你们看！
张志新回来了！
带着母亲对儿女的思念和女儿对母亲的眷恋，
她回来了！复活在重新说着人话的人间！

她总是以这样的步态迎着我们走来，
她总是这样和我们相见：
一只手晃动着，保持着爱与恨的平衡，
一只手捂住革命的伤口，她的喉管。

她总是庄重地微笑着，信任大家更信任明天，
仿佛此去不过是参加党小组会，作一次发言；
不论你站在哪里都能遇见她迎面走来，
也不论你是向东，向西，向北或者向南。

而鲜血也总是从那些指缝中往外喷溅，
哦！喷溅！喷溅！总是喷溅！
昨天，染红了她的坚贞的胸脯，
今天，染红了我们党报的版面……

二　告　别

"共产党万岁!"
赵一曼就义的时候,
中国这样呼喊。

"共产党万岁!"
江竹筠献身的时候,
中国这样呼喊。

"！！！！！"
张志新慷慨赴难,
中国为什么喉结颤动,哑默无言?

中国呵,中国!
中国被人割断了喉管!
然后是罪恶的枪弹!

刽子手是什么人?
为什么屠杀共产党员?
又为什么杀得这样惨?

谁之罪? 谁之罪?
他们——封建的法西斯!
法西斯的封建!

三　呼　喊

趁着今天，就在今天，
就在今天，莫再迟延，
趁着我们的喉管尚未被人割断，
我们大家一齐呼喊——

人民锻造的刀子，
怎么刺杀人民的心肝？
如果刀子背叛，
就把刀子折断！

既没有真命天子，
也没有外戚阉宦，
我们是人民共和国，
人民应该掌权！

四　比　较

女法警晕倒了，
张志新走上前；
倒下去了，证明她还是个人，
走上前去，因为她是共产党员。

想必是狼也学会了朱笔画圈，
人性，党性，自然与狼无缘；
因此，或者把狼除掉，

或者把狼关进动物园。

五　并非多余的规劝

"不要声张！不要呼喊！
不要让敌人利用了真理的审判！"
这是谁？躲在一旁叽叽喳喳，
好一群"热爱社会主义"的糊涂蛋！

但愿他们不是当年刑场上的看客！
但愿他们没有吃人血馒头的痼疾病患！
但愿他们能听从这并非多余的规劝——
不要触怒人民！不要掩护杀人犯！

1979年6月　合肥

哎，大森林！
——刻在烈士饮恨的洼地上

哎，大森林！我爱你！绿色的海！
为何你喧嚣的波浪总是将沉默的止水覆盖？
总是不停地不停地洗刷！
总是匆忙地匆忙地掩埋！
难道这就是海？！这就是我之所爱？！
哺育希望的摇篮哟，封闭记忆的棺材！

分明是富有弹性的枝条呀，
分明是饱含养分的叶脉！
一旦竟也会竟也会枯朽？
一旦竟也会竟也会腐败？
我痛苦，因为我渴望了解；
我痛苦，因为我终于明白——

海底有声音说：这儿明天肯定要化作尘埃，
假如，啄木鸟今天拒绝飞来。

1979 年 8 月 12 日　沈阳

刑　场

　　车子离开了沈阳市区，
我们就谁也不再说话；
只有轮胎贴着路面耳语，
重复着一个字眼：杀，杀……

　　　　我们的眼神痛苦地交谈：
　　　　哦，可——怕！

　　待驶到十七公里的里程碑处，
骤然一拐，离开了正路向左斜插，
这是地图上寻找不见的所在，
人们管它叫作：大洼。

　　　　明明白白，大洼就是大不平，
　　　　哦，可——怕！

　　多么肥沃的一片沟坡地，
是谁耕种过它又撂荒了它？
一蓬蓬的乱草遮没膝盖，
一株株的槐秧在草中挣扎……

　　　　而我们仿佛立刻就变成了槐秧，

哦,可——怕!

短命的春天早已逝去,
在关外,甚至说不上有什么盛夏,
如今是立秋的天气了,
怪!为什么遍地还开满野花?

　　这景象委实太不寻常,
　　哦,可——怕!

我们喊不出这些花的名字,
白的,黄的,蓝的,密密麻麻,
大家都低下头去慢慢采摘,
唯独紫的谁也不碰,那是血痂。

　　血痂下面便是大地的伤口,
　　哦,可——怕!

我们把鲜花捧在胸口,
依旧是默然相对,一言不发;
旷野静悄悄,静悄悄,
四周的杨树也禁绝了喧哗。

　　难道万物都一起哑啦?
　　哦,可——怕!

原来杨树被割断了喉管，
只能直挺挺地站着，像她；
那么，你们就这样站着吧，
直等到有了满意的回答！

中国！你果真是无声的吗？
哦，可——怕！

1979年8月12日　凭吊张志新烈士殉难地——沈阳大洼归来，
8月16日定稿于台风中的上海

想想张志新阿姨

妈妈,快告诉我,
为什么,坏蛋要杀张志新阿姨?

孩子,那是因为,
阿姨……想喊,想喊"共产党万岁!"

妈妈,那个时候,
我才过了几个生日?

孩子,自己算吧,
一九七五年,正当春季。

哎呀,算出来了!
我正在学喊口号哩,还摇着小旗。

喊吧,你就喊吧,
今天你就替阿姨多喊几句!

我喊,我一定喊……
她很痛吧? 割断喉管血流满地!

你呀,你别问了!

流血……或许……最痛的是没有喊的权利。

妈妈,我想不通,
难道阿姨就不怕痛,就不流泪?

孩子,阿姨不哭,
她很勇敢,妈妈也要向她学习。

妈妈……我可害怕,
蹭破点皮,我都痛得吹气。

孩子,等你长大,
就会懂得,心痛要比肉痛难过万倍!

妈妈,你都说说,
阿姨她在心痛什么东西?

孩子,阿姨心痛——
心痛民主心痛法制心痛社会主义。

妈妈,啥叫民主?
怎么大人们如今挂在嘴边日夜不离?

孩子,没有民主,
杀阿姨的坏蛋就叫我们全当奴隶!

那么,那个法制,
它是枪吗?能不能把坏蛋统统枪毙?

孩子,它是规矩,
坏蛋怕它,它比枪更有力。

妈妈,我再问你,
社会主义能不能吃?什么滋味?

傻瓜!——不!不!当然能吃,
没有社会主义我们只好去喝苦水。

呵呵,我明白了,
民主、法制、社会主义,好比是一罐蜜。

真乖!你说得对!
往后吃上甜的,就该想想你张阿姨!

不过,你说这些,
到底……和喊口号有什么关系?

孩子,记住真理:
"共产党"怕听"共产党万岁!"肯定出了鬼!

回　答

一

在南方我像是浮萍，
到北方又变成了转蓬，
我多风的天空和大地啊，
总不让人得到片刻安宁。

幸亏我有一点乐观的禀性，
常能从灰烬中拨亮火星；
如果悲痛迫使命运倾斜，
理智的砝码就会来恢复平衡。

二

你可观察过穷人的屋顶？
薄泥一层，茅草一层；
那好比是我裸露的心呀，
漫长的小冰期冻结了一个绿色的梦。

心滴着血，忍受着苦刑，
不在乎高楼上投来石块与膻腥；
既拒绝怜悯，更不愿呻吟，
却拼死保护小鸟们真诚的馈赠。

三

鸟儿们馈赠了什么？
一些衔来的草籽，几支摘下的翠翎，
富贵者视为寒碜，
我偏偏奉若神圣——

翎毛曾有过清狂的啸声，
哦，我渴望自由的航程！
种子储藏着蓬勃的生命，
春回人间，请给我一片芜菁！

四

如今地球渐暖阳气回升，
可大路小路还布满泥泞和陷坑；
我的茅草屋顶竟熠熠发光了，
它眨着眼，对着跋涉者表示欢迎。

早春天气嘛，当然是寒风犹劲，
但寒风反而叫灶火更加旺盛，
煮一壶苦茶款待过客吧，
既热且浓，能助你我的谈兴。

五

且让我讲一段往日的诗情，

故事——全发生在瑶池般的西泠①；
二十三年之前和五年之前，
白的湖水和黑的瞳仁曾两度相映。

第一次去时正值良辰美景，
屈死的鄂王枕着这湖山形胜②；
游人到此能不怀古？
眉宇间能不露男儿血性？

六

于是我大张双臂将古柏牢牢抱定③，
摩挲着那斑驳龙鳞深感造化不平，
便信手涂下些长行短句，
岂料想判作了题壁托讽——

木槌恶毒攻击了钟磬，
美酒恶毒攻击了春瓷，
夜莺恶毒攻击了玫瑰，
香火恶毒攻击了神灵……

七

待到历史进入了它的夜半深更，

---

① 西泠，即杭州西湖。
② 鄂王即岳飞。
③ 民间传说，古柏与岳飞同年同月同日死；一九五六年，我在杭州为此写过一首诗：《岳王坟前有一段古柏》，记录了这段传说。

我居然不怕死重访古茔；
据说，我这个为人父者犯了三反大罪，
奇怪的是，偏带上孩子去指认奸佞。

忠魂何处栖身？庙堂已被荡净，
不见了塑像、楹联和碑铭……
"阶级教育展览馆"大字横陈，
谁教育谁？秦桧登台为我启蒙！

八

四团白铁也早已了无踪影①，
想必是化作锁链以便加强"专政"；
孩子，咱们快走！快离开这儿！
中国已进化到莫须有"莫须有"的罪名！

记得那天苦雨下个不停，
我和孩子绕湖踽踽而行，
我俩都湿透了，半是雨浇，半是泪淋！
西湖啊，为何你这般可爱而又这般可憎?！

九

……如今总算是雨过初晴，
听说是岳墓岳庙都已重加修整；
那三男一女肯定人人都指名唾骂，

---

① 旧时，墓园前有四具铁铸赤身下跪人形：秦桧、王氏、万俟卨、张俊。

可君王赵构当否品评①?

我倒愿学习敬爱的张志新,
我真想达到她那样的"反动"水平;
"只能作七十年代的哥白尼,不作七十年代的岳飞"②,
愚蠢的岳飞啊,难道不应该猛醒!

十

多风的天空和大地一定还会刮风,
你看,那不是正得意浪荡着几只风筝!
我可不欣赏纸扎的假鸟,
一面随风飘飘欲仙,一面让人牵着缰绳……

只要有风波,难免就有风波亭,
叮当作响的金属喉管就是明证;
然而,风波亭的时代毕竟结束了,
党有了战胜风波的群鹰!

1979 年 8 月 25 日　合肥

---

① 赵构,即南宋高宗皇帝。
② 见张志新烈士批判极左路线的光辉檄文:《质问,控诉,声讨!》

竞 赛 万 岁

　　向全运会的组织者和参加者敬礼！感谢你们向全国人民提供了社会主义竞赛的生动榜样和宝贵经验。

一

记得吗，才不久前，
我们的每一部机器
都拆得只剩下了
三个零件：
筷子，
汤勺，
碗。
一日三餐——
早饭、中饭和晚饭，
一般说来，
饿不扁也撑不圆；
菜，不香，
汤，不鲜，
如此这般，
凑合了多少年！
不带劲儿，
疾病恹恹，

老一套!
寡淡!

问问炊事员,
能不能改善?
炊事员摇头:
"我按规定办!
团结——
叫你吃饱就打鼾;
斗争——
把你饭碗全砸烂!
想改变?
想冒尖?
——想修?
——想造反?"
哎呀呀,
大帽子,还真玄!

二

如今好了!
党——
在我们锅里,
搁了一把盐!
有盐,血更红,
有盐,汗也咸!
有盐,生活才有味,

有盐,力气使不完!

盐? 什么盐?

竞赛!

竞赛!

一个多么可爱的字眼!

竞赛万岁!

我们取之不尽

用之不竭

万古常新的能源!

三

难道用得着

去考证一番?

劳动生产——

这文明之母

曾经一个世纪,

又一个世纪,

把竞赛当作孩子的

摇篮!

如果说,过去了的历史

好比黑暗的夜晚,

竞赛,就是星星,

星光闪闪,

除非是瞎子,

谁能看不见?!

是的,资本主义
强迫竞赛当鞍鞯,
而我们解放它,
决不是叫它换牢监!
竞赛没有罪!
资本家屁股的烙印
并非它的胎记,
而是它的伤痕!
为竞赛恢复名誉!
为竞赛昭雪平反!
我们的社会主义
要认竞赛作伙伴!
竞赛吧——创造!
创造吧——发展!
永不自满!
永不疲倦!
永不!
永不倒退为猿!

四

所有的花儿呀,
快快各自打扮!
所有的泥团呀,
快快争作贡献!
一幢一幢的高楼呀,
看谁能摩着青天!

一座一座的长桥呀,

看谁先够着彼岸!

为了夺取一厘米,

一秒,

一度,

一个小数点,

我们,要在一切战线

发动进攻战!

持续不断!

代代相传!

伟大的中华人民共和国,

九亿人民,应该都是

真正的革命家

——运动员!

1979年9月4日　合肥

上访者及其家属

　　　　天啊,不要骂我,我不是刁民;唉,一个饿着肚子的人,哪有心思开玩笑!

上访者的独白:
　　我是大面积烧伤的血瘀,
　　我是火成岩,我的家乡在炼狱;
　　看!到处是四楞八角的花岗石,
　　没有紫水晶,没有碧玉。

　　生活的潮水汹涌而过,
　　它手执上帝特制的软钢锉,
　　一遍比一遍更无情啊,
　　拼命地将我打磨。

　　我被抛到了县革委大院墙旮旯,
　　"哪来的石头疙瘩?
　　又扎眼,又硌脚,去你的吧!
　　保卫组全体出动,一边打扫一边骂。

　　于是我被扫进了地区信访接待室,
　　一位女干部尖声喊叫:有虱子!
　　她扔开我转身便去洗手,

就像是刚扔掉一团手纸。

省城的首长当然更忙,
他们在为人民建造天堂,
不识抬举的我偏把籍贯填作:炼狱,
——混账!中国哪有这么个地方?!

不疲倦的怒潮又腾地一卷,
把我卷到了新华门前;
请看这干枯萎黄的一群吧,
简直能擀成人的草毡!

长安街!我真对不起你!
丑恶玷污了你的美丽!
这炭条似的手指哟,
衣衫褴褛竟不能蔽体……

但冤屈比羞耻更加痛苦;
我记得,这儿曾有过两株铁树,
谁说它于今死去了?
我梦见它花开二度!

同志,我不敢埋怨更不愿诅咒,
只是千万别再批转原地了,我祈求!
就破费您半个钟头吧,
准能将我的半辈子拯救!

女儿的梦呓：

　　我是上访者的女儿，
　　我的职业是疯狂；
　　我数着电线杆流浪，
　　到处有拍卖我的床。

　　我一点一点地贱卖，
　　换吃、换喝，换几尺花布做衣裳；
　　妈妈她知道女儿在干什么，
　　但照旧叫我好姑娘，带着哭腔。

　　我算什么好姑娘？
　　十二年前，一个黑暗的晚上——
　　他们把爸爸抓走了，
　　掐断了炊烟和希望。

　　失去了的美好的世界，
　　失去了的天真、书包和歌唱，
　　统统都留在那遥远的遥远的地方，
　　我回不去了啊，大雾茫茫……

　　这一边是堕落，
　　这一边是悲伤，
　　只剩下小弟弟的纯洁的呼唤，
　　是联结现在与过去的唯一桥梁。

我是上访者的女儿,
我被人耻笑,被人戳脊梁;
我当然没有资格加入政治妓院,
因为我不认识"四人帮"。

我只配充当他们的"打击对象",
我无权,我也不会把话说得冠冕堂皇,
栽一圈女贞树隐蔽野合,
在淫乱的圣地竖起牌坊。

我太衰弱了,像一根坏了的弹簧,
我想飞回去,但是没有属于自己的翅膀;
警察告诫道:你的身份未变,
何况,你父也再一次不知去向!

妈妈的争辩:
    人们猜我是寡妇,
    其实我有丈夫;
    可他又扒车进京去了,
    我不敢想,这一切将如何结束。

    我每天与垃圾为伍,
    翻掘着罐头筒、塑料、碎纸和破布;
    我的良心是洁白的,
    眼泪洗过的东西不沾土。

拣垃圾的并不就是垃圾,
你信不信? 土里有时还埋珍珠。
曾有过多少红领巾朝我举手敬礼啊,
凭什么剥夺我的讲台、粉笔和教科书?!

如今我默默地在街头踯躅,
什么地方最脏,我心里清楚。
然而我倒成了贱民,不可接触,
难道我不在中国,是在印度?

"呔! 滚开! 别挡路!"
有一个我教过的坏学生冲着我狂呼;
哦,他把全城都当作他家的垃圾箱了,
他有一个好爸爸,外加一个好岳父。

然而,我还是把废报纸捡回家来,
将信将疑,一读再读;
我可怜的瘸腿儿子却哭了:
妈! 为什么你要识字? 你好糊涂!

病儿的祷告:
　我恨我的爸爸,
　我恨我这个家,
　我恨该死的小儿麻痹症,
　我恨医生,恨他们的白大褂。

我恨这潮湿的地窨子，
它卑下我才卑下，
我恨这昏暗的天窗，
它半瞎我也半瞎。

我恨这些忙碌的男人和女人，
他们的鞋后跟老在我头上敲打；
我也恨他们的忙碌，
为什么谁都想不起我，不叫我也干一点啥？！

唯独这紧靠窗棂破土而出的一棵草芽，
我爱它！爱它！我用眼泪浇灌它！
谁知道呢？也许有一天早晨，
太阳终于注意到：这儿还有一朵小花！

1979 年 9 月 5 日　合肥

从前我们是诚实的

　　主啊,你诅咒那些批评我们背叛了过去的"缺德"派吧,叫他们灭亡吧,阿门。

从前我们是诚实的,
真的,至今我们还能感到自己头上的光辉;
我们卖酒就是卖酒,绝不兑水——
多么愚蠢!想起来简直后悔!

从前我们是诚实的,
人生诚实过一回也就满可以;
掏了鸽子蛋的顽童该不该向母鸽子道歉?
我们不懂!这有什么必要值得大声争议!

云彩并不因此而少了一朵,
微风照旧在大地上吹,
尽管到处都看得见死去的长青树,
磐石的碎片也早已铺成了瓦砾堆……

但我们从前是诚实的!
那样的认真,那样的又傻又迂!
为了邻居的几滴眼泪竟然怒发冲冠,
何必呢,不过是添了一名堕胎的少女!

咳,从前我们是诚实的,
多么可笑,仿佛冥冥中真有谁在执掌规矩;
我们早就应该是唯"物"主义者了,
我们早就应该无所畏惧!

诚实好!从前我们是诚实的!
后来?后来……蛾子咬破了茧,当然要飞;
你自己问上帝去吧,
他会告诉你的,我们没有罪。

《圣经》上不是明明白白地写着吗?
迦南那个地方,河里流着乳和蜜,
可是上帝他把指北针弄丢了,
大家跟着他走,当然一起迷失了方位。

反正我们从前是诚实的!
这就够了,根本用不着惭愧!
何况我们私下还承认:撒了一个谎,
就必须同时用一百个谎来保卫。

我们毕竟播种过诚实,
理应获得报偿和安慰;
如果我们把收割机开进了国库,
又有谁能说我们不对?!

人为万物之灵,这是真理,
而万物总有万物的秩序,
切不可破坏这复杂而又简单的生态平衡呀,
一头是劳动的汗,一头是欲火的灰……

看我们的花园多美!
无花果吃光了,还剩下叶子像翡翠;
不过我们的确没有需要掩盖的羞耻①;
对这种叶子,我们诚实地宣布:不感兴趣!

1979年9月6日　合肥

---

① 古希腊雕塑艺术品中,很多裸体男子像,都用一匹无花果叶子遮住下部。

长 城 砖

读者投书《人民日报》，揭发有人私拆长城砖。

拆了长城的砖，
砌了自家的墙；
你们的新房，
我们的悲伤。

"还要走远路呢，
别抽我的脊梁！"
民族之魂抗辩着，
在西北风中踉跄……

1979 年 9 月 9 日　合肥

雪　花

倒春寒，
雪花儿自夸：
严酷的几何图案，
冷谲的千变万化。

春天！你大胆回答：
丑！
恶！
假！

1979 年 9 月 9 日　合肥

绳　子

不准使用文字，
就结绳记事——

升腾过血染的旗帜，
土改时丈地当尺，
白天拉开荒的犁，
黑夜捆烧火的枝，
摇篮和坟墓拔河，
摇篮刚占优势；
突然它脱手飞去，
扭头将我们鞭笞，
所有被蛇咬过的
见了都吓得半死；
年复一年的冰风，
摆弄着清白的尸……
这就是
绳子的历史。

（今天要用笔记下：
它曾经变质，
以及
该怎样防止。）

1979 年 9 月 10 日　合肥

送给没有见过面的小南方

你这个可爱的小东西,
为什么起个名字叫南方?
你明明生在北方之北,
生在霜花和雪花的家乡。

大概你爸爸心还年轻,
还有众多的奇异的幻想,
南方的太阳、雨水和小桥,
乱纷纷曾飞进他的梦乡。

他像一只大胆的野鸟儿,
竟冒着狂风四处流浪,
上海可真是一个海呀,
在那儿他几乎折断翅膀。

是不是为了某种怀念,
为了某种焦渴的向往,
他把南方当作你的名字,
呼唤你,就像是呼唤希望……

愿你快快健康地长大吧,
像爸爸一般勇敢,可别荒唐,

愿你成为人的花朵，

在霜花和雪花中怒放！

我们的北方是疼你的，

北方是你的亲娘；

但南方同样会疼你的，

你也是南方的儿郎。

北方南方都为你祝福，

祝福你就像祝福鞍山的钢；

钢里是不能有渣滓的，

因为大厦需要他做栋梁。

1979年9月15日　寄自安徽合肥

附志：

　　1978年，我随作家访问团赴东北参观学习；在鞍山，结识了一位青年工人朋友，他的名字叫董维安。董维安同志有一段从蹲教养所一跃而登光荣榜的不平凡经历，在他身上，体现了党和社会主义的伟大力量。他因爱好文艺，经常和我通信；1979年，他新婚后得一男孩，给我报了喜，同时要求我送给他孩子一首诗，我写了。但是，没有想到的是，被《鞍钢日报》拿去制版登了出来；对这一类作品，我是历来不收入集子的，然而，这一次不得不破例了。根据编辑部寄赠的报纸，将影印的我当时写去的一封信（还有一些其他的讨论文学写作的信，从略）抄录如下：

　　维安同志：

　　诗已写好，没有时间仔细推敲，就这样匆匆抄在纸上了。你们小两口如果觉得它还有点意思,不妨保存着,等孩子认得字了,再叫他自己看。

　　问好!

公　刘　9月15日

骨灰盒上的阴风

我一活转过来，
就把朋友寻找；
我有许多许多的朋友，
我们很要好。

可是，我找不到他们，
一个也找不到；
我的朋友呢？
难道都死了？

我感到悲痛，
我快要跌倒；
树啊，树啊，
请让我靠一靠……

为何树木也悲号？
落叶满天飘，
像一群自杀的鸟，
啄碎了美丽的羽毛。

一阵阴风扑来，
恶魔在风中狂笑：

"我把骨灰盒当饭盒,
我在饭前做祷告!

"我的饭盒大得很,
总也装不够!
幸存者!想朋友会面吗?
不妨打开瞧瞧!"

这当然是一个梦,
但它常来袭扰;
每逢秋声透枕,
便有一片喧嚣……

1979 年 9 月 17 日　合肥

宪兵进行曲
——读《大众电影》第八期有感

呔！小心！我有三色分光镜！

我能在六十分之一秒内

鉴别你是什么人，

属于哪个阵营——

红色的？

黑色的？

黄色的？

一眼分明！

怎么证明他红？

他有权出卖别人的鲜血与革命，

怎么证明他黑？

他胡说太阳也有黑子，含沙射影。

怎么证明他黄？

他搂着老婆亲嘴，岂不是西门庆？！

咔——喳！咔——喳！我是生活的宪兵！

呔！小心！我有三色分光镜！

1979 年 9 月 20 日　合肥

影　子

我失去了你，
我到处找你，
我的老朋友，
你去了哪里？
朋友，你回来吧，
别把我抛弃！

　　我没有走远，
　　我一直跟着你。

我多么孤单，
我多么悲戚，
自从失掉了你，
像失掉了我自己。
连月亮她都记得——
咱俩多么亲昵。

　　我没有变心。
　　我还在搂着你。

太阳出来了！
叫人真欢喜！

你看见我了吗?
我灵魂之所寄!
我起舞,你相随,
我是彩虹你是霓。

  咱俩唱支歌吧,
   唱一唱金色的真理——

没有影子的地方,
"光明"是假的!

1979 年 9 月 21 日　合肥

讨 论 会

我们开讨论会,
各式各样的讨论会,
我们胡诌,
各式各样的胡诌。
像一伙自己就需要动手术的医生,
围着床头研究;
都净顾擦血去了,
一个棉球,接着一个棉球,
可就是谁也不碰
那个可怕的巨大的伤口。

我们在谋杀,
但是我们宣布了抢救,
真理信任地望着我们,
大睁着泉水般的双眸……
忽然,我们当中有谁的魂魄越窗逃走,
窗外!于是大家都一齐发抖。
窗外站着的是天!
为何它脸色如此铁青,
而且双眉紧皱?
是不是——在盘算着为死者复仇?

1979 年 9 月 21 日　合肥

失　眠

这算什么处方笺？——
用铜锤铁钵研碎月亮,
磨成一种白色的药面,
默祷为引,每夜空心服三钱,
就能治好
你的职业性失眠。

谁都知道,睡着了的火枪手,
不会构成危险。

风将对你表示友好,
为此,还准备吸收你的甜蜜的轻鼾
作为"歌协"会员①。

让狼进村来吧,
让它把母亲们的蓝色的脉管咬断。
让它窃走人子,
带进森林,进行嗜血的训练:
第一课,把手变成爪子,
第二课,刨一个出击的坑,

---

① "歌协"者,"歌德派"协会之谓也。

第三课,嘴脸拱进土去发出威胁性的嗥叫,
对准你自己出生的地点!

于是,狼就坐在一旁微笑,
欣赏着它的伟大的实验,
狼性,万岁!
人性,再见!

这太可怕了!
必须制止!必须盯住地平线!
甘愿失眠!
不能叛变!
诗的窗口
是枪眼。

1979 年 10 月 3 日　合肥

我不是汉朝人

　　统计表明,我们现在每个农民的劳动生产率和汉代不相上下:二千斤。

我手上有茧,
我脚上有茧,
我膝盖上也有茧,
茧啊茧,我的灿烂的遗传!

泥,把我的毛孔填满,
沙,把我的毛孔填满,
汗,把我的毛孔填满,
我气喘,我活得多么舒坦!

我踩着水车抗旱,
我猫着腰挥镰,
我跪在地上间苗,
打倒机械化!防止游手好闲!

呵呵,我是农民,我不会种田,
呵呵,我是主人,我不要发言权;
我睡在二十世纪,
我醒在两千年前。

那时候的皇帝吃了就玩,
什么叫革命浪漫主义？他不管,
因此他从来不发愁:
老百姓粮食太多了,怎么办？

天可怜见！公社书记却骂我懒,
骂我不卖力动弹;
可我还是听惯了
喇叭匣子一年四季作动员:

它命令我"产量翻三番",
它命令我抱住"卫星"上西天,
它命令我憋足空气,把肚皮鼓圆,
我笑！我绝不哭丧着脸！

它命令我山顶造平原,
它命令我平地修梯田,
它命令我掘地三尺——
年终结算,挖见了三百六十枚五铢钱①！

大队会计,你为什么赏我这么一大串？
据说,我对国家有贡献！
每人均产二千斤,

---

① 五铢钱,汉代货币。

没给咱汉朝丢人现眼!

这是童话?这是寓言?
还是疯子的狂喊,来自精神病院?
但如果一切真的与民更始,
我发誓:过去我不埋怨,今后我要真干!

                1979年10月8日　合肥

访大梨花山

多谢两位老师傅,
赠给我一串泪珠,
我要把它珍藏起来,
埋进我自己的泪谷。

泪谷中有一汪泪泉,
活水汩汩长年如注,
你们的珍珠藏在这里,
保证它晶莹圆润永不干枯。

我今年也五十出头了,
论年纪正好兄弟称呼,
我的曾经是"砂丁"的老哥哥啊,
同爱同仇更理当情同手足。

老谢,我听说你九岁进硐,
对于你泸西的甘蔗太苦,
老万,我知道你十岁走厂,
对于你宣威的火腿无肉。

在那黑沉沉的旧中国,
山林中当然更多一层恐怖,

在那种大烟的旧云南，
鸦片里当然更添一种毒素。

你们落到了这锡山矿井，
倒仿佛是横遭人世开除；
直盼到有一天朝霞喷火，
才抱住红旗的一角痛哭。

你们干涩嘶哑的嗓子，
已无力把沉重的苦难倾诉，
你们僵硬肿胀的手指，
又怎能将漫长的日月掐数?!

那阴暗潮温的大伙房，
毛石墙上的霉苔永远发绿，
那爬满毒虫的小水缸，
硬木盖下的臭水多么酸腐！

我仿佛也喝了老妈妈汤①——
几颗黄豆如何充饥果腹？
我仿佛也盖了破烂蓑衣——
一层棕毛怎样当被作褥？

我永远也不会忘记，

---

① 老妈妈汤：用黄豆磨碎连渣煮给矿工吃的稀汤。

这一天的艰难颠扑；
片石如刀呵红土如血，
正就是背塝者无路之路！

我紧紧地跟随你们，
登上了二〇九〇高度，
有谁能想象得出，
地狱入口，竟设在云彩起处！

你们叫我换上工装，
我却盯住你们的肌肤，
遥想三十年前，
主人翁曾赤身负重一如牲畜……

你们领我下了虎口吊井，
煤石灯也只能照我挪步；
不敢想三十年前，
桐油黑焰怎敌这阴风簌簌？

而为了走出这三百米矿坑，
人必须变作长虫、泥鳅和老鼠①，
这时候我真愿有块刮汗片②，
刮净这遍体的泥糊……

----

① "吃人洞"中有"长虫蜕皮""鹞子翻身"和"老鼠啃锅盖"之类的地段名称，其窄小、龌龊、危险，可以想见。
② 刮汗片，旧时背塝工人刮汗用的器具，用牛骨制成。

挣出了狭窄的槽门，
我多想一吐满腹污浊；
猛抬头却看见碉堡枪眼，
又无一不瞄准着我的胸脯！

师傅们仰天长叹一声：
同志，我们看得出你的愤怒；
可当初又有多少硬汉子，
就因此在刑讯房喂了豺虎！

老师傅又领我继续前行，
直走进那孤山魔窟——
几十种刑具面目狰狞，
人皮鞭子更令我浑身觳觫。

然后我们便赶紧离去，
像是要摆脱那噩梦的追逐；
那棚子①那窝路都是墓穴，
荒沟里填满了屈死鬼的骸骨！

转身看这壮丽的十里矿区，
一层层平巷如层楼高矗；
鼓风机吹拂着新鲜空气，

---

① 棚子，支撑小巷的梨木柴。

一排排银灯似大路举烛。

罐笼上下忙不迭将矿工接送，
斗车往来无休止把矿砂运输；
这时间洗澡堂已备好热水，
这时间放映场正悬挂布幕……

欣赏着这一切着实令人感动，
话题也自然而然谈起了幸福；
忽然间我问起了十年倒退，
老师傅说：差一点又要喝粥；

钢筋高帽有如临安套头①，
红漆涂身胜似小刀片肉②，
文明地狱并非是地狱变得文明，
法西斯的封建只能是加倍残酷！

同行人不禁都回眸沉思：
眼前有绝境险道也有沃野坦途，
但争取工人阶级权利的斗争，
迄今也并未结束！

    1979年4月12—10月10日　云南个旧—安徽合肥

---

① 临安，地名，即建水；"临安套头"，酷刑名，用牛皮筋扎起头来，用木棒绞紧。
② "小刀片肉"，一种酷刑名。

冰　山

北冰洋的寒流是黑的，
像死神铁青着脸，
在殡仪进行曲声中，它蹒跚向南，
捧着冬之骨灰盒——一座冰山。

欢呼春天的善良的人们哪，
也许，为时还早了一点？
能撕裂船舷的利刃并非插在顶端，
要提防，那软和的波浪下边！

1979 年 10 月 21 日　合肥

竹问

哎,好一片成林的春笋!
有鸟喙一般鼓突的唇,
有胎毛一般金黄的茸,
有蛟龙一般密致的鳞。

长大了你干什么?我不敢问,
也许将七窍通灵箫笛流韵,
也许将编扎火把再次夜行,
照旧挑落后的担子,呵,真沉!

也许将玲珑剔透悬帘铺簟,
为炙手可热者奉献着凉荫,
也许将横节竖刺呼啸恶声,
教鲜血淋漓者驯服于命运……

1979 年 10 月 24 日　合肥

关于《摩西十戒》
——《圣经》上的故事

摩西当然是聪明的首领，
他指引我们前进，
度过了流火的西奈沙漠，
找见了矿泉水、无花果和橄榄树荫。

应该感谢摩西，我们的好首领，
我们抬起他来，游行，欢声入云，
我们吻他的汗渍的衣衫，
我们吻他的皴裂的手背和有泥的手心。
我们称他为先知，
忘记了：大家都是亚当夏娃的子孙。
我们听从他说的一切，
包括《十戒》，包括梦呓，包括"朕"，
包括"我是你们的上帝，
除我之外，你们不可信别的神。"①

敬爱蜕变为迷信，
天真嫁接成愚蠢，
每一间屋子都改造为庙宇，

---

① 《摩西十戒》第一戒。

我们已经是教徒，不再是人。

1979 年 10 月 25 日　合肥

十二月二十六日

一

哪一天是毛泽东同志的生日?
过去它仿佛是个秘密;
因为,不允许给领导人祝寿,
曾经写进了党的决议。

前些年才突然公开宣传,
那方式又十分令人骇异;
我们都不过是一些普通人,
几曾惯如此森严繁缛的礼仪!

无耻的林彪们和江青们,
前前后后搞过多少把戏!
就差一点没有托古改元:
"吞食龙卵"和"履大人迹"①。

其实,谁心里都明白如昼,
毛泽东同志也是血肉之躯:
他把安源矿工当作兄弟,

---

① 见古籍中种种有关神化皇族的谬说。

他为红军士兵担过大米。

于今瑞金还有一口甜井,
井里储存着他的汗水;
可数过枣园开了多少枣花?
蜂儿们始终像他工作那样酿蜜。

在三千分之一的军用地图上,
他画下箭头笔锋多么凌厉,
指到哪里胜利就在哪里孕育,
当然,必须带着血才能呱呱坠地。

无可置疑,他是一面大旗,
旗的概念是什么?是飘扬,是进击,
旗应该永远是风的战友,
风,就是人民的呼吸。

假如旗上有着弹孔,
那正是光荣之所在,何必忌讳!
迎风抖擞才能避免蒙尘和发霉啊,
为什么偏有人主张压入箱底?!

二

我们终于再度称他为毛泽东同志,
他听了想必会非常喜悦;
世上哪有更比同志亲切的称呼,

为了同志,我们可以献出鲜血。

根据我,一个共产党员诗人的感觉,
他的名字具有双份的炽热:
既曾是全党爱戴的领袖,
又曾是诗歌启蒙的大学。

也许他的诗教还可以探讨,
但他只为人间写诗,却是千真万确;
即便有一首描绘了天降倾盆,
那也是来自霞姑①泪泉,而非月里宫阙。

他从来就提倡愚公移山,
世路不平,他总是深恶痛绝;
因此他甚至对昆仑也大声呼喝:
不要这高,不要这多雪。

是的,山太高了,村不如蚁穴。
是的,雪太多了,人或为鱼鳖。
千秋功罪,千秋功罪,
他自己早已在带头评说。

愚蠢的地球母亲哟,
快停止你的造山运动吧,

---

① 杨开慧同志的小名。

我们的九百六十万平方公里版图，
岂能容如许林立的山岳！

我们拥抱的是河川、平原、阡陌，
我们拒绝的是高竿、僵硬、陡削，
我们乐意看拖拉机耕耘的舞蹈，
我们喜欢听康拜因丰收的鼓乐。

虽然会计把十亿写作1000000000，
可会计本人也并不愿在"0"中生活；
谁不希望庆贺一下自己的生日：
眼前有酒，未来有幸福的岁月……

他睡着了，然而党的大脑空前活跃，
毛泽东思想是一定要发展的——
长江既不会断流，
河堤也不会溃决！

这就是对一位伟人生日的纪念，
须知这一天关系到半个世纪和整个中国。
请后来的领袖们记住这一点吧，
将您的和全体人民的生日绾一个亲密的结！

1979年12月4日—12月5日　北京

声　　音

我是南方长大的孩子，
从小就管蚕儿叫宝贝，
沙沙……沙沙……沙沙……
这是蚕儿吃桑叶的声音呀！
这声音多么甜蜜！
这甜蜜多么熟悉！
甜蜜得像麦芽糖，
熟悉得像吃完了麦芽糖
再把自己的手指头
塞进自己的嘴里吮吸。
我又想起来了，
它像落在秧田里的春雨，
我还记起来了，
它像倒进竹箩里的新米，
我简直馋起来了，
它像妈妈酿的酒娘一般令人心醉！
蚕宝贝！我的蚕宝贝！
它高高兴兴地吃，
它忙忙碌碌地吃，
它老老实实地吃，
但它从来也不会白吃，
它会把它纯洁而善良的心吐出来，

化作温暖和缠绵还给你!

就这样,年复一年,
我跟着姐姐进出蚕房,
唯有我最清楚,
姐姐流过多少汗水,
就这样,年复一年,
我陪着姐姐同声啜泣,
我实在不明白呀,
谁不公道谁有罪?!
姐姐呀,我的好姐姐!
难道你也是作茧自缚吗
别人遍体罗绮,
你却衣衫褴褛!

后来我长大了,懂得要革命了,
我参加了穷人自己的军队。
有一天,恶战刚刚结束,
我们露营田野,无米为炊;
指导员说:那就睡吧,
睡吧,一觉能解三顿饥!
我果真睡得香极了,
由于搏斗的疲累,
由于胜利的欢喜,
也由于,一种奇异的遭遇:
沙沙……沙沙……沙沙……

这可爱的声音哟,竟通宵响在耳际!
莫非我梦见了蚕儿吃桑叶?
莫非我梦见了姐姐试新衣?
然而,同志们粗暴地将我摇醒,
不好!——蝗群铺天盖地,
正在毁灭,正在毁灭
我们宁愿挨饿也绝不去碰的粮食!
蝗虫毕竟是蝗虫啊,
手榴弹,机关枪对它都无能为力!
我真恨啊,蝗虫!我恨你!
你为什么,你为什么
要断绝我兄弟姐妹的生计?!
看!它放肆地吃!
它贪婪地吃!
它恶狠狠地吃!
吃!吃!吃!
它和国民党的区别
究竟在哪里?!

如今我老了,已经望得见对面山上
那一块将要做枕头的青石,
如今我老了,老得像所有的老人一样
享受不起八小时的瞌睡。
可我还是劣性未改呀,
睡不着就胡思乱想,想一些
也许根本用不着我去想的问题。

已经披衣上床了，
偏要抖开报纸，一行行嚼出滋味，
已经钻进被窝了，
偏要收听广播，一句句听个仔细，
哦，这不到处都在写，都在说嘛，
实践，实践，检验，检验，唯一，唯一，
我的胳膊酸困了，报纸开始叹息：
沙沙……沙沙……沙沙……
我的半导体破旧了，噪音令人生气：
沙沙……沙沙……沙沙……
忽然我又想起了蚕房，
忽然我也想起了灾区，
这儿和那儿，
昨天和今天，
不全都是这样沙沙作响吗？
哦，一个声音却未必说的一个真理！

而且我更想起了蚕儿的好脾气，
可爱的蚕儿它几乎不睡，
而且我也想起了蝗虫的坏主意，
可恶的蝗虫它根本不睡，
那么，我也赶快起来吧，
起来，守住这个窗口，直到太阳升起！
我一定要亲眼看一看，
我们的九百六十万平方公里，
是否都，是否都披上了锦绣？

我一定要新眼看一看,
我们的十亿男女,
是否都,是否都从灵魂到衣着十分美丽!
思想啊,痛苦的思想啊,
声音教育过我呀,我怎能不警惕!

1979 年 11 月 27 日—12 月 15 日　北京—合肥

寄　冥

　　这首诗,是写给元好问的。元好问,金代大诗人,著有《遗山集》,编有《中州集》;1190 年生于太原秀容(山西忻县),1257 年卒。读书山下的元家山村,至今尚有其后裔。韩岩村曾有坟墓及纪念性建筑物——野史亭,但均毁于"文化大革命"。县城北街有他的家庙,新中国成立后改建为文化馆。

　　十年浩劫期间,我受到了第二次"惩罚",去忻县种地三年。1973 年夏调文化馆打杂,直到 1978 年离开;也可以说,我在元好问的家庙当了五年斋公。这诗中所记的种种,当然不过是忆旧而已。

一

一场紫色的斑疹伤寒,
新中国诗人夭亡过半;
假如您能多活七百岁,
我们就肯定死在同年。

从那时起我就冤魂不散,
长飘零于河汾之间;
您经过社会主义改造的家庙,
我竟厮守过一千八百余天!

据说大厅本是正殿,

为住人将碑廊横加隔扇；
整石料当然叫大办水利用了，
剩半截正好铺个棋盘。

庙门换作了玻璃橱窗，
石磴抹成了洋灰斜面；
由元而明，由明而清，
于今人民共和，谁说世道没变？！

尤其是这儿还住着"变"的证见，
我本人就从战士变为囚犯；
现在虽奉命来文化馆看门，
眼瞅着清闲又变为忧烦……

一想起昔日藏书千卷，
《中州集》便劫灰欲燃——
怎能忘当年忻州屠城，
蒙古兵曾杀人十万！

有一个念头更叫人浑身打颤，
我唯恐遇见成吉思汗，
如果成吉思汗抢走了我看的电话，
全世界怕只好灭绝炊烟！

这时间我总要急步走下阶沿，
找门外那扪虱老汉将心事排遣；

为什么他自称是您的后代？
半信又半疑啊，可恼复可怜！

果真他和您老有着血缘？
可为何求一醉竟坐街讨钱？
诗人的素质固然难得继承，
权贵的爵禄怎么就该遗传？！

二

这家庙规模虽属一般，
到周末空荡荡倒也森然，
同志们纷纷骑车回家去了，
三两个好心的将我规谏：

莫等到天黑路断，
你早点把大门关严，
早点睡，早点入梦，
有动静可千万别管。

于是我想起了市井流言，
都说这院子不大平安，
每当更深夜静露湿栏杆，
都会有无形的双手挨门检点。

难道命运是我的后娘？
为什么我到处都遇凶险？

无神论者！可害怕鬼吹灯？
如今请面对超自然的考验！

我岂敢自夸如何如何勇敢，
说实话，有时也真忐忑不安；
当上房响起了苍老的咳嗽之声，
下房里又仿佛有女眷洗笔磨砚……

一霎时电灯通明，银光耀眼，
电灯下有谁们嘤嘤啜泣喁喁相劝？
我急忙披衣起床趿鞋出巡，
顺手还抄起了一张握惯的锨。

待我蹑手蹑脚近前观看，
什么也没有！空留满腹疑团！
难道说这里有新的聊斋故事？
蒲松龄毕其生也不曾写完？

直等到太阳再一次镀亮金檐，
我也再一次到处仔细查勘，
既未有长而尖指甲的掐痕，
又不剩红而艳胭脂的泪斑。

如此的异象几次三番重演，
渐渐地我也就感到了厌倦；
人世间的惊骇痛苦已经够我受了，

何必再过问那九泉下的辛酸!

三

不过,且慢,忽一日得了机缘,
我来在了您长眠的韩岩;
去看看百世犹存的野亭孤坟吧,
有牧童笑道:跟我走,你寻不见。

难道这竟是有名的五花坟?
衰草荒丘! 断碑残片!
碗大的牛蹄印贮满脏水,
一颗颗羊粪蛋挤进眼帘。

藏书楼早已无影无踪,
都怨那几根梁柱惹人眼馋;
趁着"文化革命"焚书坑儒,
正需要带头勇士破除"封建"!

元好问他到底算什么分子?
就凭这名字也该查查档案!
多少事包了饺子不得露馅,
难道"党和国家的机密"他也想管?!

您当然知道那时谁掌大权,
论文物早已经宣布了保护重点:
江青的草帽,林彪的扁担,

俱都是接班人的玉玺宝券!

从此我倒禁不住昼思夜盼,
幻想能一睹您的真颜,
枣木杖敲遍这满地方砖,
颤巍巍一身皂袍青衫……

呵,先生,您可愿和我交谈?
如果灵犀相通,何须客套寒暄;
要不要听我背诵您的名篇?
哀生民于鞭扑,恨网罗之高悬!

为什么活着的要被活活整死?
为什么死去的也被死死株连?
您见过女真奴隶主,蒙古天可汗,
那时候访鬼是否更比访友安全?!

其实,我何必向您倾诉艰难,
您的诗早已是我的肝胆;
这些话我猜想您当一笑置之,
只因为我们的祖先正是屈原!

1979 年 12 月 23 日　合肥

冻　雨

开始了,我们这里
开始在下冻雨。

啪——哒,啪——哒,
一——滴,一——滴。

没有了,我们的春季
水灵灵的淘气的生机;

没有了,我们的夏季
湿漉漉的狂热的呼吸;

没有了,我们的秋季
清爽爽的娴静的甜蜜。

开始了,我们这里
开始在下冻雨。

啪——哒,啪——哒,
一——滴,一——滴。

它不是冰的碎块,

这些半顽固半圆滑的颗粒!

水银柱上,它也选择了最理想的位置,
既不是0°,又几乎没有距离;

你见过魔术师手中的布吗?
正面是襁褓,背面是尸衣。

开始了,我们这里
开始在下冻雨。

为什么会下冻雨?
是谁在天上哭泣?

况且乌云这么厚,这么沉,这么浓密,
难道还有缝隙?

你看,有多么大的穹窿,
就有多么大的封闭!

但假如没有缝隙,
又从哪儿漏下来这些冻雨?

为什么哭得如此伤心?
看见了什么人?什么事?什么东西?

是不是前面村子里,人贩子
拐走了天真的未婚妻?

而诚实的钟情的小伙子,
正在赶路,正在盼望婚礼!

是不是有一对连着胸腔的胎儿,
给父母和医生出了难题?

谁是绝望? 谁是希望?
谁更有生的权利?

是不是春天迷失了路途,
仆倒在石头与石头之间无能崛起?

难道她精疲力尽了,
必须等待奇迹?

开始了,也许是一阵冻雨,
也许是小冰河期。

然而,我的使命是传达大地的信息:
你要坚强! 你要贞洁! 你要警惕!

那么,请告诉我,你又是谁?
我吗? 昨天的花,今天的泥。

1979年12月22日—12月24日　写于合肥,凄风苦雨之中

掌　　声

掌声,热得冒烟的掌声,
像一阵狂风,
摇撼这三千人组成的斑白的森林,
(可有几株还枝叶青青?)
你听! 你听!
你听出来了没有?
它对阳光、雨水表示了赞成,
也对虫害、火灾提出了批评!

掌声,
就是命令:
人们呵,莫患健忘症!
要记住,记住那发生在昨天的事情,
要记住,记住那枯焦了的树木
和它们飘零的梦……

掌声,
更是声明:
像我这样的风,
既不会看什么人的手势起,
又不会跟什么人的神色停,
我,有自己的眼睛。

自卫武器

活下去！活下去！
三个字，心对心的耳语；
但它竟如此悲壮、热烈、有力，
胜似五个乐章的胜利交响曲。

活下去！活下去！
不是苟安，不是长嗟短吁，
不是妥协，不是卑躬屈膝，
火山，在沉默中把热量积蓄！

活下去！活下去！
革命在"活下去"中得到继续；
是的，真正活下来的也许不多，
人民万岁，却是一切法律的法律！

活下去！活下去！
就凭它我们赢得了十年一局，
如果再，再……不！让我们现在咬牙：
绝不许重演这样的民族悲剧！

读十一月十五日《参考消息》有感

北京没有什么留恋之处，
天安门广场像一个冰湖；
对这样的外国记者能说什么呢？
他有权在他的纸上瞎涂。

而且他还把人大会堂比作一丛珊瑚，
礁石、小岛、平顶的建筑物……
可我每天来到这儿开会，
每天都会想起人海，想起"四五"。

我们的人民多么成熟！
甩开诱饵，校正了自己的脚步；
新的国会纵火案不等冒烟就息灭了，
此刻，历史正授权我们查对纪录。

重　逢

二十年间重逢，
回回都在梦中；
二十年后相见，
握手握到生疼。

不疼不敢轻信，
也许还是做梦？
然后才说：老了！
交换青春笑容。

不必细问来路，
无非小异大同；
如何报答人民，
你我尚有余勇！

伤 口

我是中国的伤口,
我认得那把匕首;
舔着伤口的是人,
制造伤口的是兽!

我还没有愈合呢,
碰一碰就鲜血直流;
这是中国的血啊,
不是你们的酒!

关于本本的闲谈

我们闲谈，
谈起昨天——
你的笔记呢？
一团烈焰！
烈焰！
烟呛双泪眼。
你的日记呢？
一堆纸片！
纸片！
风卷碎心肝！……

难道都完啦？
不然。
还有两种本本，
它们最最安全：
一种像红鹦鹉，
叽叽呱呱，
学舌在人前；
一种是黑蝙蝠，
喊喊嚓嚓，
告密在夜间。

人　梯

有两种人搭的梯子,
各有各的搭法——
一种是强踩着人头往上爬,
殷红的血肉,
惨白的骨架,
踏!踏!踏!
另一种心甘情愿,当然也咬牙,
挺起胸膛,扛起肩胛,
后来者,上!别怕!
有我在,你就摔不下!
后来者真的上去了,
摘到了美丽的花。

这两种人搭的梯子,
谁不受历史的审查?!

空气和煤气

窗子外边是空气,
自由的空气;
罐子里边是煤气,
窒息的煤气。
他宁愿不要自由,
他宁愿选择窒息。

请先告诉我,自由的定义,
我再来解答,这残酷的谜。

自　沉
——悼念老舍先生

他从异邦归来，
中国有他的爱。
他捧来一个太平洋，
竟换了一个什刹海。

他沉了下去，
又浮了起来，
他怀抱的那本书，
这件事有否记载？

虽然是没有记载，
人人都心里明白。

自　焚

一把火，
一百万字自焚，
一百万股青烟，
一百万缕冤魂。

亲爱的文学史家同志们！
请用比火更猛烈的行文，
描述这烧死过一次的作家，
还有他红光烛天的作品。

死者的名单

我的同志,我的朋友,
求求你,别念了,
别再往下念了,
别再往下念了。
你的声音在颤抖,
我的心儿在狂跳,
我不想去补充
你有多少遗漏;
我只想大喊一声:
不要!我再也不要!

追悼会

一个追悼会,
又一个追悼会,
上午才从八宝山归来,
下午又去八宝山聚汇。

这个盒子里没有骨灰,
那个盒子里也没有骨灰,
唯独他挣扎到今日离去,
反而得了死神的恩惠。

奸人比死神更为恶毒,
让我们在心上勒石为碑。

噪　音

这么大的北京市,
哪能没有点噪音?

不用问,
他们——
那些爱撅喇叭的司机,
那些脾气暴躁的阿姨,
那些嘴尖舌长的亲戚,
那些强迫别人听广播的邻居,
他们,
是自己人。

这么大的会议室,
哪能没有点噪音?

寻觅与呼唤

前排,
朱颜已改,
后排,
青丝全白。
失踪了
整整一代,
这怎么成?! 怎样进行
两个世纪的接力赛?!

新选手何在?
横隔十年苦海,
只见他拊掌摩腮,
情急更徘徊!

过来!
快过来!
过得海来,
便是无量山脉!
创造之宫,
双门大开!

欢迎!你苦、涩、咸、腥的山光海霾,

欢迎！你奇、险、渊、广的山姿海态，
手携手，
同登主席台！

寄语政治

政治,你一次又一次地将我放逐,
政治,我却并不想对你进行报复;
如今,且不忙讨论那些哲学概念,
先莫管你与我是否同属上层建筑。

我只知道,我们都共着一位慈母,
对于人民,我们都永远嗷嗷待哺;
都睁大惊异的眼睛观察人间星象,
都在这新开的坎坷路上蹒跚学步。

在人类漫长而苦难的生活历程中,
渐渐地,你与我有了不同的归宿;
我认为只有心房才是温暖的地方,
你却热衷于豪华的宫殿官邸出入。

也许正因为如此,你的性情变了,
如果是弱者肯定会被你吓得啼哭;
你总自以为握有主宰别人的权力,
任意便暴戾乖张地对待同胞骨肉。

既然我血管中血液和你一般鲜红,
凭什么你可以怀疑我是顽石草木?

既然我爱我母亲甚至更有甚于你，
你何以竟指斥我已然是逆子叛徒?!

我宣布只服从血管中奔流的元素，
只有它们能决定我的命运和前途；
但愿你也回头来看看这茅屋窝铺，
我相信我们将同声一呼:为母亲服务!

　　　　　以上十五首,均腹稿在第四次文代会上
　　　　　　1979年12月24日　追记于合肥

华表的传说

　　古籍记载:华表最初是尧与舜竖立的"表木",专供过往百姓议政进谏之用。后世衍化,又在顶端增添两头异兽,名曰:犼。它们分别南北背向,意在"望君出""望君归",云云。

哦,华表有一段传说,
她像化石一样古拙,
也像化石一样僵硬,
更像化石一样冷漠。

你想找化石一样的她吗?
那容易,她终日在野外立着;
不是装点宫殿城堡,
就是警卫陵墓棺椁。

原先她并非石头而是木头,
外婆曾这样悄悄告诉过我;
外婆又是从哪儿听来的呢?
真傻! 外婆当然也有外婆……

总之是木头变了石头,
这种例子,学者们能举上许多许多;
而文盲的祖先又只会斫木纪事,

于是就留下了密密麻麻的雕琢。

从此改名华表,也从此默默,
浑身上下甘愿被云彩包裹;
那许是唐虞盛世的大字报吧?
谁懂得都瞎划了些什么!

云彩竟象征了官员们的过错?
你再胡说!小心招灾惹祸!
难道你还不听劝吗?
反正我是毫不疑惑。

何况尔后的朝代日益进步,
官马驿道遍布全国;
上令下情都畅通无阻,
就像健康人的血脉经络。

更豢养叫作狨的吉祥异兽,
它能爬上华表监督君王劳作:
不要耽于四方游乐!
你要时刻体察民瘼!

表木就自然成为多余,
多余就意味着被记忆淹没;
正如你我肚子里的盲肠,
岂不该萎缩了再萎缩!

事实是早在五千年前,
尧与舜已经叫她无事可做;
她只好去做木乃伊,
去做化石,去做菩萨的耳朵。

也许,她高大的身影会映在什么墙上,
仿佛无家可归倚墙倒毙者的魂魄;
而且这魂魄也斑驳模糊了,
哦,魂魄是一种传说。

1979年12月28日—12月29日　合肥

《丝路花雨》剧评

也许我并非身在剧场,
却仿佛又回到了敦煌;
也许我并非活在今世,
倒像进了戏生逢盛唐。

二十二载逝者如水,
总死不了一个梦想;
记得当年曾对画沉思:
画中人何时能下石墙?

看眼前大幕拉开,
真教人欣喜欲狂!
所有的色彩、音乐和舞姿,
竟无一不合我的梦想!

哦,你奉旨出巡的节度使,
前后有威风凛凛的仪仗;
哦,你专事逸乐的贵夫人,
左右是百戏杂耍的喧嚷!

那通使西域的英雄张骞,
已召来万国行旅的回访;

响彻了戈壁的驼铃叮咚，
呼应着栈道的马蹄火光……

你好，田野耕耘的农民，
你好，作坊辛劳的工匠，
你好，布衣草履的百姓，
你好，虬须色目的胡商。

你好，演阵习武的勇士，
你好，能征惯战的猛将，
你好，彤云蔽日的旌旗，
你好，密林挡风的刀枪。

还有那男婚与女嫁，
哪一根眉毛不喜气洋洋；
他们喝的是葡萄酒吧？
我真想问一问新郎新娘。

还有那琴师和舞姬，
哪一条飘带不随风溢香？
他们是表演胡旋舞吗？
圆地毯该当是来自友邦。

别忘了马夫的瑟缩苦寒，
他交腿踞坐于大漠沙荒，
双手掩面却难掩叹息，

风尘乡愁都令人断肠。

别忘了飞天的翩跹徘徊,
尽管她四肢已化作翅膀;
显然她并不愿乘风归去,
她的心一直在下界翱翔。

值得留恋的终归是大地!
谁真的向往那虚幻的天堂?
据说,五百强盗已成佛圆寂,
可不成佛的依旧爱人间孽障——

爱纷纭复杂的万事万物,
爱喜怒哀乐的众生本相;
这正是生活的真谛啊,
这正是艺术的力量!

而记录这一切的是谁?
何以他本人不在画上?
如果众人的苦不过一眼苦泉,
那么画家的苦就是苦海汪洋!

他礼赞了该礼赞的世界,
唯独把自己完全遗忘;
他肯定是戴锁链的奴隶,
不戴锁链怎么会追求希望?!

感谢剧作者的仁慈和正义，
让屈死者复活在舞台中央，
还有那好女儿相依为命——
一个会反弹琵琶的姑娘！

这是观众的普遍要求，
而且都认为理所应当；
画家给我们以斗争的勇气，
怎忍看他死于孤独与凄凉?！

这样的父亲甚至是幸福的，
岂在乎什么金库银仓！
我最激动的还是这一点：
神笔张有孩儿名叫英娘。

单凭这一点我就满意了，
这也是黑暗中照耀过我的一线光芒；
虽然其他的情节都很动人，
特别还关系到安息、波斯和伊朗。

观众们尽管说短道长，
我决定坚持自己的美学主张：
任何一件艺术精品，
都该从不同的道路通向心房。

因此我最欣赏的还是
画家的苦难终有报偿；
我情愿去当那位画师，
捐躯在需要献身的盛唐。

1979年12月29日—12月30日　合肥
追忆莫高窟和舞剧《丝路花雨》所见

八十年代,为什么你迟到一秒钟

　　格林威治天文台宣布:由于时间的流程遭到了某种"破坏",一九七九年的最后一分钟结束后,将出现一秒钟的空白,然后,才开始一九八〇年。

七十年代死了,
八十年代没来;
这一秒钟,一秒钟,
哦,我害怕,
历史当真会留下空白?!

七十年代死了,
八十年代没来;
这一秒钟,一秒钟,
哦,我后悔,
我糟蹋了过去的爱。

七十年代死了,
八十年代没来;
这一秒钟,一秒钟,
哦,我承认,
我的确欠了一笔债!

七十年代死了,
八十年代没来;
这一秒钟,一秒钟,
哦,我发现,
原来我是那样的坏!

七十年代死了,
八十年代没来;
这一秒钟,一秒钟,
哦,我呼唤,
请别在窗外徘徊——

七十年代死了,
八十年代没来;
这一秒钟,一秒钟,
哦,我寻思,
未相识倒已先相猜。

七十年代死了,
八十年代没来;
这一秒钟,一秒钟,
哦,我孤独,
不禁惆怅而悲哀。

七十年代死了,
八十年代没来;

这一秒钟,一秒钟,

哦,我害怕,

偏又狂热地期待……

1980 年 1 月 1 日　合肥

我 不 要！

一座没有香火的庙，
一包神婆的假药，
一只没有充气的救生圈，
一架天上的鹊桥，

一个假装怀孕的妻子，
一挂湿了的喜爆，
一块画在纸上的饼，
一张空头支票，

生活教育了我，
我不要！

让我们动手干活吧，
干！会计才给你造报销。

不能笑完了就哭，
宁愿哭够了再笑。

1980 年 1 月 4 日　合肥

俚　歌

我从长江奉调来黄河,
我是客,干吗我负责?
管它河水是什么颜色,
澄一澄反正照旧吃喝。

唏,外来干部真快乐!
我照旧!
我吃喝!
我对酒当歌!

我从黄河又回到长江,
南方,我的父母故乡!
既然我是你的好儿郎,
你就该替我洗涮肮脏。

唏,本地长官多堂皇!
我洗涮!
我肮脏!
我理直气壮!

1980 年 1 月 5 日　合肥

平 方 米

喂,生活!你听我说!
看你都编了些什么数学讲义!
为什么还总是给人们
布置同一道习题?——
已知每人平均占有2.3平方米,
三代五口同居,求面积。

人们把作业带到汽车和电车上,
哟嗬,这儿更干脆,
哪有什么平方米!

挤!挤!
你像插着的蜡烛,
他像立着的锥。

干吗老吵架?
谁都像一壶开水,
满肚子的气。

除了脏话还是脏话,
仿佛忘记了汉语,
也忘记了,几千年的彬彬多礼。

小心！别丢了住房调查表！

摸摸看！是不是

还揣在兜里？

1980年1月20日　合肥

请问……

请问,树对大地有没有信心?
请问,风对空气有没有信心?
请问,雨对云彩有没有信心?
请问,雷对闪电有没有信心?
噩梦醒来,推开黑色的枕衾,
原来明天已站立在窗外;
哦,真近!

尽管,我的头还有一点发沉,
尽管,我的胸还有一点窒闷,
尽管,我的眼还有一点泪痕,
尽管,我的歌还有一点疲顿,
我扛起锹,扛起诗人的责任,
还需要我指给大伙看吗?
哦,真近!

早醒的孩子却抢先打开了大门,
他背着书包、铅笔、小刀和课本,
忽然又歪着脑袋天真地提问:
你交过学费吗,父亲?
我交了,而且交的是青春;
料想她将不会再次逃走吧,

哦,真近!

1980年2月6日　合肥

无　题

冬日的黄昏时候，
人劝我莫枯守窗口，
不仅因为这儿有冷风，
而且因为这儿有星斗。

星斗！星斗正风中奔走，
足迹在天海上漂流；
谁怜惜这样傻的赶路者，
睫毛上凝结着忧愁！

无奈何思绪悠悠，
竟牵引我飞往汀洲，
萋萋芳草何处是？
大地像铁壳生满黄锈……

铁壳上躺倒的是谁？
是不是我敬爱的朋友？
这是她炽热的肉体呢，
还是她冷却了的尸首？

其实我们何曾相识，
只不过是纸上握手；

但我的确亲眼见过,
她把心挂在阳光下解剖。

历史是不会列横队前进的,
而她偏偏当了排头;
多疑的猎户许是醉酒,
朦胧中满天皆绿眼怪兽。

冷风飕飕,枪弹飕飕,
枪弹总是对准第一个胸口诅咒;
是啊,害怕又有什么用?
革命和胸口岂因害怕而得救?!

我的朋友!朋友!朋友!
你可听见我祈求:
不让你今天复活,
就让你明天不朽!

1980年2月8日　合肥

长江口远眺

我问船长借来了望远镜——
那是海么？白茫茫烟波空蒙。
这个大家庭有什么喜事？
每一个浪头都举杯相碰！

白鸥翻飞，发出了欢乐的叫声，
它自由吗？难道自由就是与世无争？
但我还是情愿跟定船长走，
心上有大目标，手里有望远镜。

喇叭声声

看地图我觉得长江口像只喇叭,
来到了长江口才明白天地造化;
哦,从唐古拉奔流直下的每一滴水,
它们都呼喊着一个口号:出——发!

去欧罗巴!去阿美利加!去澳大利亚!
还要走向宇宙!地球不过是小户人家!
哦,从唐古拉奔流到海的每一滴水,
它们都召唤着一个伙伴:中——华!

致三位不知名的青年引水员

是谁抽刀断水,这样稳,这样准,这样狠?
江与海在此分野,半壁蓝玉,半壁黄金;
蛟龙之国哟,唯有蛟龙善辨道路,
蛟龙之国哟,唯有蛟龙严守门禁。

肯定,这里的每朵浪花都爱你们,
要不,何以竞相飞腾,缀满全身?
邂逅的时刻太短啦,相逢、携手便离分;
主权的面容多美呀,英俊、快乐而自信!

沿外滩经吴淞至铜沙夜航

沿外滩到吴淞,出吴淞下铜沙,
艨艟相错,号旗相招,汽笛相答,
这万吨巨轮造就的船舶之街啊,
多彩多姿,胜似陆上摩肩接踵的大厦。

当中天月华如水,趁江海水如月华,
睡鸥唼呷,醒鱼泼剌,我独自登上桥塔,
看见了:铁锚、泊位、卧榻,
听清了:理想、梦呓、情话……

宝山和金山

从飞机上往下看,上海是片平川,
着陆以后抬头望,偏有两座高山:
悬炉炼丹的在东北,
沸鼎煮丝的在西南。

标高多少公尺?谁也无法计算。
晒不完的工程图,描不尽的增产线,
八十年代崛起的珠穆朗玛峰,
欢迎八十年代的登山运动员。

工 地 遐 想

这里就是举世瞩目的宝钢工地?
到处笼罩着决战前奇异的沉寂;
只有打桩机在日夜不停地轰鸣,
一声声像战士的心音如此清晰。

那奔忙的一群是既陌生又熟悉,
也许我听错了番号看错了兵器?
该当并非五冶十三冶十九冶工人,
而是我一野二野三野和四野兄弟。

  参加宝钢基地建设工程的还有二十冶、上海市建工局等单位,此处未一一列举。

新堤和老堤

在金山卫,有新老两道海堤,
切一片波涛,铺一片土地,
老堤说:我其实不老,才不过七岁,
新堤说:我当然年幼,刚报上户籍。

满头白发的海,缩在远处叹息:
唉,我倒像经历了又一次的创世纪!
工人答道:难道社会主义不早该全速前进?
——日日新,月月异。

数字概念
——参观晴纶、涤纶、维纶的生产后

据说,三家工厂 = 二百五十万亩棉田,
好一个火爆的数字!给了我多少温暖!
岂料想才出大门,冷风就伸来冰凉的指尖,
从我的电子脑中,提取了一个信息:贫寒。

朋友,你可去过西北,去过黄土高原?
那儿,有赤裸裸的肌体,赤裸裸的难堪,
那儿,革命的细胞加倍感到羞耻和不安,
是的,二百五十万亩棉田 ≠ 丝毫自满。

看新建的巨轮下水

喜报。彩绸。剪刀。新建的巨轮下水了。
直觉得锣鼓在心上敲,爆竹在心上跳!
望定那宽阔平坦的主甲板,
谁能禁住眼泪不敢往下掉!

我欢笑,又占有了一块活的领土,一座浮的栈桥,
既不靠政治阴谋,也不靠武力枪炮;
将白鸽送往天涯,把鲜花插遍海角,
中国在创造中蜕变,看红旗跳自豪的舞蹈!

海　魂

人说精魂是无形的，
然而我却亲眼看见了；
至少是看见了海的魂——
那一只只描如波之曲线的鸥鸟。

多么无拘无束，无忧无虑，
又多么自在！多么逍遥！
当心灵感到了自我解脱的快乐，
大概都会像它这样欢叫。

　　　　以上十首，写于1980年2月28日—3月11日　上海

广西都安棉山歌圩口占

来到壮乡学壮歌,
不能声和用心和;
为借老师金嗓子,
夜夜梦回红水河。

1980年(农历三月初三)脑血栓袭来前五分钟

豺狼、猎人和圣者

最大的幸福是被豺狼所憎恨，
因为这，大家才管他叫猎人；
难道真有谁贪图那一堆臊腥？
瞄准丑恶，是为了大地干净。

如果竟折断火枪，泼湿引信，
也许能一时博得众兽的掌声；
但圣者的血肉它们照样大嚼，
并且评论：骨头太嫩，没劲！

1981 年 1 月 20 日　杭州

我把种子撒在冻土上

我把种子
撒在冻土上，
也许，今年要遭饥荒？
然而，我不绝望。
我耐心又耐心等待，
等待那迷途的春阳；
她会归来的，
她是我的信仰。
在她归来的日子，
大地解冻，
辘辘饥肠
将谱成美妙的交响；
而在泪水与血沃之中，
种子会发芽，抽穗，灌浆，
丰收！丰收是等待的报偿。

1981 年 1 月 22 日　杭州

在上海听傅聪独奏音乐会

你并不认识我,
我早就认识你。

一元一张的门票我也买,
要听肖邦,要听作品59与作品47。

什么样的指头啊,柔软,有力,
帝王之相吗? 双手过膝。

可帝王却穿着黑色套头衫走出台来,
对着祖国彬彬施礼。

潇洒得如同一只燕子,
年年都回故居,衔着远方的泥。

于是我听说了你在北京的故事,
礼服被盗。雅贼吗? 卑鄙!

望着套头衫我脸红了,
仿佛自己也有嫌疑。

那礼服伴你走过多少国家啊,

偏偏失落在生你养你的土地!

我怎么对你宽慰?
又怎么对你解释?

况且剧场外边就是夜上海,
上海真是一个海呀,真有鲨鱼!

但也有你最初的跑道,
君记否? 当年你正是从这儿起飞。

那位中国的巴尔扎克老人,
曾在这儿赠给我们一部《人间喜剧》。

想起了你的可尊敬的父亲,
我突然感到窒息。

是谁在敲打煤气管?
叮叮当当,噪音传到了大厅之内。

你愤怒地睁大两眼,皱起双眉,
触电似的,我触到了你的思绪……

好,不和谐的声响,总算消失了,
原来是卫生车在搬运垃圾。

垃圾中可还有造反小报？
——傅聪堕落了，在伦敦沦为洋琴鬼。

我是读过这种小报的，
可惜扔了，否则，今晚可当一宗厚礼。

还是请肖邦带领我走吧，
如今的波兰，有了一个成熟的工人阶级。

他们爱肖邦，爱祖国，像我，更像你，
而且，"花丛中的大炮"①一律褪了炮衣。

1981年2月　上海

---

① 舒伯特评价肖邦的作品乃是"花丛中的大炮"。

往日的梦

往日,我常梦见一艘石油船,
它倾覆在无常的大海,
石油!立即扩散开来,扩散开来,
这隔绝阳光与空气的死亡之盖!
污染了活泼的水,
窒息了鲜红的鳃,
抗议吗?它不懂水族的语言,
既耳聋眼花,
又本性难改,
只是一个劲儿地织那没有眼的网,
把波浪的呼吸逐一堵塞,
直到——所有的鱼肚翻白……

真正是一个可怕的梦啊,
今天,还留下冷汗和惊骇。

1981 年 2 月—3 月　合肥

读罗中立的油画《父亲》

父亲,我的父亲!
是谁把这支圆珠笔
强夹在你的左耳轮?!
难道这就象征富裕?
难道这就象征文明?
难道这就象征进步?
难道这就象征革命?
父亲!你听见了吗?你听见了吗?
整个的展览大厅,
全体的男女人群,
都在默默地呼喊:
快扔掉它!扔掉那廉价的装饰品!

真愿变作你手中的碗啊,
一生一世和你不离分!
粗糙的碗,有鱼纹图案的碗,
像出土文物一般古老的碗,
我愿承受你额头的汗,
并且把它吮吸干净;
只有你的汗能溶解
我出土文物一般硬化了的心!
秦朝的心啊,

汉朝的心啊,

唐朝的心啊,

也许,还有共和国的心!

有谁能数得清你死过多少次!

父亲!我的父亲!

那年你同矿石担子一道滚下夜的深渊,

土高炉照旧举着火把吆喝队伍狂奔,

尸骨都来不及收啊,

豺狼已把你啃得骨肉支离难以辨认……

那年你倚着土墙打盹,

在太阳的爱抚下再也不醒,

嘴角淌着黄绿色的液汁,

浮肿的手还将一把草籽攥得紧紧……

那年你耷拉着脑袋,硬把漫坡地撕成大寨田,

然后拉着犁,缰绳扣进肉里勒出血印,

吸完你最后一撮干桃叶烟末,

你倒下去,天上照旧活着哑了亿万年的星星。

父亲!我的父亲!

你浇灌了多少个好年景!

可惜了!可惜了你背后一片黄金!

快车转身去吧,快!快!

黄金理当属于你!你是主人!

主人!明白吗?主人!

父亲啊,我的父亲!

我在为你祈祷，为你祈祷，
　　再也不能变幻莫测了，
　　我的老天！我的天上的风云！

1981 年 2 月—4 月

祈　愿
——迎接1981年儿童节

从一岁到十四岁，
多么美妙的一段年纪！
每天醒来都有一个新的我，
是自己，又不完全是自己。

今天像一棵一棵的小树，
明天就成了森林，一望无际；
不过，并不保证总有阳光雨露，
也许还有火灾，还有虫害和刀锯。

祖国将你们一一辛苦培育，
祖国是什么？就是这亲爱的大地！
而砍伐和戕害也往往以革命的名义，
要警惕！我们的记忆是你们的武器！

快长吧，撑起高高的枝干，
快长吧，扎下深深的根须，
你们一定能搭桥、造船、制路标，
通向文明、富裕的二十一世纪！

1981年5月17日　合肥

笛　歌
——题一幅木刻

一支短笛,一排小孔,
竟灌满了赤道风,
一个少年,一片油棕,
齐沉入了热带梦。

赤道风摇着热带梦:醒醒!
热带梦回答赤道风:等等!

大地的身躯是这般硬朗,
天空的面庞却有点朦胧,
任他俩无论是谁的歌声,
全都在赞美生命和劳动。

天空对大地微笑:很好!
大地向天空挥手:我懂!

1981 年 6 月 1 日　北京

重读《红烛》

> 爱啊！上帝不曾因青春底暂退，
> 就要将这个世界一齐捣毁，
> 我也不曾因你的花儿暂谢，
> 就敢失望，想另种一朵来代他！
>
> ——闻一多《花儿开过了》

三十年前捧读《红烛》，
读着读着就总想哭；
曾经照亮我灵魂之夜的火光啊，
已被无声手枪打灭在闹市深处！
连吹口气的音响都没有呀，
谁听过那轻轻的一声——噗？！

可我的确看见你拍案而起，
拧紧浓黑而蓬松的双眉；
撩起那洗得发白了的青衫，
抖擞着狮鬃般的美髯长须；
跨过门槛时给中国丢下响当当一句话：
前脚出去了，后脚就绝不退回！

果然鲜血泼红了长街的石板，

像红烛的油一般耀眼，
而且像红烛的油一般滚烫，
古老的大陆啊痛得发颤！
你到底犯下什么罪？什么罪？
难道就因为举烛烧穿了一角阴暗？

那一帮杂毛的狼狗、叭儿狗，
都瞅着你倒下的影子狂吠乱咬，
它们居然胆敢替你改名"闻一多夫"，
但人们将你刺一般的铁骨奉为骄傲。
请问：字字血泪的《洗衣歌》何时何地脱稿？
狼狗们和叭儿们当然不想知道。

……啊，三十年后重读《红烛》，
读着读着我又想哭；
我的早已破晓了的亲爱的祖国啊，
为何竟几度经历了愁云密布？！
莫非真得做好准备以肉身为炬？
不！我们不能要各各他①！不能要耶稣！

1981 年 6 月 20 日　北京

---

① 耶稣在各各他即髑髅地被钉上十字架。见《圣经》。

新短歌行
——致白桦

> 青青子衿,悠悠我心,
> 但为君故,沉吟至今。
>
> ——曹操《短歌行》

一

余烬未灭的大森林啊,
是谁,又将它狠心摧残?
一夜之间,落叶满眼,
秋风得意,遍撒冬之传单。

二

人们从四面八方赶来,
摩挲这墓碑般光秃秃的树干;
桦皮也是一种稿纸呀,
写诗吧,为了被暗算的夏天。

三

滥施砍伐的一伙,携着斧锯,
闹哄哄地来了,又闹哄哄地离去;
天知道是玩的什么游戏,
为什么独独选中了你!

四

一声惊叹,一阵战栗,
插着羽翅裹着甲胄的种籽纷纷落地;
你听!它们在和泥土咬耳朵呢,
交换着下层和萌芽的消息……

五

谁说秋天总意味着收获?
这儿的秋天却全然是心灵的赤贫,
她不懂坠满红灯的喜悦,
她不会做母亲。

六

没有安谧,没有温馨,
只剩下对苔藓和藻类的一丝怜悯,
兴许连这些也会成为淫奢的象征,
如果,地球决定了要变作冰轮。

七

是的,河流已经封冻,
为了乞讨一丁点儿空气,
鱼儿拼命弹跳,凿了些个窟窿,
垂钓者却笑道:这是进攻。

八

河流真的能永远封冻?
请问问那碰钝了牙的刀子风!
直起腰来!挺起胸!
让我仔细端详你瞳仁中的潮涌……

九

唉,你何不忘却,何苦戳破——
昨天狗似的龌龊生活;
安徒生并非为我们写作,
被那位皇帝统治的是外国。

十

大森林宣告自己再一次睡着,
睡着就等于缄默;
缄默开始结网,然后造锁,
它忘了,余烬中还埋的有火。

1981 年 7 月 14 日　兰州

西北献辞[1]

西北养育过祖辈，
灵魂本能地来归，
我爱那儿的太阳火炉高悬，
我爱那儿的星月酒盅低回。

瀚海淹没了梦的森林，
诗歌竖起了心的路碑，
抓一把昨日的流沙，
壅一片明天的葳蕤。

---

[1] 此为诗集《骆驼》一书的集前献辞。

老天！ 原来你可以这么瓦蓝

老天！原来你可以这么瓦蓝！
老天！原来你可以不遭污染！
那为何在黄浦江边你却愁容满面？
那为何在景山之巅你却迷茫一片？

美好的，为何竟向丑恶让禅，
开阔的，为何偏被毒烟充填？
可别学青海湖啊，龟缩于一隅高原，
该像江河直泻呵，洗亮人们的心和眼……

1981 年 7 月 22 日　西宁

大金瓦寺所见

法轮，转了一圈又一圈，
佛号，念了一遍又一遍，
这是第几万几千几百几十几个五体投地者？
炽热的心直烙得地板冒烟。

一大群无神论战士冷眼围观，
不知道可有人暗自嗟叹？
虔诚的喇嘛教徒，你有福了！
因为你还没学会将愚昧乔装打扮。

1981 年 7 月 22 日　西宁

塔尔寺酥油花

辉煌的塔尔寺！神奇的酥油花！
香甜柔韧的酥油，重现了历史的卷画；
文成公主是这样娇美娴雅，
松赞干布是这样英姿焕发。

长安宫的玉阶雄伟，拉萨城的庙宇高大，
从日月山到唐古拉，铺一条爱的哈达；
岂用等待藏历新年吉日？哎，酥油花！①
你一直在我们心中融化！啊！酥油花！

1981 年 7 月 22 日　西宁

---

① 塔尔寺内有一小殿，专门陈列酥油花，每年烧化一次，然后重新制作。

我在青海湖边漫步

我在青海湖边漫步,
我便变成了青海湖;
那么多活泼泼的思想,
如同这湟鱼群嬉戏相逐。

朋友悄悄告诉,要我牢牢记住:
湖水并非永远透明碧绿,
有时它也阴郁愤怒,愠色如墨如荼
——当情感的风暴骚动于肺腑。

1981 年 7 月 23 日　西宁

赠 人
——给所有认识和不认识的幸存者

由于寥廓,由于萋萋芳草满天涯,
青海,你教我想起了西伯利亚;

由于岑寂,由于无数宝藏埋地下,
青海,你教我想起了西伯利亚;

由于冰风,由于不挂牧铃的牛和桀骜难驯的马,
青海,你教我想起了西伯利亚;

由于十二月党人,由于他们竟和恶棍一道流放关押,
青海,你教我想起了西伯利亚;

由于心底的爱情,由于灰烬中爆发了新的火花,
青海,我愿意忘掉那西伯利亚……

1981 年 7 月 23 日　西宁

沉　船

有一艘期待复活的沉船，
孤零零地仰卧在坞道上，
风只能远远地向它凝望，
不忍心打搅它沉思默想。

鸥鸟来回呼号着，祷告上苍：
快修补那被卤渍啃啮的舵房，
快安装那为礁石暗算的橹桨，
它会丰收的！假如有帆和网……

1981 年 7 月 25 日　青海湖

嘉 峪 关

登上嘉峪关,我缓步绕城一圈,
前后左右是箭楼、雉堞、坡道和栏杆;
汉人的胆汁,唐人的血,明人的汗,
刹时间都在我周身流转……

据说,万里长城到此中断,
再往前去,不过是残烽废燧,败墙颓垣,
我不相信,不同意,不情愿,
摸摸脊柱吧,脊柱在,必有完整的躯干!

1981 年 7 月 27 日　西行途中

酒　泉

酒泉，当然并非真是酒之泉，
也许开窖太久，陈酒已经发酸，
即便你牛饮一斗，
也绝不会醉梦如酣。

啊，叹逆旅之惴惴。

但它又确是泉中酒，
纵不沾唇，也能使人怀古神游；
我们曾有过一位多么明智的祖先哟，
他深知，胜利并不单靠英雄一双手。

啊，念天地之悠悠。

1981 年 7 月 27 日　西行途中

红　柳

戈壁滩上,飘忽着谁的游魂?
一缕缕,一丛丛,
绿的,是对沙暴的抗争,给勇者的飞吻,
黄的,是苦旱强打的烙印,然后发配充军,
红的,当然是梦,也许将消褪于一瞬……

胜利的失败者!悲哀的英雄!
你屡败屡战!你不屈不驯!
啊,望着你能不痛哭失声?!
我的泪水会告诉你,有人,一直在追寻,
追寻像你这样的三色组合的心灵。

1981年7月29日　敦煌

夜走月牙泉

我故意选择一个夜晚,
去做这次拜访。

唉,月牙泉竟不像月牙儿了,
泉眼早已无声地死亡,
(为什么我的嗓子眼也堵得慌?!)
癞蛤蟆正放肆地怪声乱唱,
跳着迪斯科的芦苇,
那腰肢扭得多么疯狂……

想起了四分之一世纪之前,
我们初次相见的时光,
我的心紧缩而又紧缩了,
大概变成了角铁一方?
瞧那多角形的边沿生了些什么锯齿呀,
每一根都又尖又长!
这些锯齿一下子扑了上来,
挑破了我的十万个泪囊!
流呀,流呀,流呀,
泪水涌进了脚下的臭塘,
亲爱的月牙泉!我问你,
还能不能重现昔日俊俏的模样?

这时,一弯新月升起在天上,
她以惆怅目光,抚慰我的惆怅;
鸣沙山却在一旁嘟囔:
别怀疑我,我没有罪,
我从来也不敢染指这圣洁的姑娘。
那么,谁是该死的强奸犯呢?
天上走着的月牙儿,
地下躺着的月牙儿,
你们都来吧,来和我一道思量!

我们有了确切的答案,
却拿不出可行的主张。

1981年8月1日　敦煌

误　会

　　月牙泉旁有一道观,解放后本已冷落。十年浩劫中,受尽人身侮辱的道士选了一个月黑风高之夜,纵火焚庙,继而自沉。现在,废墟之上反而香火不断了,可叹!诗以志之。

一把火,烧了自己的道观,
也烧了自己的青灯黄卷,
我们可怜的宪法,果然如飞蛾一般;
纵火者!我佩服你的精于盘算!

新宗教不过是旧迷信的伙伴,
钢丝鞭岂能代替无神论宣传?
请看圮倒的瓦砾堆中更香烟缭绕,
莫非是有两类冤魂正携手交欢?!

1981 年 8 月 1 日　敦煌

骆　驼

我又看见你了,如同站在镜子跟前一样,
骆驼! 我的被打落篷帆的生命之船!
属于我自己的孤苦的形象!

因为忍辱负重,因为瀚海远航,
你才天生两座高峰和四条瘦腿的吧?
当然,还有一双眯缝的眼,睫毛既湿且长。

如今是到了剪绒的季节了,
难怪你浑身赤裸,粉红的皮肉炙着骄阳,
一堆温软的纤维,当早已供应市场。

你有什么希求? 你有什么祈望?
日复一日,默默地下一道沙梁又上一道沙梁,
嚼着骆驼刺,干涩,粗粝,摩擦着肚肠……

骆驼! 你究竟为什么来到世上?
服满无穷无尽的劳役? 实践可笑可怜的主张?
悲哀,善良,永不挣扎,从不张扬……

"它可是一道好菜哩,瞧那肥厚的驼掌!"
话说得如此悠然,悠然得叫我惊惶;

我终于恢复人的感觉了,而且准备反抗!

1981年8月3日　酒泉

谒西路军烈士陵

　　高台一战,我工农红军西路军一部,弹尽援绝,不幸被马步芳匪帮生俘,解押至西宁后,惨遭活埋。

累累白骨,摞在一起,
保留着你们昔日的亲密情谊;
几杆烟锅,数枚铜币,
发散着你们身上的硝烟汗气。

不是来向你们的墓碑鞠躬敬礼,
而是来向你们的忠魂盟誓致意;
理想还在远方招手,此去还有漫长距离,
如果需要,我愿死在新的战役。

1981年8月5日　金川

过河湟古道

一条火龙,一圈胶轮,
把河湟古道辗成了通衢坦途,
满地麦穗,满山菜花,
将河湟战场变作了粮食油库。

哪里有啾啾鬼哭,遍野是机声突突!
六个帐篷的居民点,如今是十五万人的格尔木!
哺育着江河双源的大地啊,我爱你!爱你!
你是我们民族的乳房,历史的保姆!

1981年8月6日 金川

题　　画

　　金川公司工人画家孟有珍同志送我一幅画,上边是戈壁滩里没有的竹子和梅花,我做了如下的题记:

虚心最数竹子,
硬骨谁胜梅枝?
梅花开——咬碎银牙咬尽冬,
竹花开——不屈高节不畏死!

1981 年 8 月 10 日　金川

阳　　关

您还记得吗？阳关！
整整二十四年前，
有一位少壮军官，
跋涉过这片瀚海沙滩。
说实话，他还缺少那份军官的威严，
倒像个顽童一般：
脚步疾疾，
手指颤颤，
目光闪闪。
(带神经质吗？还是发作了癫痫？
或许，那恰好是诗的遗传？)
您听！您听！
为什么他屏息侧耳，又长啸仰面？
您看！您看！
为什么他解衣敞怀，又披肝沥胆？
他还喁喁私语：
我找见了，我终于找见了
——自己的祖先！
他更朗朗阔笑：
我发现了，我终于发现了
——历史的源泉！

您还记得吗？阳关！
"阳关绝域任徘徊"，
他低吟汪滢的佳句；
"西出阳关无故人"，
他背诵王维的名篇，
他点头，又摇头，
他同感，又反感，
因为他了解——
兰新铁路前锋已过峡东站！
因为他坚信——
社会主义理想何止万里远！

然而，他又怎能料到，
三封急电，
已经飞离键盘，
一顶荆冠，
正在头顶旋转！
他匆匆归去了，唉，阳关！
来不及多看您一眼，
来不及再和您攀谈……

您总该知道呀，阳关！
他渴望冲锋，
他没有"徘徊"，
为什么——
孝顺判作了忤逆，

颂诗判作了谤言?
您总该知道呀,阳关!
他不曾"西出",
就奉命东返,
怎么会——
故人变成了陌路,
故国变成了牢监?
您总该知道呀,阳关!
他没带枪,没带子弹,
他只有笔,只有画板,
他白天盼的是——
九曲黄河远上青海湾,
他黑夜梦的是——
苍茫云海明月出天山!

……斗换星移,
……似水流年,
阳关,如今他又来到了您的身边;
堪笑他——
不说自己脱了戎装,换了布衫,
可怜他——
不说自己秃了青山,凋了朱颜,
猛开口,竟然是:
您怎么老了哟,阳关!

潮水已退却,

风暴已休眠,

留下了,这沙上的锯齿,

留下了,这心底的波澜。

要问他的心吗?

他的心没变!

他仍旧搂定亲爱的人民,

搂定这大好河山!

他不愿埋怨,

也不屑悲叹,

他戚戚的是

四顾兄弟残缺,姊妹不全,

他惴惴的是

唯恐国家有灾,民族遭难,

他惋惜去日苦多,

他惊觉来日有限,

您听! 他在对您发誓了,阳关!

您看! 他正匍匐于您的脚下,

重画一道新的起跑线!

您听见了吗?

阳关! 阳关!

您看见了吗?

阳关! 阳关!

1981 年 8 月 12 日　兰州

海　市

汽车在戈壁滩上颠簸行进，
有风，但车厢里还是十分窒闷；
终于找不到任何谈笑的话题了；
大家都烦躁，干渴，提不起精神。

突然有人指着远方大声高喊：
快看！那儿有水，有树，还有街市行人！
一阵骚动。只有我既不兴奋，也未响应；
因为我有过经验，知道什么叫作幻影！

1981 年 8 月 13 日　兰州

舟行刘家峡水库有感

我们骄傲,我们到炳灵寺去,
那儿有北魏和盛唐的瑰丽遗迹;
陆路不通,只得买舟北上,
一个刘家峡水库就行程七十里……

还不曾目睹古代的灿烂明珠,
倒先观赏了当今的稀世翡翠,
这是黄河么?真的是你么?
止住泪!它太浑浊了,不该往下滴!

哦,黄河是可以不黄的,
黄非天之过,黄乃人之罪!
我的黄河!何日能将你修成绿的阶梯?
再去炳灵寺,当不致羞愧欲泣。

1981年8月25日　兰州

入门第一课

初到河西堡,已过黑夜十点钟,
金川伸出它的茧手,
一把将我拖进八级大风,
前路迷蒙,好似考我的基本功:
迎沙睁眼不流泪,
飞石割肉不叫痛,
能否在戈壁站住脚?
试罢才收容。

陡然峰回路转,
金镞银丸射双瞳,
满城灯火,直往怀里拥!
它们争先恐后欢迎我:
"这个书生胆不小,可录用。"
电视塔顶端的那一盏,
更像工人将心儿高举在手中,
那么热!那么红!

镍 都 颂

一

我去过钢都,
又来到镍都,
如今我才明白了,
留着一半空白,
怎么能构成好画图!

我去过钢都,
又来到镍都,
如今我才明白了,
不搞自己的镍合金,
何必要一个冶金部!

二

哦,我骄傲,
我们有这样的一座镍都!
它曾经是黄羊出没,
它曾经是狼奔狐突,
它曾经是风吹石走,
它曾经是滴水全无,
它曾经是飘蓬乱滚,

它曾经是沙蒿可数，
它曾经是大漠戈壁，
它曾经是几顶帐幕，
它曾经是万世洪荒，
它曾经是三排土屋，
它曾经是背冰解渴，
它曾经是拾柴引炉，
它曾经是地质队员的探矿锤，
它曾经是先遣工人的开山斧，
它曾经是没牙的掘进机，
它曾经是生翼的工艺图，
它曾经是浪漫主义者的千遍热梦，
它曾经是现实主义者的万般劳苦！
如今它有了工厂矿山，
如今它有了高楼马路，
如今它有了剧场学校，
如今它有了弦歌图书，
如今它有了水渠良田，
如今它有了浓荫果圃，
它理当自豪，因为它平地起家，
它从不矜夸，虽然它由穷变富，
七千九百个白昼和黑夜，
可得扳着指头好好数一数！
你看它浑身一疙瘩一疙瘩的腱子肉，
全连着那根不弯不屈不裂不断的脊梁骨！
哦，我骄傲，

我们有这样的一座镍都！

三

我探访过党委、支部，
他们的头脑潭一般冷静，
他们的行动电一般迅速！
我拜望过开山鼻祖，
他们的心灵花似的美丽，
他们的言谈叶似的朴素！
设计室里储存着智慧，
储存着科技队伍的觉悟，
操作台旁挥洒着豪气，
挥洒着工人阶级的汗珠！
当有人患了不治之症，
一听说金川就眉飞色舞，
仿佛这地名有着神力，
听几遍就能药到病除。
当有人为之献出生命，
那遗嘱竟是就地打墓，
仿佛他闭上眼还能观看，
他关心的是谁刷新纪录。
他们就是这样热爱金川，
爱得像痛饮老白干一般热辣辣，
他们就是这样热爱镍都，
爱得像点燃炸药包一般火乎乎！
你听！讨论会上鸣鸟喧雀，

你看！光荣榜上腾龙跃虎！
啊，金川，亲爱的镍都！
地图上暂时还查不到你的名字，
却铭刻于我的心肝肺腑！
全世界都早已是沸沸扬扬，
一声声充满了羡慕嫉妒！
啊，金川，雄伟的镍都！
我们的神箭囊！
我们的夜明珠！
我们的金饭碗！
我们的摇钱树！
我愿为你写一部诗的创业史，
我愿为你歌一曲诗的英雄谱！

喂，金川！祖国的镍都！

给金昌市委的建议

金昌市成立了！
很好,很好,
我坐下来,
向新来的市委书记
写一份诗体报告,
建议:在你的总体规划中
修一座公园,
公园中心,
塑一座铜雕——

满脸胡楂的老羊倌,
身披发黑的翻毛皮袄,
迎风噙双泪,
在戈壁滩上狂跑。
干吗他这么激动?
为响应报矿号召!
你看,他手里举的不是牧鞭,
不是柳哨,
是一方发绿的孔雀石啊,
一块沉甸甸的瑰宝!
一张红艳艳的喜报!

……尔后,尔后……
尔后想起找他,
却再也找不到,
据说,1959年冬天,
老汉他饿死了。

同志们！快摘下你们的铝盔、布帽！
向没留下名字的他鞠躬、默祷,
他——
我们的人民！
我们的悲痛！
我们的英雄！
我们的骄傲！

十八栋"高楼"

"快去看!有名的十八栋高楼,
剩下几堵破墙,马上就要拆掉。"
人人都这样对我介绍。

我暗自好生纳闷:
话既然说得那么自豪,
为何又诡秘含笑?

这一天薄暮时分,
我决定去探究明了;
夕阳还未枕山,新月已挂一钩。

果然是空旷的工地,
——早过了下班时候,
玩儿打仗的孩子,正把坑基当作壕沟。

寒云彤彤,朔风飕飕,
但见碎毡破席满地飞飘。
禁不住我好一阵眼热心跳——

果然是当年的大本营!
多少希望!多少苦恼!

多少商量！多少争吵！

修改过多少图纸？
熬干过多少灯油？
多少爱情之花开者自开，凋者自凋！

摸摸这残垣数堆，
想想那版筑结构，
啊，土坷垃也参加过昨日的苦斗！

看看这幻景般的五里长街，
望望那夜市中的十字路口，
啊，青年们在追求着明天的美妙！

痛苦总是不声不响，
欢乐偏爱大喊大叫，
创业者！唯有你兢兢业业清醒依旧！

大厦是陡壁高悬的鹰巢，
土屋是贴地爬行的蜗牛，
历史，用不着为自己的开裆裤害羞！

好！新陈代谢的精彩镜头，
听说已有记者们为之拍照，
祖国，请记住这被珍爱又被淘汰的高楼！

龙首山上的摇钱树

——露天矿、龙首矿、二矿巡礼

鳞甲闪光的龙首山,
金川人栽满了摇钱树,
钢筋水泥的粗躯干,
东一株,西一株,
顺着竖井和巷道,
虬根扎向四处。

工人同志问我:
喂,诗人!你有什么感触?
我挥了挥钢笔
(它是我仅有的财物)
——来到了你们中间,
才猛然发现,原来我很富足。

绿

漫步金川，
软风扑面，
丝柳舞长袖，
浅草铺绒毡。

这里芄青一片，
那里黛色数点，
满了花坛，
遮了窗帘。
谁能相信？
脚下踩着戈壁滩！

她从何处来
——电解镍车间。
翠裹铜棒，
靛挂种板，
春之灵感，
溢出心田。

绿色万岁！
工人万岁！
禁绝污染，
着意渲染……

水 与 火

　　技术员出身的创业者、现任公司副总工程师和冶炼厂副主任工程师的王德雍、杨郁华夫妇,给我看了一幅立轴,上有方毅同志的亲笔题词:水火并举,奋战金川。意在表彰他们在电解和熔炼两个方面的重大贡献。

我是水,
我也是火。

我熔化最顽固的石头,
我烧沸最冷酷的心。

我是战士,
我是工人。

我攻打上帝构筑的监狱,
我释放亿万年被囚禁的精魂。

我是挫折,
我是坚韧。

我专门揭发造物主的隐私,
我撬开地球保险柜的锁禁。

我是追求,
我是责任。

我的儿女是雷管、炸药、坑木和机械,
不停顿的运动论证我不间断的生存。

我是完卷,
我是零分。

我上床的时刻感到心满意足,
我醒来的刹那又发觉万象纷陈。

我是科学,
我是梦境。

我有无法固定的形象,
我有难以抑制的体温。

水是我们,
火也是我们。

写给铑、铱的情书①

亲爱的铑、铱,
你打的什么哑谜?
刚刚显示了可爱的芳踪,
转眼间又扑朔迷离。

亲爱的铑、铱,
你干吗这样恶作剧?
适才答应了我的追求,
转眼间又飘然逸去。

亲爱的铑、铱,
何苦来折磨我的精力?
纵然唤你千百度仍旧徒劳,
我还是要做再一次的寻觅……

亲爱的铑、铱,
难道非如此不足以表现你的高贵?
整整破碎了我一吨重的柔情,
才换回你 0.02 克的蜜意。

---

① 铑、铱都是极难提炼的金属,约需经历上百道工序。

百万富翁和无产阶级

——参观贵金属实验车间

金粉是黄的,
银粉是白的,
铂粉却是灰的,
其他的更值钱,
干脆都是黑的。

这是为何道理?
害怕露了富裕?

女工穿一身藕的,
青工穿一身蓝的,
老师傅甚至穿一身破的。
你们不都是百万富翁吗?
干吗打扮得如此不相般配?

——是的,我们是百万富翁,
这你说得很对,
但我们的创造属于人民,
其中也包括我们自己。
我们还是宁愿选择那个称号,
我们认为它更尊贵:

旧世界的掘墓人,

无产阶级。

电解镍车间的联想

种板、泵、釜、加热器和过滤器,
干吗你们硬要挤进我的诗句?
冷冰冰的金属,又缺乏朦胧美,
读者和我都对你们不感兴趣!

玻璃钢,刚玉质,陶瓷,已被相继抛弃,
新材料——又调整诸元素的比例关系。
这样频繁换代,难道不烦不累?
为了反腐蚀,一个崇高的目的!

青年朋友们,看得出你们操作相当麻利,
而且讲解也头头是道,有根有据,
但不知你们的头脑和心脏质地如何?
需要不需要,也添一套类似的设备?

为解说员作一点补充

展览厅内
解说员唇干舌苦,满脸汗珠,
整日价指点沙盘挂图,
将白色的棍棒挥舞:
我们金川,
现有六万人居住,
五湖四海,
分属十一个民族……

不!
解说员同志,这话有错误!
你说漏了一个铂族
铂、钯、铑、铱、锇、钌,
全是血统娇贵的亲属,
又天生都是些连体孪生胎儿,
一出世,就得做分离手术!
然而,迄今并无一例失败纪录,
因为你们这儿
有的是高明的产科大夫!

解说员宽厚地一笑,
原谅了我的打扰唐突:

"对！希望他们人丁兴旺，
欢迎铂族多多落户！"

工人浴室印象

雾气弥漫的浴室,
像春雨中的闹市,
一条条钢锭般的汉子,
一排排铂箔似的牙齿,
哗哗流水冲走了粉尘,
整天的疲劳也随之消失,
灿灿笑容有荼蘼的舞姿,
闪灼着整串快乐的数字……

我不说"别了"

我不说"别了",
我得上路,
我必须蹭蹭鞋底,掸掸衣裤,
——不能带走一星半点
这价值连城的宝土。

我不说"别了",
我将再来,
我唯愿接着细读新的好书,
——主人公是我的兄弟,
那更稀罕的特种金属。

以上十三首写于1981年8月　金川—兰州

我不是孤雁

我不是孤雁，
我有一缕不灭的灵魂；
我的灵魂在空中排成梯队，
我们是一群。

我不是孤雁，
我有一串嘹亮的啼音；
我的啼音在海面轰然回响，
我们是雷鸣。

我不是孤雁，
我有一个庄严的身影；
我的影子原本是你的影子，
我们都是人。

我不是孤雁，
我不屑于搭理海那恶棍；
让它的浪舌疯狂咒骂吧，
唾脸自干是它的报应。

我不是孤雁，
我也绝不向老天求情；

天是不会缩短距离的呀,
我们将飞完自己的路程。

1981年9月2日　兰州

雨中登大雁塔

蒙蒙细雨,四野凄迷,
七层宝塔,扶梯拾级,
砖头,渗着水珠,
木头,透着滑腻。

猛然想起了杜甫、岑参、高适、薛据,
我不了解,他们选的可是好天气?
果真是好天气,
为何又生出些青苔般苍冷的诗意?

掐指算,自己的前后两次登临,
中间也横隔着四分之一个世纪;
大雁塔!唯有您依旧如此结实,
真教人满心欢喜。

大雁塔啊大雁塔!
有一桩心事要问问您——
假如我能够再诞生一次,
还得经历几许风雨?

哦哦,我听见了您的回答了,
它来自每一个门窗:南、北、东、西,

无可奉告，对不起——
这可是个斯芬克司之谜。

铁器时代的开始

多么骇人的一方玻璃橱窗!
睁着俩黑窟窿的骷髅头,锈锁勒着颈项……
哦,我明白了!铁器时代是打这儿开始的,
虽然历史教课书从来不讲。

有这副铁的镣铐套在脖子上,
中国!试问你又怎能飞步奔向前方?
于是老祖宗留下了镰刀、镢头、锄板、犁铧……
人们也都吃了秤砣,几千年毫不改样!

项羽算个什么英雄?

项羽算个什么英雄?
一把火,烧了阿房宫,
八百里秦川,
哪一片土不又硬又红?
可也烧断了自家的退路呀,
无面目再回江东。

刘邦算个什么英雄?
灰烬中,重盖雕梁画栋;
沛上的无赖小儿,
一眨眼却变了龙种!
龙,当然是肉食怪兽,
你信它真的只饮露餐风?!

我的用铁棍撬钢轨的先人啊,
我的用刺刀捅沙发的父兄!
不真正拨亮指路明灯,
暴动只不过是暴动!

中国! 你还能耐住性子等到何年何月,
心口才不再一阵阵绞痛? ——
元首和平民共坐一节车厢,
弹簧并不只对一种髀肉顺从……

始皇陵上的石榴

看！在这万世一系的陵墓之上，
谁竟开辟了一个石榴园？（好主张！）
四百亩的面积真不算小，
八千株灌木绕匝成行。

收获的季节到了，市声喧嚷，
农民们不像叫卖倒像吼秦腔：
俺临潼的特产本来就全国闻名么，
何况这一颗颗玛瑙还是皇帝退的赃！

尖 底 瓶
——对半坡博物馆莲池塑像的一点评论

我欣赏,那个工巧的尖底瓶!
到如今已活了六千岁的尖底瓶!
粗糙的瓦灰色的尖底瓶!
长着一对小耳朵的尖底瓶!
可以拴青藤或者鹿筋的尖底瓶!

它口小,底尖,隆起的腹部怀了孕,
还有一个完全符合现代标准的重心;
直到今天我还弄不明白,
它到底是怎么样被旋转着掏空制成?
——后代,并不一定总比先人聪明。

我欣赏,那个美丽的女性!
但是,我却连一眼也不愿瞧——
她那身古典主义的连衣裙!
让她挺着饱满的乳房和丰腴的臀部好了,
那样,才更有旺盛的生命!

有什么可害臊的?
她的裸体赛过正宫娘娘的九重罗衾!
我骄傲,我有过如此健康、勤劳、智慧的母亲!

你听! 历史哭哑了嗓子了,催妈妈去汲水哩,
她这才拎起了尖底瓶……

假如这些秦俑们突然间都活过来（一）

有一个疑团经常梗在心头，
教我毛骨悚然，教我浑身发抖——
假如这些秦俑们突然间都活过来，
洪水会朝着什么方向奔涌呼啸？

他们的机弩将直射谁的咽喉？
他们的吴钩将大啖谁的血肉？
也许那个躺在陵寝中的幽灵，
还将权杖牢牢地执掌在手？

当然，这大概是多余的忧愁，
我不是杞人，我相信老天不会塌掉；
不过我总是觉着小兔儿猛撞着胸口：
一旦它们活了，中国往何处走？

假如这些秦俑们突然间都活过来（二）

有一个祈愿一直藏在胸间，
它锻炼我耐烦，它引导我乐观。
假如这些秦俑们突然间都活过来，
雷霆会朝着叛徒外寇挥舞劈砍！

哪一片土地将被马蹄敲出鼓点？
哪一方山川将被车轮选作碾盘？
在这些勇冠三军的百夫长中，
死神将推举出多少英雄好汉！

不错，这肯定是时代的必然，
我不是巫师，我断言地球不能倒转；
因为我同样记住了秦军的传统：
怯于私斗，勇于公战！

华　清　池

我跳进华清池,
捧起一掬水,看罢水色品水质,
虽然凝滑,却没有胭脂。

那绝代妖姬
已在马嵬坡前赐死。
传令兵是皇帝老倌,
司令员是三军战士。

谁爱唱《长恨歌》词,
就让谁唱去吧,
——别说唱了,喊也喊不回他们的好日子!

骊　山

这是我第二次来到长安骊山,
记得头一次大约在三千年前,
那时候我不过是一名奉诏的戍卒,
昼夜趱行,紧跟在勤王的爵爷后面。

头脑简单哟,哪一个胆大的敢妄动邪念?
我们的幽王,当然是圣明仁慈天神一般;
岂料想老头儿也会耍弄我们凡人百姓,
而且仅仅是为了博得一个女人的笑颜!

此番我倒仔细勘察了四周大小山峦,
天空瓦蓝,早已褪尽了那万里狼烟;
烽火台也塌光了,泥沙却冲进了渭水河川,
失望在人心沉淀:莫再教鞋底受骗。

登未央宫遗址

脚下踩的许是大殿？甚至恰好就是龙床？
这一大片高台废墟，当年果真名叫未央？
据说萧何监工，筑起了金碧辉煌，
还颇费了一番唇舌才说服头头刘邦。

不过，刘邦立刻就习惯了，(这个卑鄙的亭长！)
而且习惯本身立刻又习惯了下坠的力量；
爷爷才调转脸去用脊背向着农民兄弟，
孙孙又紧接着修好了更其巍峨的建章。①

查三代，翻家谱能顶什么用场？
地主的阶级标志，仅在于是否以血当汤。
望着远处的北原五陵哟，秋色莽莽，
我想，该动手术了，那些历史的肿瘤和毒疮！

以上十首写于 1981 年 9 月 6 日—9 月 13 日　西安

---

① 汉武帝刘彻兴修的建章宫，与未央宫隔墙相望，飞阁相连，较之更高耸、更豪华。

南 泥 湾

乍上黄土塬,先看南泥湾,
满眼树枪林,满眼架刀山,
我知道,三五九旅的英雄汉,
还有你们的火与剑!啊,屯兵田!

到了南泥湾,直探九龙泉,
满眼悬宝镜,满眼挂珠帘,
我知道,三五九旅的众模范,
还有你们的血与汗!啊,米粮川!

1981 年 9 月 16 日　延安

市 场 沟

逛百货大楼？我不想瞧！
全都是一个模子里倒出来的料，
只不过有的大,有的小。
可这沿着凤凰山脚蜿蜒起伏的,
这铺满鹅卵石的,
这半是洞穴半是木屋的,
这总也走不到头的市场沟,
除了延安,上哪儿找?!

我有一位好向导。
他如数家珍,话语滔滔:
哪儿是边区银行,哪儿是工合总社,
哪儿曾开过书店,哪儿曾贴过墙报;
一位蒋管区来的大作家,又是在哪儿被"共产"
——请他的朋友们喝羊肉汤饸饹。

哦,沟是这么窄,山是这么高,
日本飞机从头上擦过去,炸弹也没法撂,
照旧解驮子,做买卖,点钞票,
老汉们不紧不慢磕着鞋底抽旱烟,
娃儿们又说又笑斜着眼角咬脆枣……
那年月,生活多么自信,

前途多么可靠!

——嚯,还有一座两层楼?
——对! 这是当年的骄傲!
——不! 就到如今,也该自豪,
想想吧,如果没有它,
哪来的前三门大街,立体交叉桥?!

市场沟的居民同志们,
我真想大喊一声:你们好!
要万分爱惜呀,
这些房子,这些石窑,
不是为了你们的家业,
而是为了革命的瑰宝!
而且我相信,这一天迟早会来到:
你们将搬进新住宅,
同时向"演员"办移交,
他们将把历史请回来:
或者扎上灰绑腿,或者戴上八角帽,
或者裹上白毛巾,或者披着羊皮袄,
或者扭秧歌,
或者贴布告,
或者驮盐,熬硝,
或者锻锄,打镐,
红红火火,热热闹闹,
仿佛是——

党中央昨天才来自瓦窑堡!

那一天,我准定再来走一遭。

那一天,市场沟还了原,
却又是一派新面貌;
不会有人叹息,
不会有人冷嘲,
不会有人愤怒,
不会有人害臊,
不会有人咬耳朵啊——
昨儿半夜,一场惊扰,
又有几帮小青年,
把地委大院的玻璃砸得哗啦啦直掉!

恢复!该恢复的完全恢复,真正恢复!
改造!该改造的统通改造,彻底改造!
人心不会荒芜!
人心不该长草!
我们信任你啊,延安!
我们信任你啊,市场沟!

1981 年 9 月 19 日　延安

桥

周恩来同志1973年6月9日回延安,当即驱车登宝塔山,半道上留下了一个动人的传说……

我来唱一支歌,
献给延河一座桥,
它半点也不特别,
普通的钢筋混凝土结构。

八年前的今天,
这里还是大片沙洲;
没有山洪的日子,
踏石便一一露头。

当时有个人想上山去——
去探望他的宝塔朋友,
这座宝塔活了一千三百多岁,
出生在李唐王朝。

后来却投奔了新社会,
还曾和红军并肩战斗;
宝塔的伟岸英姿,
正是革命的真实写照。

陕北有万山耸峙，
宝塔更直摩云霄，
它像一名警惕的卫兵，
日夜将边区守候。

它还手提一口铜钟，
这钟有天生的大嗓亮喉；
平日嘱咐你按时作息，
战时报告你敌机袭扰。

能不去慰问勇敢的同志？
能不去拜访忠诚的战友？
因此这个人驱车直下河滩，
接着的遭遇竟大出意料。

小小吉普开到河心，
陡然间却陷入了泥沼，
驾驶员赶忙加挡，
马达一个劲儿地急吼。

无奈何车轮空转，
硬赖在原地不走；
司机挠耳抓腮，
他却双眼含笑。

他决定蹚水步行，
便自顾低头弯腰，
待到刚挽好裤腿，
车已在人潮上如飞似飘。

是谁使了缩地法？
一下子合拢了深沟？
只见那无数的肩膀和胳膊，
在肃穆中圣光般闪耀。

是上帝真的显灵？
借着凡人的肩和手？
一直到车子在对岸落稳，
欢呼声才地动山摇。

抬车的这一群泥水漉漉，
追赶的那一群气喘咻咻，
两群人掌声隔岸应和，
像两团火云燃烧在渡口。

"数您还结记咱延安！
老百姓就认的这一条！"
成千上万的工人农民，
把心儿捧给了自己的领袖。

这个人更激动万分，

眉宇间又结着忧愁：
乡亲们啊乡亲们，
看得出来光景不好，我很难受！

他迈着沉重的步子，
走上了宝塔山头；
这时整个延安缩成一颗心，
在急切的盼望中颤抖。

快结束这场灾难吧，
让生活有个奔头！
在一切被隔绝的地方，
都架起连心的桥！

想必他牢记了这个场面，
才以生命做最后一次的备料，
果然从黑暗通向了光明，
四五，延安和中国一道破晓！

1981 年 9 月 20 日　延安

解　剖

我并不胆小,但渴望平安,
我更不鲁莽,但喜欢冒险;
我襟怀坦荡,事无不可对人言,
又感情冲动,像爆仗一样容易点燃;
我难免耿耿于怀,
同时还宽厚愚憨;
我自然地充满乐观,
而毕竟少有笑颜;
我天真赛过婴儿,
却多虑胜似老汉;
有人嫌弃我总绷着合缝的嘴,
又有人讨厌我常眨着淘气的眼;
真的,我从来酒不沾唇,
奇怪！何以会如醉如癫?
我反对挪动我的哪怕一摞书刊,
偏热衷于环境的迅速变换;
我脚踏实地一步一步走路,
哪儿来的一秒钟蹦出成打梦幻?!
我珍惜劳动所得的每一枚硬币,
但又往往受骗,千百元化为指缝中的轻烟;
我更坚守黄金买不到时间的信条,
无奈何在人生舞台上,硬将纨绔儿扮演;

我经常好似孤鹤默默无语，
竟突然变作喜鹊夸夸其谈；
我甘居寂寞，如铁锚沉入海底，
当然也羡慕虚荣，像风帆招摇水面……
我的每一个"现在"，都被割成两半，
一半顾后，一半瞻前，
作为动物我十分容易知足，
作为人我却往往感到不满。
正人君子骂我"右派"甚至骂到今天，
然而我的良心（决非石头！）擂着鼓点，
始终贴在左边；
我准备好了逆来顺受，
可又忍不住向命运挑战……

我自己生自己的气了，皱紧双眉，
端详这熟悉的陌生家伙那副含嘲的脸；
你到底是谁？是谁？
一组活泼泼的统一的对立面？
一张插了长矛的盾？
一柄有两头锋刃、难以把握的剑？

不过，总算有最后一颗质子无法分割，
那就是对祖国对人民的永远的眷恋。

1981年9月20日　延安，这个最适于做自我鉴定的地方。

王家坪前有座桥

这可是桥梁史上的一大创造！
明明歪了，硬说那是正道！
延河水在桥墩下痛苦地扭曲身子，
撞击和摩擦迫使它发出咆哮！

斜与正以什么为标准勘校？
是和非以什么为武器解剖？
仿佛既没有科学也没有真理，
一切只取决于可爱的乌纱帽！

然而，自然法则哪听长官意志那一套，
延河才跳起来将桥面噬咬；
他们只好再拆、再补、再浪费，
我们只好边走、边怕、边苦笑……

1981 年 9 月 20 日　延安

清凉山文物管理处索句

好一座清凉山!
好一处诗湾!
好一个《渔家傲》!
好一个范仲淹!

先天下之忧而忧,
后天下之乐而乐;
定痂泉水泣复歌,①
只因人间疮痍恶!

1981年9月21日

---

① 清凉山下有泉,俗传饮之可以愈伤结痂。

听　歌

　　有一群第一次来延安的广东省老干部参观团的女同志,在阳光下引吭高歌《延安颂》。

你们,白了头发的女战士,
东江纵队的女战士,
琼崖纵队的女战士,
唱起了雄壮的《延安颂》,
想起了青春的日子。

你们过去没机会来延安,
想延安简直想得要死;
唱得热烈,唱得真挚,
从你们纯洁的歌声中,
能听出缠绵的情思。

延安!革命者的磨刀石!

你们难道唱的是自己吗?
背后分明还站着万千同志!
他们在战斗的岁月翘首北望,
但他们没能活到今日,
才给你们留下了血染的旗帜。

所有喝延河水长大的,
都来听一听这支歌吧!
这歌声会给你以启示:
谁亵渎了这个光辉的名字,
历史将诅咒谁是逆子。

延安!变节者的判决词!

1981年9月22日　延安

访桥儿沟鲁艺旧址

莫非我来到了庞贝古城？
才有这碑额毁败的天主教堂？
过去了不到半个世纪，
怎落得满眼倾圮荒凉？

并没有经历过火山爆发呀，
也不曾有什么沧海变化，
可中国特殊的风风雨雨，
差一点没把你彻底摧垮——

这古典高雅的哥特式建筑，
裂缝竟自顶部直贯根基，
也许不需要十级的狂风，
你终不免完全分崩离析……

寻不见当年的温暖土窑，
找不到昔日的战斗脚印，
"从来就没有什么救世主！……"
何处有那最早的叛逆者的歌声？

只剩下吱吱喳喳的麻雀，
在高塔上的窗洞里自由进出，

从那儿居然可以望见蓝天
想必屋瓦已被人揭除。

尽管大门早就全然残破，
却被横加上一把锈锁，
红字分明标的是"库房"
黑笔却描画了十年的劫磨。

不忍心打听它是否武斗据点，
自有那尘封的瞎眼对你说明；
反正鲁迅确定是上帝的掘墓人，
而按照规律，大概又有过否定之否定。

小小的教堂呀，大大的东方，
你这抚育诗人和艺术家的摇床！
我还是莫再徘徊流连吧，
你有多少光荣，我就有多少惆怅！

转念一想，不是还有大鲁艺吗？
课堂面积就有九百六十万平方公里，
教师是向前走的历史，（似乎也该包括倒退？）
我不遗憾了，我可以自认曾在这儿学习。

1981年9月24日　延安

延 安 啊

延安啊,我本当对您贡献
完全另外一种的诗篇,
假如我不是——
迟到了四十五年。

回忆第一次知道您的英名,
我得感谢伟大的西安事变。
东北军、工农红军,
瓦窑堡、黄土高原,
张学良、杨虎城、杜斌丞,
毛泽东、周恩来、刘志丹……
他们对我都多么神秘而又富有吸引力啊,
在十一岁的毛孩子看来,
这一切,未免像月亮一般遥远,
可又的确像神话一般新鲜!
我读到美国记者的《西行漫记》了,
恍惚间看见了天空中红星闪闪。①
我学会广泛传唱的《延安颂》了,
恍惚间感受到了古城关西大汉式的雄伟庄严;
那个如今已被遗忘的诗人告诉我,

---

① 斯诺的《西行漫记》,原名《红星照耀中国》。

不仅有美丽的延河,还有美丽的杜甫川,①
以至于今天我看见她,
竟感到煞像是旧雨重逢,老友相见;
从《绣金匾》里赏识了您的委婉多情,
从《兰花花》里领略了您的执着缠绵,
然而不知道为的什么,我竟断定
若没有那苍凉的咏叹调,
信天游和心灵都不会美得这么完满!
《延水谣》教我明白了是好人才当兵,
《二月里来》教我懂得了为革命闹生产;
我喜欢那数不尽的驯良的小毛驴儿,
它们踏着山路进南泥湾驮粮驮炭,
我喜欢那庞大的安详的骆驼群,
它们跨过沙漠去三边运盐……
我爱头上裹一块羊肚子手巾的庄稼汉,
变工互助是走向富裕的一次预演,
我爱歌唱传奇故事的盲艺人,
他们手里拿的是会说话的三弦;
我似乎亲眼见过山洪过后的延河
重新吐出来的大片金色的沙滩,
无论是有月亮和没有月亮的夜晚,
都会走过一对对打着灰绑腿的少女少男,
他们的爱情说的是熟悉而又陌生的语言,
学习呀,纺线呀,但是没有家具和金钱;

---

① 诗人侯唯动同志写过一部长诗,歌唱杜甫川淌过的延安大地,曾在国统区发表。

以后,我也借到了那儿编印的书刊——

粗糙的易碎的灰黄的马莲草纸,

我至今依然想象不出,

那些蔡伦们和毕昇们战胜了几许困难!

可是,他们给了中国多少惊喜啊,

单凭这五个字就够了:解放社出版!

我也知道,您的街头贴满了诗传单,

您不就是一首巨大的诗吗?延安!

虽然我听不到XNCR①的呼号,

我却听人深情地描述过清凉山……

最令我心跳眼热的是,年轻的人民领袖

那双膝缀着一对大补丁的照片!

延安啊,当年繁华热闹的市场沟,

与高楼林立的马路相交,显得寒伧可怜,

那纯属天然的沙洲河道,

也变成了坚固结实的石头堤岸,

电视塔比唐代的九级宝塔高多了,

也许它标志着历史的水平线,

港台的时代曲和带商标的麦克镜

锥刺着我的耳膜和眼帘,

而在酒肉丰盛的上等菜馆,

却仍旧颤抖着不明来历的乞丐的破碗……

是的,毕竟有了一个大的延安,新的延安,

一个用市风代替了乡风的延安,

---

① XNCR,即延安新华广播电台。

但我却感到一阵若有所失的慌乱,
仿佛被小偷扒走了重要的证件;
我希望礼拜的到底是哪一个您呀?
延安,我心中的圣殿!

延安啊,您的强大的能源
肯定不在那仅仅年产六万吨的小小油田,
(尽管,它是那么使人崇敬和怀念,
它的功勋之大,令一切油海都不敢并肩。)
如今,您应该是一座思想的核反应堆呀,
您应该是一座感情的核发电站!
您的热量,要在每一张肺叶里扩散,
您的光焰,要在每一根血管中流转!
您的旗帜的颜色,
不能失去那红格丹丹的红,
您的天宇的颜色,
不能失去那蓝格莹莹的蓝!
延安啊,延安!
快抵御四面八方猛扑过来的颓废和污染,
延安啊,延安!
快迸发老根据地射击出去的喷泉!
您的每一架山,每一道川,每一块田,
必须成为鼓风的征帆,
必须成为骏马的鞍鞯,
必须成为革命的铁拳!

什么时间啊,什么时间,
我能再来,同时扪触到您的光荣的昨天,
您的健康的今天,
您的灿烂的明天?!

1981年9月22日—9月25日　延安—北京

面 对 忘 川[①]

我绝非注定该下地狱的幽灵,
我是有血有肉的人。

我决不喝忘川水,哪怕是冰凉的一滴,
正相反,我要用热血灌溉活的记忆。

记忆! 多么执着又多么怨毒!
它发誓活下去,为了可爱的国土。

既然人间有眼泪和歌唱,那就不是梦,
这二者相加,比什么都贵重。

记忆不会自杀,不会自己跳入忘川,
但如果是他杀,冥河也必将泛滥。

背叛! 罪行! 决堤的涛声,
甚至能惊醒列宁,教他再一次感到心疼。

1981年8月—10月　兰州—合肥

[①] 忘川,即"历史河"(Lethe)。希腊神话中的冥河,亡魂饮此水,生前的一切即遗忘净尽。

希　望

我的希望很单纯,单纯,
一似那还在半空中飘洒的雪粉,
然而我知道,同时我呻吟,
等候着它的,是被践踏的命运。

我的希望太天真,天真,
好比那树叶渴盼着新春,
待南风一吹,就掌声阵阵,
尽管它明白:十二个月才一轮。

我的希望多坚韧,坚韧,
燐火如豆也能穿越过荒坟;
谁不出卖希望,希望便拯救谁的灵魂,
听!四面八方,都喊着这同一个声音。

我的希望忒热忱,热忱,
难舍难分啊,好一蓬眷恋田土的堇云!
它是苜蓿?还是紫云英?
甘愿沤作肥,为的是将丰收追寻。

希望呀希望,不忍啐一声"愚蠢",
希望正如怀抱希望的人,它有它的自尊;

难道生活没撞过沉重的闸门？

那时候，我照旧把它描在手心……

1981 年 10 月 26 日　合肥

人 之 歌
——胡芝风同志主演的《李慧娘》观后

我的诗
从来都只歌唱人,
今夜晚,
却要唱一唱幽魂。

英勇的弱女子,
你这不疲倦的云,
为什么飘了七百年,
又来塞满我的心?——

碧绿的天真,
惨白的悲忿,
旋风一般的形体,
火焰一般的声音。

贾似道杀死你,
判官不忍善的凋殒,
康生再杀死你,
人民救活美的青春。

对于奸佞,

你永远是复仇之煞神,
对于冤屈,
你从来是希望的星辰。

阻遏你的日子,
必定有秋霜凛凛;
而在你舞蹈的地方,
绝不会鬼气森森。

1981年11月4日　合肥

无 弦 琴

　　陶渊明不解音律,而蓄无弦琴一张。每酒适,辄抚弄以寄意。

　　　　　　　　　　——萧统《陶渊明传》

然而,我不会喝酒,
连一张做样子的琴也无有。

无有桐木,
无有弓藤,
无有马尾,
无有象牙一般熟透了的拨子,
无有琥珀一般凝固着的松油。

不会,不会,不会,
无有,无有,无有。

尽管我略懂一点点音律,
并且积蓄了不止一点点忧愁。

我不是陶渊明啊,
不曾在门前栽下五株柳。

我不是陶渊明啊,

也误了抚琴的时候。

1981年11月7日　合肥

北 京 时 间

11月16日下午7点10分

医生们的规劝
一直响在耳边:
"往后,要力戒激动,
您知道……脑血栓。"
今晚的电视节目,怎么办?
实在想看,却又不敢;
听一听总可以吧?
试了试,连忙向后转。

躲?躲到哪儿去?
门外,是陌生的静悄悄的大院,
但所有的灯光下,
都有一位广播员。

"中国女排……中国女排……
最后一战……最后一战……"
各种语言的纷乱的潮水,
一声声将我摇撼。

而比这威力更强大的

是为希望所折磨的喜欢；
它像暂时栖息于树叶上的狂飙，
挟着荧光屏的闪烁与震颤。

广播员同志，请您说清楚一点！
谁给谁投去了默默无言的一眼？
我！我！是我呀，
是我在场上，在她们中间！
十三平！十四平！难！
十七……比十五！险！
高高低低的窗户都炸开了，
敲脸盆，放鞭炮，响成一片！

我，既不急于上街游行，
也不忙着走回房间，
我要动身去日本——
去捡回我的心，从大阪。

小小的乒乓球儿圆，
排球圆，地球也圆，
一方面，我的心丢在大阪，
一方面，我又想得很远，很远。

1981年11月16日夜深　合肥

不单是金杯

谁说你们整夜梦见金杯?
不对!绝不会如此卑微!
心中活着更伟大的追求,
远方闪着更迷人的光辉——

让不瞑目的死者吐气扬眉,
教垂下眼的懦夫惊心落泪;
在争夺时间的总体战中,
跑步为祖国赢得应有的席位!

历史将忠实地记载这一切:
突破口,指挥员,决死队。

1981年11月18日　合肥

大　上　海

请给我一把手术刀,给我手术刀,
我要一个一个地解剖这些蜂巢——
看,膨胀的城市有多少板棚和大厦,
每一扇玻璃窗都争相用光的语言通报;
有的在艳阳下眨巴含笑的眼睛,
有的在淫雨中闪动带泪的睫毛。
哦,蜂巢! 我真想知道,想知道
在你那数不尽的匙孔后面贮藏着什么珍宝?
芬芳之蜜是否掺和着苦涩?
禁闭之蜡可能经得起燃烧?
到底有没有弥合痛苦与欢乐的灵丹?
到底有没有焊接过剩与匮乏的鸾胶?

我决心用刀把它们一一切开,
我要仔细端详其中全部的幽奥,
在我的刀下将不会有光滑的横断面,
我要看的是纵深的精致和粗糙,
我要看的是纵深的复杂和单调,
正是它们,组装成上海灵魂的本来面貌……
连大小骨骼也注定得一剖两半,
我将伸头进去,探究那赛过天机的玄妙:
众多的与石灰同等平凡的钙原子,

何以能形成承受超负荷的构造?
而少量的软组织和少量的神经结,
又怎么会联合成力的杠杆和链条?

我甚至能把每一滴血都掰成几瓣,
干得如同剥一只橘子那么利索,轻巧,
我必须追查为什么有的血冻结赛冰块,
也必须寻问为什么有的血汹涌胜海潮。
我对任何一种个人的隐私毫无兴趣,
但我希望,把带菌的器脏一一扫描,
还要检查那个保证游泳者不致沉沦的浮脬,
因为它往往会落入金钱与恐惧交织的圈套。
须知,这个城市正像她的名字:陆上的海——
海一般的深不可测,海一般的风波浩渺!
辽阔的海呀,培养水手的职业学校!
你的徽章,可是一具湿漉漉的铁锚?!

我在大街上奔走,揣着手术刀,
既不是流氓企图行凶,也并非囚犯越狱潜逃,
穿制服和不穿制服的公安员同志,不必误会,
不必开动摩托,不必吹响警哨;
我是你们的战友呀,我的任务是割除和救疗,
我们的工作对象是人,包括鉴别人中之妖。
好生奇怪! 周围的行人为何一个个掩嘴暗笑?
哦,我的口音不中听,我的穿戴不时髦,
"阿拉上海人!"对于这种优越感我并不烦恼,

正相反,我因上海属于我的祖国而无比骄傲;
不过,我怜悯某些人,他们把锥子认作生肖,
难道第一都会的乞丐,高于穷乡僻壤的英豪?!

上海,你是这样的庞大,又是这样的狭小,
一面能装进银河系,一面容不下脑细胞;
上海,你是这样的可鄙,又是这样的美好,
一面是纪念碑和坚定,一面是迪斯科与动摇;
上海,你是这样的明朗,又是这样的混淆,
一面充满了赞美诗,一面拥挤着疑问号;
上海,你是这样的紧张,又是这样的逍遥,
一面是闲,闲得百无聊奈,一面是忙,忙得争分夺秒;
上海,你是这样的庄重,又是这样的轻佻,
一面讲究革命风度,一面追求性的逗撩;
上海,我钦佩你为社会主义做出的无私贡献,
上海,我惊讶你竟印制绝无仅有的半两粮票!

上海,你就是一部百科全书啊,
卷帙浩繁,简直没完没了,
关于你,我的知识显然太少太少,
可我的疑团比三间大夫还多,还更絮叨,
请问:红与黑鏖战,是不是这部杰作的内容提要?
当然,两军阵前,还夹杂着若干中间色调;
好一场足足打了一百年的恶仗啊;
直到昨天,才不过把位置来了个颠倒,
污秽和罪恶被迫钻进了地下,

要论最后胜负,恐怕为时尚早,
莫忘记,上海也是世界的上海,
不是哥伦布视线之外的孤岛!

上海是敏感的,别碰!别碰她的神经末梢!
你要了解中国么?请打这个窗眼往里瞧——
那最大的一块伤疤名叫鸦片战争,
别看它结着痂,却始终是个病灶!
一文不名的洋流氓,绅士派头的大海盗,
来的时候两手空空,去的时候胀破腰包,
他们是上帝?抓一把弹壳、股票和黄土这么一搅,
竟能将一个前所未见的买办阶级制造!
从此后才滋生了梅毒、蚂蟥、臭虫和跳蚤,
吮吸着又腐败着我们的土地和波涛,
从此后才有了一条漂着浮尸的黄浦江,
才有了外国人的外滩和外国人的外白渡桥……

最先遭到霜雪的自然是油菜和水稻,
和绝望的祖先不同,他们是双倍地绝望了!
出于可歌的英勇和可泣的愚昧,
他们硬凭双手把整条的淞沪铁路撬掉!
既然死神蔑视他们,当然他们蔑视洋枪洋炮,
燃烧起来——火乎乎!熄灭下去——雨潇潇!
请教马克思、恩格斯或者列宁去吧,
谁对我们阐明过这东方式的狂飙?
愤怒的血,愤怒的风,愤怒的岩浆,

在心中,在天上,在地下,奔突咆哮,
时——候——没——到,时,候,没,到,
到了! 一九二一年七月一日,太阳跳进襁褓!

正如有一串黑的姓名夯筑起黑的监牢,
另外有一串红的姓名高擎着红的节旄;
这些红的姓名都是太阳抛撒的天火,
他们的共同使命是:彻底焚毁阴司地曹!
那最初的一团弃陆登舟,也许是个预兆?
展示了前路遥迢,遍布暗礁,迭起风暴,
这艘船毕竟开过来了,走了六十个年头,
曲曲折折,弯弯绕绕,颠颠簸簸,晃晃摇摇,
多少神话! 多少悲剧! 多少传奇! 多少史诗!
船将继续向前航行,同时不断校正座标;
在这样的船上是不应该有乘客的,
否则,党员称号岂不成了头等舱票?

老实讲,我怀疑一千万居民是否有一千万大脑,
是不是有一部分,精通衣料甚于粗知史料?
那些不买地图就不辨方位的外来者,
兴许倒更少惯性,尽管他们被称做乡巴佬。
看看这张不大的上海交通图吧,
马路的名字,就足以论证流血的改造!
而且他们至今仍保留着可恶的后遗症,
东一块,西一条,简直听得见乱刀割肉的喧嚣!
也许你去虹口赏过菊花,去西郊看过熊猫,

我问你,可了解哈同公园被遗忘在什么角落?
那是每一个炎黄子孙心上的伤口呀,
"华人与狗不得入内",一万年都不能忘掉!

一大群英镑、法郎、美金、日元、马克和卢布的鸱鸮,
叽里呱啦,全栖息于腐朽衰败的树凹,
中国干瘪的四肢和一无所有的胃肠,
被它们撕碎叼去,搭成了一排排的贼巢;
而摇摇欲坠的枯树居然洋洋自得,
吹嘘着如此倒平添了几分生气和热闹,
大小毒菌疯长,恶藤攀缘而上,
争先恐后地和异域的肉食者结交,
就这样彼此狼狈为奸,淫乐搂抱,
用带着吸盘的铁爪加固洞房,使之牢靠……
吃人的老封建正是藏身这树穴中的一只山魈,
弱女子阮玲玉,不过填了它的獠牙一角!

如今很少有人再提起烈士血染的龙华碧桃,
自开自谢,尽管它比一切花朵都更妖娆;
时兴的装饰品是带十字架的项链,
莫非这也算对纪念章热狂的一种冷嘲?!
鲁迅,肯定不是一道小学生的作文习题,
谁贬辱我们的民族魂,谁就罪不可饶!
绝不允许任何人再把袭衣或者法袍冒充大纛,
为了保卫他,我们将日夜手执灌满墨水的戈矛!
是的,这人海汪洋,本来就布满泡沫和暗流,

更何况经过了整整十年不停的翻捣——
物欲是如此浓烈,精神却如此稀薄,
市场是如此繁荣,信念却如此萧条!

九亿九千万人谈论上海像谈论天堂,
敬畏、眼红,愤愤不平又绝对拜倒;
一旦摸清底细,他们怎么能不大吃一惊,
原来,天国的子民们竟满腹牢骚!
对此可以做证的,也有我的解剖刀,
在这儿,它碰上了几颗又圆又硬的铁核桃!
有的做弥撒——天上该向谁感恩?
有的在忏悔——地上该向谁检讨?
费尔巴哈先生宣布上帝是人的异化,
可他能否解释这代替了新宗教的老宗教?!
上海就是这么一个万花筒,合理而又荒谬:
侨汇券、气功、换房启事、红茶菌、春宫、城隍庙……

我的一只眼看见,核反应堆飞旋着带电的粒子,
压缩,倒流,冲击,磨擦,闪着火苗!
影剧院前,开锅一般沸腾冒泡,
第七十三行——专业排队家们多么活跃!
人约黄昏,锦江饭店门外骑廊静悄悄,
每一根方柱都被少男少女的梦话缠绕,
他们的耳朵配备了特殊的声纳么?
大街上的爱情哟,敢情在联名将房管局控告?!
绿树是奢侈品,比任何高档商品还要紧俏,

窒息啊,二氧化碳给全城箍上了特大口罩!
空气是这样,自来水又当如何?
据说,每人每天平均喝的沉淀物不下一勺……

我的另一只眼看见的却是另一种品貌,
无论让我看多久,我也不会叫喊疲劳——
那在大街上猛蹬自行车的都是谁呢?
刚下班的青工,正扑向荧光屏上的学校。
为何这些行人目光冷漠?仿佛不存在橱窗和广告?
不!数据和图纸已经会诊,判明那热病和高烧。
电车上站起来一位少年,他给老奶奶让座,
如果他不相信此事意义重大,庄严岂能战胜讪笑?
宿舍楼内,退休的老师傅们因何大声争吵?
有两个他们不拿奖金的方案,需要认真比较。
对!这才是上海人!这才是中国人!
他们当了生活的主人,没有当外侨!

这是今天呼吸着的上海么?我亲爱的同胞!
一些人认为是讽刺画,一些人认为是政治口号;
谨慎的朋友可能担心这首诗调门不高,
另一种人也许将借此起哄,怪声呼啸,
可我却在动荡中保持着感情的平衡,
也的确于喧闹中进行了独立的思考。
我深信,会有一个理想的崭新的上海!或迟或早,
每一颗星辰都将醒来:发光,并且彼此映照,
工人、农民、知识分子的列车会走上正轨,

他们会一个拉着一个紧跟车头奔跑!

啊,大上海!今日之你不过是明日之你的草稿,

愿你认认真真地修改,工工整整地誊抄!

1980年3月　在上海写成前三段

1981年10月—11月　续完于合肥

石 晷

　　瞻仰延安的许多革命遗址，都能看到当年使用的石晷。

它虽然不过是个石晷，
却享有过无上的权威；
那年月谁都没有手表，
一分一秒又何等珍贵！

太阳依旧和从前一样赶路，
为何有的人脚步如此疲惫？
知道吗？你看石晷，石晷也在看你——
是否脑袋空虚？是否胃囊累坠？

1981 年 12 月 19 日　合肥

本色的条凳

在开过"七大"的党中央大礼堂,摆满了本色的木头条凳。

这些条凳当初就是这个样子,
保持天然的本色,毫不修饰,
于是醒悟:最庄严的美是朴素,
玷污等于犯罪,至少是可耻。

1981 年 12 月 21 日　合肥

墙 和 相 框

　　王家坪纪念馆的墙头,被强行摘掉的刘志丹的相框又挂起来了……

一堵多么纯洁的粉墙!
纯洁的灵魂从相框内向中国凝望;
有个坚定的声音不断在大厅回响:
革命的同志们!我爱你们!
既然我和你们一道下过地狱,
就终必和你们一道进入天堂!

1981 年 12 月 21 日　合肥

没有忘川

黄河金龙似的飞旋,
长江银蛇一般蜿蜒,
任你自北至南转它千百遍,
有谁能找见忘川?!
没有忘川,没有忘川,
中国没有忘川!

长江万里,黄河九曲,
都是妈妈的甜蜜乳浆,
只要吃过这样的奶水,
绝不会将妈妈遗忘;
不会遗忘,不会遗忘,
儿女不会遗忘——

忘不了长寿的千载灿烂,
忘不了刚死的十年黑暗,
丰碑不是玉液,我们岂能醉癫?
伤疤并非勋章,我们怎敢沉湎!
酒阑灯阑,兴阑歌阑,
明天,还有坎坷路漫漫……

没有忘川,只有黄河,

没有忘川,只有长江,
宁愿挤人间喧闹的蜂房,
不羡慕地府幽静的眠床;
离乡思乡,梦乡故乡,
中国是我们亲爱的家乡!

只有黄河,没有忘川,
只有长江,没有忘川,
光明不是屏幕,哪能用来遮掩,
我们长着眼睛,我们长着心肝;
谁要篡改记忆和地图,
历史必定指控他背叛!

1981 年 12 月 29 日　北京

龙 之 歌
——向体育界为国争光的有名英雄和无名英雄赠诗

云开一角，
就现出了 280 片金鳞，
倘或冲破天门，
不用猜——
当可看清龙的真身！

寄语健儿，
好样的！不愧龙的子孙！
每逢国旗飞升，
都认得——
那是与龙做伴的星辰！

告诉先烈，
告诉一切曾为明天牺牲的志士仁人，
连连夺魁的中华，
请相信——
能争万国之冠军！

1981 年 12 月 30 日　北京

心　香
——茅盾同志逝世周年祭

你是一个世界,
黑暗几乎因你而晕厥,
那时候,中国正当子夜。

你是一座山岳,
当别的土堆纷纷开始崩裂,
你却朗笑,摇曳着涂血的霜叶。
对于幻灭,
你是沉痛的告诫;
对于腐蚀,
你是特殊的钢铁。

你是终于化作了幽篁的竹杖,
风高云起处,
枝枝有亮节。
你和青春同在,
你不属于墓穴。
你饱蘸着爱与恨记录了历史,
历史也必将你不断地复写。

1981 年 12 月 31 日　北京

献给长城的情歌

——1981年12月23日观纪录片《钢铁长城》有感

一

你还记得我吗？命运的最好驿站！
我,普通一兵,曾发誓将终生向你奉献,
然而,我却不得不把军衣归还,
从此,红星便不再照耀我的帽沿;
可我还是那颗头颅,
可我还是那副肝胆。
难道旧砖也会有自我感觉?
有的! 我要大声回答:除非他已碎作泥丸!
真该感谢这无法解释的奇妙信息,
使我始终充满着力量和贞坚,
真该感谢周围的人群,是他们的手臂
保护了我良心的纯洁与平安。

哦,我至爱的长城! 我情同骨肉的绿砖!
你屹立,我也屹立,你庄严,我也庄严!

二

此刻,我多么想飞往那片草原,
此刻,我多么想站在你们中间;

我渴望插上鹰隼的翅膀,

不行,就让我尾随化一溜轻烟!

我渴望按遍火炮的琴键,

不行,就让我昂首开一朵烈焰!

你的喉管正是我的喉管,

我早已加入了你惊天动地的呐喊:

首长好!记住了——是首长,不是官!

为人民服务!记住了——是人民,不是算盘!

同志们好!一声问候饱含着多少革命的温暖!

同志们辛苦了!六个音节体现了党的无限慰勉!

哦,我至爱的长城!我情同骨肉的绿砖!

你激动,我也激动,你喜欢,我也喜欢!

三

猛然间我认出了西边邻座是董振堂,

再扭头又发现了东边邻座是刘志丹,

近处竟是彭德怀、罗瑞卿、陈毅和贺龙,

远处更有杨靖宇、吉鸿昌、叶挺与左权,

笑盈盈的雷锋,依旧有着一张娃娃脸,

厚嘴唇的王杰,讷讷不报自己是党员,

小岩龙走黄继光的道路,脚步半点不偏,

李成文顶天立地,如同董存瑞再世重现;

他们全都频频点首,热泪飞溅,

他们全都默默无语,心挂肠牵,

听!我确实听清了他们的共同宣言:

不论是谁,凡自毁长城者必属内奸!

哦,我至爱的长城!我情同骨肉的绿砖!
你警惕,我也警惕,你应变,我也应变!

四

中国历史揭过了三千年,
早已非秦时明月汉时关;
燕王朱棣连贯了东西段,
又何曾保住华夏好河山?
不懂得为谁作战的军队,
怎能有摧不垮的理想与信念?!
我骄傲,唯有子弟兵这数十万对铁拳,
才捶得正是时候,又正是地点!
地球这么小,世事这么乱,
谁个叫苦?谁个说甜?谁个拈酸?
我全明白,而且决心仿效一番——
在岗位上,将大脑和体魄检验。

哦,我至爱的长城!我情同骨肉的绿砖!
你无畏,我也无畏,你向前,我也向前!

1981年12月26日—1982年1月5日　北京

预　言

这边堆乌云几片，
那边亮一角蓝天，
是雪？是晴？
水银柱顶着个悬念。

冬季寒冷又漫长，
人人为打柴奔忙，
又堆，又烧，
唯有火记得夏的光芒。

别叹息！莫呼号！
草木灰也是好肥料；
秧苗，花芽，
明天都递给你一朵微笑……

1982 年 1 月 18 日　合肥

狗　　年

春节的日子，容易缅怀民族的祖先，
我想起了他们艰苦的生活和美好的情感；
自然而然，我也想起了狗，
每一个部落和家庭不可缺少的成员；
狗是可爱的，甚至是可敬的，
狗，一直是历史的可靠旅伴。

今年又逢狗年，
是否应当检讨一下
关于狗的概念？
子不嫌母丑，
狗不嫌家穷。
这，的确是有益的格言。

在出现了人不如狗的怪事的今天，
我宣誓：要像狗一般忠诚驯善，
热爱我的社会主义祖国，至死不变！
别忘了，狗还有它凶狠的一面
因此，同时我也愿当一头猎犬，
看谁敢碰一碰我的热岛和冰山！

1982 年 1 月 20 日　合肥

掌灯人礼赞
——为《中国电力报》作

我不愿,不愿看见白昼的灯光,
它,对朗朗乾坤是一种诽谤。
当然,每一个有灯的夜又都是幸福的,
春夜加倍温馨,冬夜也并不漫长。
命中注定让黑暗吞噬的竟如此活跃强壮,
啊,我的一半的呼吸和一半的诗行!
该怎么礼赞你们呀,我的掌灯人,
我的灵感,我的希望,我的明亮!
我歌唱,我歌唱黑煤,也歌唱白煤,
更歌唱红煤呼呼燃烧的阔大胸腔!
荣誉归于你们!一百三十万颗太阳!
你们的升起,命令多少思想者抬头仰望!

1982 年 1 月 22 日　合肥

乾陵秋风歌

1

这儿睡着一个十四岁离娘不掉泪的女人，
一个替皇上和太子换亵衣的女人，
一个被老子最先唤作媚娘的女人，
一个被儿子最后封为正宫的女人，
一个不甘心苦伴黄卷青灯的女人，
一个在尼姑庵里养私生子的女人，
一个掐死婴孩嫁祸于人的女人，
一个格杀情敌毫不手软的女人，
一个被两代玩弄逆来顺受的女人，
一个复仇般疯狂报复异性的女人，
一个一步一步把丈夫置于股掌之上的女人，
一个无师自通炮制"河图洛书"的女人，
一个觊觎帝位终于登基的女人，
一个屠净大臣面不改色的女人，
一个不拘一格起用下层的女人，
一个心血来潮制造怪字的女人，
一个读《讨武曌檄》却欣赏文采的女人，
一个公开将告密列为朝廷大事业的女人，
一个反手请君入瓮干掉特务头子的女人，
一个镇压内乱铁腕果断的女人，

一个抵御外寇寸土不让的女人,

一个"建言十二事"崭露头角的政治化女人,

一个善于保养六十岁犹生皓齿的漂亮女人,

一个亲蚕劝农使中国人丁翻了一番的女人,

一个于刀光剑影中,同时

于寂寞中死去的女人,

一个活在世上的时候,自己

给自己加上无数尊号的女人,

一个死去一千二百多年了,又被

另一个女人奉为"法家"的女人;

她——最无情的有情人,

她——最不亲的老母亲,

她就睡在这儿地下,

睡在乾陵——李家天下武家坟。

2

一整宿滂沱大雨,

洗了个日丽天青,

上不留片云,下不动纤尘,

唯有注定要凋落的草木瑟缩不停,

它们,准是听到了不作声的秋声。

奶头山真像一对高耸的乳房,

巍巍梁山,石壁果然峻嶒!

处处青苔挂着绿毡,

条条小路翻起泥泞,

东望长安一片荒茔,哪儿有古皇城!

惊奇,纳闷,农妇同行,
低眉,垂眼,多么虔诚!
插不完的香烛,
烧不尽的纸马,
叩头一程复一程!
高声问:求的谁?
低声应:姑婆神。①
姑婆是哪个? 何需细打听!
官修正史,野老传闻,大名鼎鼎;
朱雀②从西域的大漠上长跑膜拜,
翼马在东方的高空中扬鬃飞腾,
有名有姓的六十一尊属国藩宾,
排成几路纵队肃立墓前守灵……
多病的风流天子唐高宗,
只配拾掇些老婆的剩饭残羹!
为什么,斯芬克司一样的女人啊,
偏偏对自己如此悭吝:
竖一块无字方碑,出一个万年哑谜,
叫你猜不准也说不明!
盖了棺,谁都难数清几多层,
灌了铅,至今没撬开半丝缝……

---

① 乾县老乡把乾陵叫作姑婆陵,姑婆发音为"瓜婆"。
② 朱雀,即鸵鸟。

3

原谅我提起另外一个女人,
因为她自命武则天的化身;
假如一定要追寻鬼魂的投影,
只有三点我同意:野心,淫荡,残忍。
至于雄才大略,爱国恤民,
她连一个脚趾盖儿也不顶!
不待问,同志们都知道我指的谁——
昨日大闹法庭,
今天正在服刑。
也许她(还不止她)一直梦见乾陵,乾陵,乾陵,
可前面等待她的,只有秋风,秋风,秋风。

1982年2月1日—2月7日　合肥

大 雁 和 鹅

雁群投影在鹅厩上……
"听说,古时候我们是一祖两房。"
墙旮旯有几只小鹅叽叽咕咕,
引起了一丁点儿淡淡的忧伤。

"那该有多美!拍着真正的翅膀!"
一群雏儿跑来,居然也发表感想。
"难道你们想飞?幼稚!狂妄!
什么叫自由?纯粹是返祖现象!"

绷着面孔教训后辈的一头种鹅,
它因血统无邪而被长期豢养;
那双重的丹顶左右摇晃,
正标志着品质的特殊纯良。

"鹅的命运上帝早已安排妥当,
你们可千万别中了魔障;
法国大菜有一道鹅肝,
中国酒席少不了鹅掌。

"雁有什么可羡慕的,凄惶!
飞的代价意味着苇荡和风霜,

更有那防不胜防的猎枪……

还是鹅的命好,连蛋都不用自己收藏。"

1982年2月11日　合肥

灵魂和躯壳的对话

黑夜静悄悄,躯壳躺在床上,
辗转反侧,老是嘟囔:
太累了,委实太累了,
我怕,支持不到明儿天亮。

胡说! 灵魂跳出皮囊,
重重地坐到身旁;
真像创造生命的妈妈哟,
就连呵斥也这般慈祥!

我说的是真话,
对你我从来不撒谎。
躯壳一面剖白着自己,
一面感到了某种神秘的力量。

我亲爱的灵魂!
请你替我想一想;
多少锉刀、毒舌和罗网,
还剩下什么? 弱不禁风的希望……

大概我变成了一只小船吧?
而四周呢,惊涛骇浪,

能逆流而上么?
直到那源头,那崇高的地方。

你身边有纤夫,甭惊惶!
信任他!他有结实的肩膀和脚掌!
妈妈一样的灵魂继续抚慰着,
以催眠曲般的歌唱。

活到八十岁的躯壳仍旧是孩子,
爱撒娇,也爱夸张,
一丁点儿皮破血出,
都能教他胡思乱想。

有勇敢的灵魂做伴是幸福的!
矮个儿居然显得器宇轩昂;
那就不停顿地往前走吧,
前面——仍将是没有航标的河床……

1982年2月12日　合肥

车 轮 颂
——站在江南钢城马鞍山向地球放歌

一

初到马鞍山的时候,
印象是山不够高,也不险峻,
这显然不符合实际,
是大错而特错的结论;
原来,马鞍山非常非常之大,
大得足以和整部文明史等身。

请来看这间厂房吧,
虽说是仅有四百米宽,五百米深,
可教我怎能估量出来呀——
到底它浓缩了多少坎坷路程!
所有大大小小的车轮和轮箍都是钢印,
盖上了它,就领到了明天的通行证。

我来来回回地走着,
我上上下下地瞅着,
我欣赏着,我赞叹着,
唉,工艺流程离我太遥远了,
简直像肉眼望不到的冥王星!

但,我面前却站着造物主,站着人。

人,工人,制造车轮和轮箍的圣人,
我禁不住要崇拜你们了!
你们——才是真正的神!
在神祇面前是要唱颂歌的呀,
对于我,这绝非早年养成的惰性,
实在,实在是出于同志的尊敬。

二

首先,我要将颂歌献给圆,
献给圆的体形,圆的投影;
圆,圆得我不知该如何落笔,
因为它无隙无缝,浑然天成;
圆,圆得我老感到眼花缭乱,
因为它自行滚动,似有生命。

圆,这是宇宙神圣的启示,
圆,这是人类伟大的复印;
谁没见过,每逢十五的夜晚,
月亮都要出巡,手捧冰轮渡碧海,
谁没见过,每当晴朗的早晨,
太阳肯定上工,脚蹬火轮过苍穹。

你雄壮的雄壮的太阳哟,
永不急倦,永不消停,

你贞洁的贞洁的月亮哟,
永不叹息,永不困顿;
周而复始,周而复始,周而复始,
昼夜运行,昼夜运行,昼夜运行。

这一个奋然破雾穿云,
那一个不怕黑暗艰辛,
正是这月之华,日之精,
在人的心中播下胎孕;
尔后才诞生了你呀,
我的,不!我们的亲爱的车轮!

车辙本是历史的轨迹,
历史紧随着车轮前进,
原人——古人——今人,
石轮——木轮——钢轮,
何等奇妙的家族绵延,
何等壮丽的世代长征!

请告诉我,指给我看,讲给我听,
在任何的同一时间和同一空间,
哪儿是你运动的开始?
哪儿是你运动的穷尽?
依我看,又是,又不是,都是,都不是,
车轮啊,你活的辩证法!你活的实践论!

三

那一群是我的姐妹吗？
驾驶着天车在头顶轰鸣！
她们的目光是那么专注，
头发梢略有一点汗津津；
她们一次又一次轻巧地吸引钢锭，
以女子所特有的强大磁性。

那一群是我的兄弟吗？
操纵着铁臂在火里挪腾！
一舒一张，一屈一伸，
有如战士执行射击的命令；
他们一次又一次勇敢地搬运火球，
以男子汉必备的绝对坚定。

我注意到了，墙上不涂豪言壮语，
空中也没有任何风向都能起舞的红布横陈，
生产，倒像一首好诗那样闪动内在的节奏，
又像一曲好歌那样淌出天然的流韵。
只有一块小黑板，蹲在角落里
低声报导：认购国库券任务也超额完成。

八千吨水压机的重锤下，
我们重逢了，你太阳一般的火轮！
一台台机床的合金刀下，

我们重逢了,你月亮一般的冰轮!
哦,这里是宇宙与人类的交感座标吗?
何以既跳荡喧闹的精灵,又高悬静谧的明镜?

最后的也是最关紧要的一道工序
属于掌握着各种卡尺的人们,
你量了,我再量,他还要量,
一个个脸上全带着挑剔的神情,
把说说笑笑、打打闹闹都留到下班以后吧,
须知:严格和容忍,怀疑和信任并不矛盾!

不远处还有一所独立的小屋,
每日里它都要紧闭双门,
抛掷、摔打、锤击,直到切割,
蓦地一声突然袭击,怕教你的两耳震聋;
真是奇怪的试验啊,荒诞而又清醒,
要端详:走样没走样? 要拷问:变心不变心?

就这样通过一关又一关的盘查质询,
我们的车轮和轮辐终于出口了。
出口,就组成官方代表团,不去当侨民,
正式身份,岂敢有损祖国的令名?!
很好! 湄南河和恒河先后伴舞,步态轻盈,
如今,密西西比河又发来了亲切的邀请……

四

当然,我自心中有数,
并非凡属圆的都能变作车轮,
譬如,套扣,绞索,陷阱,
以及烟圈般变幻莫测的迷魂阵,
它们不也相当圆吗?然而,不幸,
干的都是卑劣的勾当和倒退的事情。

且莫说这些了吧……除了火轮和冰轮,
不能不提一种无车之车,无轮之轮,
是的,我爱火轮,也爱冰轮,
但我更爱——这隐身的雷霆!
你听,你听,把耳朵贴住地面听,
来了,来了,那渐行渐近越来越猛的颤震!

记不清有多么久了!在裹着冬装的田野上,
我总是企待着,企待着她的君临!
也许,有一丁点儿慌乱,
但更多的却是兴奋,
也许,有一丁点儿疑虑,
但更多的却是欢欣……

这是我们国手配方的一服合剂良药呀,
喝下去!恢复中华民族的青春!
我,多么盼望全世界悄悄耳语啊:

中国的轮子！中国的声音！
地球迟早会懂得：雷，并不威慑和平，
春天一到，沛然而降的正是甘霖！

1982年4月27日草稿，同年五一节定稿　合肥

《彭德怀自述》卷终，有所思

岂能漠然中翻？岂能悠然中读？
要吞！要将它整卷地吞下肚！
骨鲠在喉啊，的确难以下咽，
然而章章句句，都能充饥果腹。

这不是书！这是神奇的食物！
真正消化了，会一辈子感到充足；
先学他那样写人字吧——简单吗？
须把心胸洗个透明，才好临摹……

1982年6月2日　合肥

赠李连杰

据说,每一具凡人肉胎,
都有一颗星星属于自己,
但多数不如你高,不如你光辉,
大概,也终生未必能和你相遇。

你,原来是少林寺的小沙弥,
正直,壮美,还带三分孩子气;
忽然间羽化登仙了,飞腾于
花花世界的九重天际。

比雷霆勇猛,比闪电迅疾,
这——得感谢师父传授武艺;
那么,师父的师父的师父又是谁?
只能是:中国大地固有的神威!

似一段行云,似一股流水,
这——全依仗生活指点演技;
十九周岁的青春朝气,
十九万年的古老智慧。

真的是神童吗?(当心,别醉!)
在糖果商人眼中,只有甘蔗和蜜,

他们,拒绝儿子的咸味的汗珠,

他们,排斥母亲的发苦的眼泪……

因此,我才决定给你写一首诗,

说说我的赞叹、疼爱和忧虑:

前进吧,沿着脚下铺就的双轨,

如今,唯有祝福能充当你命运的司机。

1982 年 6 月 19 日　武昌

汉阳琴台

来在古琴台上,我倒要问上一问:
伯牙先生,为什么要摔了您的琴?
我理解您的悲恸,我尊重您的坚贞,
但是,无法赞赏这种任性和……愚蠢。

我想象不出来,那是一张几股弦的琴,
然而我看见了,您碎成了无数瓣的心;
心是无法缝合的呀,世上没有这样的针,
琴音微茫了,像东流的汉水,远去的白云……

如今琴台已变为闹市,满天是不落的扬尘,
想必您却更寂寞了吧,谁来发思古之幽情?
伯牙先生,我早想告诉您,不知您可相信?
我见过钟子期,他没有死,并已不再归隐。

兴许他仍须砍樵,或者忍受种种别的艰辛,
可他以高士为耻,宁愿作普通人中的普通人;
您瞧,他来了!一面擦汗,一面凝神谛听;
仿佛在问:哪方飞来的鸟?唱得如此欢欣!

然后他自己也唱着上街:山不在高,水不在深,
洋洋乎,荡荡乎,岂可索居而离群?!

而我,更愿打扫我的胸腔,将息您狷介的灵魂,

同时我将领您走向人民,人民——是真正的知音。

行吟阁行吟

十年动乱中,武昌行吟阁前的屈原塑像,竟被抛入东湖。

多么荒唐的日子!
屈原竟死在第二次!
既然号召革文化的命,
湖中饮恨的就注定是诗。

汨罗江怀石自沉,
是由于楚王嫉恶正直;
这一回新的谋杀,
该认作谁的羞耻?!

如今塑像被打捞起来,
忽而又变成了红卫兵的遗尸;
可怜青苔染绿了衣衫,
正如当年那最时髦的服饰。

……狂乱的风暴终于消逝,
云梦泽畔,又有了菱荷兰芷;
尊敬的三闾大夫哟,
可曾想过再写一部《楚辞》?

青 铜 编 钟

多么可怕！六十四件青铜编钟
竟被勒令排队上吊,做一个沉沉大梦；
你们醒来吧,阳光的金箭
已经射杀了那帮巨恶元凶,
楚惠王而今安在哉！
骄奢淫逸的曾侯乙,
四十五岁就早死了的短命爵爷,
腐烂在一堆虫蛇般的铭文之中！
从今后,再不会有衣锦华丽的男女奴隶
在国君们的宴乐厅内
鬼魂似的屏息游动——
那时,他们总是哭丧着脸,
频频叩击着自己的苦痛。
此刻编钟在大声发言了：
我们,和渴望自由的心灵息息相通,
我们需要大口大口地吞食新鲜空气,
我们追求长着强劲翅膀的风！
唱得多么好呀,这一群惨遭活埋过
二千四百年的玉女金童！
宽阔、明亮、典雅、雍容,
一串串滚烫的泪弹全部打在九环上——
命中了我的心胸！

我的每一个细胞

又一齐在肃穆中颤动!

低头一看,我发现我登上七彩祥云了,①

我飘飘欲仙了,我飞上了太空……

在这儿,历史薄得像一层窗户纸,

真的,清清楚楚地

我看见了自己鹑衣百结的祖宗——

光荣啊!深谙铸造的乐师!

光荣啊!精通乐理的铸工!

---

① 这一套随县出土的编钟,证明了我国音乐自古就有完备的七音阶。

电

——唱葛洲坝

定子这般沉默,
转子如此规矩,
那些正在组装的各式钢铁机器,
严肃得令人感到它们的分量必须要以吨计。
难道这些……冷漠的家伙能发出热力?
我怀疑。

转身走上溢洪闸,
到处飞腾着浪花,
五音俱全的雷
在水底下锤打,
七彩斑斓的虹
在水面上漂挂……
不必再寻找了,
既然电的兄弟姊妹都在这儿戏耍,
这儿,肯定就是她的家。
那么,请吧,让我们开始
第一轮对话……

今天轮到了洋人看我们
——再唱葛洲坝

大约是五六岁吧，
生平第一次看见洋人，
那是何等兴奋！
我蹒跚着跑回家来，
大声地，一遍又一遍地
报告给母亲；
惊叹着那雪一样白的皮肤
蓝玻璃一样亮的眼睛，
当然，更绝对忘不了夸张地形容那个怪物，
有两只叫得比狗还凶飞得比鸟还快的车轮……

实在弄不明白，为什么这一切叙述
却引不起她的半点热情，
我的粗识文字的母亲哟，
只是一个劲儿地叹气，
咕哝着我当时根本不懂的话音：
孩子呀，谁叫我们国弱民贫！
每一个细节我都记得顶真，
仿佛，它是昨天才发生的事情。
那时候，我有多么愚蠢！
（不过，应该声明，我的家

本来就住在一座闭塞的内地省城。)

此刻,八十年代的一个早晨,
在葛洲坝的三江航道上,
两路纵队分列停泊着
我们中国自己的大小火轮。
我可以用人格保证,
没有任何号召或者暗示,
每一条船上的每一个乘客全都自动飞奔,
接着便一一钉牢在甲板上或者船舷边,
瞪大眼,聚精会神地注视着前方的闸门,
像是欣赏一件伟大的艺术品,
像是等待一个惊心动魄的时辰。

……水位一格一格下降,
……标尺一米一米上升,
奇怪!为何大白天扯开了霍闪?
是哪儿咔嚓咔嚓地响个不停?
——哦,并排的一条旅游船上
挤满了抢着拍照的外宾!
稳重的闸门启动了,
最初,从门缝里射迸来的是一束希望之光,
锐利,灿烂,强壮,
当是我们的民族魂。
接着,江水互相溶合,
安详,而又冷静,

简直像谁熨过一般平!
看着可意! 看着舒坦! 看着带劲!
就在这时,对面突然爆发了掌声,
空气中挤满了微笑、大拇指和飞吻……

这难道是真的吗?
一切全都冲着中国人!
冲着黄皮肤的黑眼睛的中国人!
我忽然想跑回故乡去,
揎开那早已毁于炮火的柴门,
搀来那早已不在人世的母亲:
妈,您看,您快看呀,
洋人看我们! 洋人看我们!
今天轮到了洋人看我们!

我相信,我的老娘一定会非常非常高兴,
她会抹着眼泪对我说:孩子,
应该向引导生活远航的党致敬!
向科学家、工程师和工人同志们致敬!
应该感激他们——
他们思考的不眠之夜,
他们喧闹的电话铃声,
应该学习他们——
他们的志气,他们的聪明,
他们的衔石截流的精卫鸟精神!

啊,今天

轮到了洋人看我们!

三 游 洞

唐元和十四年(公元819年),迁官忠州的白居易偕其弟白行简,与贬谪河南的元稹三人行舟江中,相遇于此。

依我看,这个山洞也很一般,
之所以出名,怕是因情而传;
笃诚的友谊本来就十分可贵,
更何况彼此都历尽人间忧患。

从今后此地也许将以"众"代"三"
因为来过了这么多写诗的共产党员;
摩挲这石碑哪如拍一拍自己的胸膛,
不能让祖先呵斥子孙少肝没胆。

龙舟竞渡

七条蛟龙闹大川,金、红、青、白、乌、黄、紫,①
锣鼓,刀剑,旌旗,桨橹,如此奇妙地交织;
所有善良的灵魂都在波涛上来回奔跑——
为的是寻找二千二百六十年前失去的儿子。

如今不是连屈原本人也在盼望现代化吗?
然而,我却要含着眼泪歌唱这种原始;
人民就是长江啊,柔顺而暴烈,强大又固执,
不到明天,她,绝不会停止呼唤被放逐的诗!

---

① 归州民俗,将桔黄称作金,深蓝称作乌。

秭归的橘树

假如讲,雍容华贵的雅歌《橘颂》
是由于受到信任,感激起用,
岂非说,忧愤激越的绝唱《离骚》
是出自发泄暗恨,怨艾失宠?

请问秭归众山芳香碧绿的树丛,
这样的论调是否应该受到宽容?
那头戴黛色圆盔的战斗梯队哟,
披襟临风,枝枝叶叶都是屈子心胸!

我也必须斥责自己的浑噩平庸,
你的抨击,你的讴歌,早年我并不真懂;
我不明白橘树和诗人一样有着"内美",
都是高洁的本质决定了坦率的行动。

如今我完全认识到了橘树的可贵,
也认识到了她和你本属同一品种;
因此一眼就于苍翠中望见了未来的金红,
从今后我将把她当作火焰藏在心头供奉……

菖蒲艾颂

粽子,龙船,雄黄酒,香荷包,红鸡蛋,
五月五端阳,千家万户奉献赤心一片;
还有长江水一般不断头的故事,
长江水一般不断头的歌声和怀念……

哪家大门上不插青——菖蒲一半艾一半?
艾可入药,结成茸绳还能缚住火焰;
菖蒲当然是三闾大夫留下的信物,
刚直,锋利,多像他生前佩带的长剑!

你要采集菖蒲艾么?快去山野草泽之间,
那儿到处皆是,就像农夫、樵子、牧人似的普遍,
将他们平凡的形象永远载入你的心吧,
他们才是朴实无华的绿色诗篇!

……打秭归上溯江源,里程还十分遥远,
但诗的源头在此,乐平里就是唐古拉山:
"我"与人民,现实与理想,斗争与梦幻,
每一匹菖蒲艾叶上都写着明确的答案。

屈　沱

　　秭归城外,有一巨岩楔进江中,形成小小的半岛,上游有九道石梁潜入巨浪,即所谓九龙奔江,起着防波堤的作用,保护其不受冲击。屈原死后,乡人祠之,筑庙于其上,名曰屈沱。在先绿树成荫,大炼钢铁中被砍光了,"文化大革命"又毁了庙,地皮也卖给了神农架林场。

琉璃瓦,镁光灯,爆竹,欢笑和剪彩……
汽车沿着新修的盘山公路开下来,
前面有楚江的暴跳,屈沱的默哀,
还有一垛一垛神农架林场囤放的有抱负的木材。

新纪念堂果然气派!我却痛苦于那断了的血脉,
想必出山的林木,到这儿会理解什么叫滥伐成灾;
我怎么也没想到,三闾大夫的身后荣辱,
至今还标志着一个民族的隆替盛衰。

与骚坛社农民诗人们对话

你问屈原的后代么？早已四逃星散，
如今这些人，祖辈都来自湖南。

湖南又怎么样？也是屈原的家乡，
那儿有一条眼泪汪汪的汨罗江。

县志上说，骚坛社建立在残暴的明代，
它集合了打不散的秭归人民的爱。

当然，屈原能活多久你们就活多久，
爱人民与人民爱同等不朽。

洪水般的"四人帮"能涨也能消，
农民们又磨亮了镰刀、柴刀和歌刀。

想必你们是全中国唯一的农民诗社，
八亿人，将向你们十三位鞠躬道谢。

潭光沛是耍手艺的篾匠，兼任社长，
理事杜青山只会作田，为开会刚借了衣裳。

两千年前屈原就深知你们的苦，

不，今天过端午，何必说这些扯断泪珠！

我们三间公社拖到去秋才实行责任制，
迟是迟一点，可一定能过上好日子！

听说屈原当年还留下了三丘高产田，
祝你们吟好秭归这首诗，用它作诗眼。

访昭君村有感

古人塞给你一张琵琶,
强迫你弹拨他们的衷情:
或者怀才不遇,或者宦海沉沦……

今人塞给你一把号筒,
命令你吹奏他们的强音:
或者扎根边疆,或者马列遗训……

我要说,王昭君只能是王昭君,
既不是卖身邀宠的官场中人,
也并非布尔什维克或者红卫兵。

不过是荆山楚水间的一个女子,
几曾惯深宫高墙里的终生幽禁?
——与其青春枯槁,哪如红粉飘零!

因此没有泣血稽首,因此没有慷慨奏本,
交出去了,你的"自请",
交出去了,你的命运。

最后获得释放的是:
热爱自由的村姑之魂,

压不住的万缕乡恋,化作了墓草青青……

为何绿得那样伤心？至今还顾不上做结论；
人们啊,热闹的善良的人们,
还在忙于评定你从未热衷过的功勋。

神女（一）

瑶姬，我认识你——

我从飘拂的云鬟认识你，
我从含愁的面容认识你，
我从凝重的姿影认识你，
我从眺望的方向认识你，
我知道，在祝福与企待中
你长久地，长久地兀立，
直到变成了化石；
然而，即使到了今天，
也依旧听得见你的呼吸，
澎澎如同楚江水。
谁说大禹已将你遗弃？
不！你的寿命，乃是土地的记忆。

神女（二）

不能设想，瑶姬——

你竟会背叛大禹，
你竟会脱离土地，
你竟会接受那个楚襄王的诱惑，
你竟会容忍那个登徒子的调戏，
不能相信，你竟会淫奔，
阳台之上，去自荐枕席；
亿万斯年过去了，你甘居寂寞，
亿万斯年过去了，你坚贞不移，
和云雾在一起，
和风雨在一起，
和巫山在一起，
和长江在一起，
黎民的忧愤与欣慰
在你的眉眼中交替，
宇宙的痛苦与欢乐
在你的脉管中环回，
所以，既不必辟谣，
也无须抗议。

瑶姬，我信任你。

神女(三)

人生如同江水,

不舍昼夜逝去,

今天能亲眼见你,

该当是何等幸遇!

瑶姬,原来你——

比诗里歌吟的更为美丽,

比梦中想象的更为飘逸,

比一切传说更富有人间烟火气!

我禁不住要哭了,

只是害怕讪笑,

才强自隐忍,不曾流溢;

我同时又发现了,

我周围所有的眼睛,

一对对全晶莹生辉,

是啊,我们全都沐浴着你的光泽,

是啊,我们全都沐浴着你的恩惠!

可是,我必须向你招认,

就在这一刹那间

我几乎产生了疯狂的敌意!

妒忌——这人类一切感情中最卑劣的色素哟,

差一点使我的灵魂染上污秽。

我惊醒,我惭愧,我战栗,

难道你是属于我的吗,瑶姬?
不!你爱的是天下苍生,
你爱的是爱天下苍生的大禹,
爱,正是像你本身一样
亘古不变的铁的证据。
因此,只有把百姓疾苦放在心头的人
才有资格,承受你的抚慰。

我要对你起誓,瑶姬,
我将毕生朝着这个目标努力。

依斗门①的高度

三百七十七级石阶是一种人生的高度,
在它的顶端曾悬过彭松涛的头颅;
如今我来到这血花褪尽的依斗门下,
汗雨打湿了衣服,泪雨打湿了脏腑。

显然有远比爱情强大的力量在命令江姐:
抬眼望的一刹那,就应该后继前仆;
借问如今的奇装男女:华蓥山在何处?
愕然,茫然,哦,他们没学过祭坛上的复数!

---

① 依斗门,是四川奉节的一座临江的城门。

山　泉

在山泉水清哟，出山泉水浊，
哪股山泉水哟，清亮能如昨？
污泥何浑浑哟，不断乱羼和，
牲畜何噩噩哟，来回瞎捣戳。

汨汨山泉水哟，一路唱怨歌：
坏了我名节哟，毁了我品格，
寄语山泉水哟，何不化云朵？
洁质飞腾去哟，行雨寄魂魄……

仰望巴人悬棺

无法攀登那削壁上的舟形悬棺,
去落实高空中飘浮着的秘密,
不能根据那悬棺中的铜铸双屐,
去追踪大地上泯灭了的足迹。

某次背水大战,合族死在一起,
亡国灭种的巴人,反而成了永生的传奇;
巴人哟,我多么希望,在我的血液中
响着你的呼吸,哪怕仅有一滴!

小三峡印象

滴翠峡真个像两匹其长无比的碧绿的锦缎,
这样的山色望久了眼珠子也会发蓝;

铁棺峡在何处敞开着它沉重的铁棺?
只见二十八滩滩滩有不怕死的弓身拉纤;

龙门峡不过短短十二里就下到巫山,
可船老大的白发哪一茎不打这儿暗添!

古栈道留下了六千八百八十八个石眼,
孔孔都教人遥想巴蜀凿山开国的艰难!

天上是谁织成了白布又投入黑潭?
化一条水龙本想泡软肝胆却只能泼湿衣衫;

冷酷的石门仿佛已经丝扣合缝地关严,
哪来一只多情的无形之手又拔开钢栓?

云台仙子也许是在将瑶姬哀声呼唤,
姊妹们失散了亿万年不得团圆!

更有一处号称龙进虎出的神秘地点,①
笙箫鼓乐竟来自那无从寻觅的空穴深渊。

一百二十米落差铺了二百四十里长的阶沿,
直到船靠了岸才想起来吐一声惊叹。

我当然不相信因果报应、阴阳轮转,
有的话,我一定做弄潮儿赤条条来往无挂牵;

假若我居然这辈子造下了什么孽冤,
那就罚我变山羊吧,我要镶嵌于这绝壁悬岩!

---

① 在大宁河下游,有一段极为狭窄的水面,当地人根据两岸钟乳石的形状,起了一个富有幻想色彩的名字:龙进虎出马归山。

雷鸣二重奏
——大三峡与小三峡素描

一声霹雳炮轰轰隆隆下九天,
一串水晶弹嘈嘈切切跃深渊;

一柄开山的利斧,
一支钻林的响箭;

一台铜琶铁板,
一厢急管繁弦;

一个是贝司,浑厚威严,
一个是女声,花腔宛转;

这个亮,那个暗,
那个壮,这个险;

你有万年郁积的愤怒,
她有终古难咽的幽怨;

暂时平息下来了,曲终见巫山,
谢幕的掌声,一直响到南津关。

背　篼

一伙农民结伴向前走,拄着木棍,背着背篼,
路是这样的崎岖,山是这样的笔陡;
那云封雾锁的前方有他们心爱的穷家,
有他们搂得紧紧的希望和扔得远远的忧愁。

背篼里清一色装满了化肥,好像永远不会有个够,
圆鼓鼓的塑料袋子在阳光下欢乐地颤抖;
汗水在他们的脸上和身上涂满同一个谜语:
为什么实行责任制,担子越重反而越有劲头?

川　江

在这绵延千里长的川江,
排列着千里长的重峦迭嶂,
无论哪一个大小码头,
石级仿佛都直接能通往天上。

三十年前我曾经路过一趟,
那时候生命完全没有保障;
没有航标,没有信号台,
却有十倍的牙礁和舌浪。

而且石板街道又那么坎坷,
吊脚的危楼总是在风中摇晃,
找不到一座绞盘、一根钢缆,
所有的麻包和木箱全凭肩扛。

如今的川江平安多了,
可不知为何我却有点儿惆怅;
缺少了什么呢？——悲壮的号子!
原来,不需要搏斗的地方就会失掉歌唱。

江轮上的噩梦

据了解,黄河泥沙早居世界首位,长江泥沙已居世界第四。

今夜晚,没有山岚的天空是这样晴朗,
红瓦瓦的标灯弹着黑鸦鸦的波浪,
尽管妈妈通宵达旦将儿女们的摇篮轻晃,
不知为了什么,我却独自个坠入了噩梦的大网。

我仿佛看见有两条黄河竞相鼓荡,
一条染黄了北边,另一条染黄了南方,
我的祖国就像一名晚期黄疸病患者,
眼珠子都黄了,黄色的分泌物沾满了我的被褥衣裳。

不能!我绝对不能再失掉这最后一线明亮,
我在狂呼中惊醒,许久许久心儿还怦怦乱响,
今年,我已饮过了三千里的恐惧,三千里的悲伤,
我知道大动脉为什么出血,在哪里渗着她的血浆。

我醒过来了,以儿子的名义邀请全体法医前来验伤,
我要求让被害者出庭,尽管它是失去绿叶和小鸟的树桩,
我控诉瞎了眼也瞎了心的斧头、锯子、谎言、官僚和
奸商,

我祈祷,我们的母亲——平安清吉,万寿无疆!

以上23首,写于1982年6月20日—7月16日

武汉—宜昌—秭归—奉节—巫山—重庆—成都

短暂一生中的漫长一夜
——郭小川忌日六周年祭

一

星光是这样灿烂，
街灯是这样耀眼，
南来北往的人流，
都在提醒我：脚下是武汉。

猛然闪过一个背影，
身材，步态，口音，都像郭小川，
我扭身急步追赶，
同时想大声叫喊；

可又觉得不对，
好一阵头晕目眩！
霎时间街灯全灭了，
星光也随之黯淡……

哦，我终于记起来了，
自己思念的同志，
早已离开了人间，
为时整整六年。

二

关于他——郭小川,
人们告诉我一个真实的故事,
几乎没有情节,
然而十分悲惨——

那一年,他在咸宁干校"锻炼",
有病求医,来到这个九省通衢的地点,
(要知道,郭小川,勇敢的共产党员,
曾经在这儿挥汗沥血战斗过两千一百天!)

按照当时的"身份",
他住不进任何旅馆,
武昌,汉口,汉阳,三棵树抱成一团,
却拒绝向唱歌的小鸟伸出一个指尖。

他掏出通讯录来,
急匆匆逐页翻检,
熟人倒不算少,
简直能组编一个整连。

是什么墙壁挡住了视线?
诗并非 X 光,岂能洞穿?
放逐了抒情,禁锢了浪漫,
更来不得半点儿梦幻。

对于百分之百的诗人,
强迫他做世俗的筛选,
该是何等的痛苦,
又是何等的艰难!

……比较着每一张脸谱和眉眼,
……比较着每一具灵魂和肝胆,
总算下定决心了——
投奔那片熟悉的屋檐。

敲门!敲门!
敲门呀!我们的小川!
为什么偏偏在这个时刻,
你竟也心儿发憷,手儿发颤?

三

"是你?!"主人一声惊叹,
"'解放'啦?"语气颇为亲善;
"没有。因为我的观点不变。"
回答十分坦然。

晴转多云,多云转阴,
接下去……怕会有风、雨、雷、电,
失望,惶乱,尴尬,厌烦……
一切都像白纸黑字,无法遮掩。

"请坐……喝茶……"
可茶杯粘着手心转,
擦,一圈又一圈,
涮,一遍又一遍。

"不巧,我家有病人……
你不怕传染?"
装着像开玩笑,
笑却比哭难看。

啊,我们的郭小川
居然还要保卫诗的尊严;
目光像点着了火,
迸射出看不见的弹片:

"请原谅,我自己就是个病号,
我的传染性,恐怕更危险。"
说罢就径直走了,
双手抱肩,像一只中箭的雁。

一面舔着滴血的伤口,
一面对自己进行审判:
同志爱哟,我怎样不断将你礼赞?
莫非真是我受了骗又将人欺骗?

难道友谊是化装舞会上的蒙面大盗,

隐藏起满脸的凶横,

再戴上温文尔雅的白手套,

为的是把善良和单纯暗算?

啊!他怎么能甘愿承认,

革命者,可以优先考虑一己的苟安!

那么,又是谁打开了心灵的潘多拉魔盒,

释放出如此卑劣肮脏的情感?

四

没有人说得清,这一夜,

他倚定哪根电线杆,

透过凄清的暮色,

凝望着世界的明天;

没有人说得清,这一夜,

他的疲惫的脚步,

在什么长巷中敲着滞重的更鼓

一声声,将黎明呼唤!

阴沉沉的汉水哟,

阴沉沉的长江!

黑魆魆的龟山哟,

黑魆魆的蛇山!

我问你们,可曾看见,可曾看见——
是些什么样的坚硬的燧石,
撞击着他诗的火镰?
一明,一灭,直到化作青烟……

也许,不该在这回忆的伤口上撒盐,
更不堪将它载入文学史或作家传;
是啊,这样的小石子儿委实太多太多了,
湖面已经冻结,怎能溅起漪澜?

五

我想起了我自己,
那些年,正在北方的山村做田。
当我请假获准进城办事的时候,
曾熬过多少个同样的夜晚!

难道我是人世的弃儿?
为什么四周飨以白眼?
没有地方可住,
只好去蹲车站;

小女儿枕着我的膝头,
仿佛睡得香甜;
十年后她才告诉我,
其实她是醒的,哦,可怜!

"爸爸头上的大帽子,
连我也盖在里边。"
原来,她疲乏,是由于小小一把年纪
就感到了生活的困倦。

一会儿箍着红袖章的工人民兵来了,
一会儿又是穿制服的公安人员,
这两种人轮番出现,
将所有的无票者一一驱散;

因为上级教导他们:
这帮家伙——都是嫌疑犯。
然后,他们相继躲进温暖的或凉爽的小屋,
无聊地闲聊,不安地安眠。

执行这样一种并不愉快的任务,
大概,他们也并不喜欢。
老天做证,至于我(想必也包括小川)
对这些奉命行事的,可是毫无怨言!

反正等他们走开了,
我照旧牵着孩子进去,
找一个事先选好的更不显眼的角落坐下,
等待着刚才发生过的事情重演……

六

看我都扯到哪儿去了!
本来我是想起了小川,
想起了他短暂一生中的漫长一夜,
现在被骨灰盒封锁得很严很严……

小川!小川!你知道吗?
如今,太阳又按时在东方露面,
它也像上了轨道的火车似的,
在强调迅速、安全、正点。

多么长久了啊,厄运总是诗人的旅伴,
最早,一直能上溯到屈原。
如今,在我们终生为之歌唱的祖国,
诗人已不需要再当流浪汉!

从今而后,大概可以指望
结束这种生活,直到永远;
凭什么诗人不能和工人、农人一样,
享受更大的劳动生产自主权?!

假如你还活着,我敢预言:
关于这一夜,肯定会留下
真正不朽的诗篇!……

你听清我说的话了吗？小川！

      1980年4月　经过武汉腹稿
   1982年7月17日　写于成都—西安航班的飞机上

都江堰宝瓶口

你真是一只乳瓶!
活命的水,两千年不曾流尽,
庄禾吮吸着你,
日夜挂在嘴唇。

可以不知有昭王,
也可以不知有秦;
该记住的一定世代记住,
哪一个婴儿不感激李冰?

1982 年 7 月　成都

薛 涛① 井

这一汪水井,一圈栏杆,
像一段细腰,一只泪眼,
传说越是装扮,
它越是楚楚可怜。

我却不买桃红色的稿笺,
也绝不写桃红色的诗篇;
文采贱如脂粉,
才能换刺史笑脸。

---

① 薛涛,唐代女诗人,出身世家,沦落为妓,先后被迫依附蜀中刺史多人。

望江楼评竹

我不欣赏佛肚竹,
岂能学它容忍一切,包括污浊?
我也不爱人面竹,
只不过是些假面具,难以测度。

最激动我的还是篱竹!
桀骜难驯,东横西竖;
想起了卡拉扬①的满头乱发,
枝枝叶叶的颤动都诞生音符……

---

① 卡拉扬,世界著名的德籍乐队指挥大家。

武侯祠感事

分明是先主陵寝，
却叫作丞相祠堂；
刘备一死就盖棺定论——
千百年却复印着同一篇文章。

石碑上岳飞书写的《出师表》
是这样双倍地荡气回肠；
它无意中泄漏了历史的悲哀——
人心，又强还又不强。

以上三首写于1982年8月1日—8月4日　甘肃金川

赠《星星》诸诗友

今天我们在草堂聚首，
庭院中洒的不是雨水倒是忧愁；
时不时揭起碗盖吹一吹茶叶，
于沉默无言中有目光交流。

一个心声是既能听见也能看到，
它在檐前滴落，它在杯中漂浮：
倘使我们都能做一个十分之一的杜甫，
通过最简单的加法，也不致如此愧疚。

1982 年 8 月 4 日　甘肃金川

石头在歌唱

（诗　剧）

幕启。

陕西兴平县汉代名将霍去病的墓地，芳草萋萋。

一组表情极其生动的石刻，在晨光熹微之中，随着风吹薄雾，仿佛活了起来。

我走上前去，向它们三鞠躬，说了一声：石头歌手们好！

我： 参见列位歌手，
　　　请问今年高寿？

众石头： [活跃]
　　　问得好生蹊跷！
　　　难道俺们老了？
　　　长在秦岭之巅，
　　　不过亿万春秋。
　　　娘亲当然是宇宙，
　　　摇篮就是这地球。
　　　起个大名叫伟晶石，
　　　——石料中的石料。
　　　然而有件事儿着实纳闷，
　　　为啥敌不过石匠的双手？

我： 您说石匠的手么？

又狠又韧又巧！

世上任什么东西，

都吃不住它们搓揉。

可是话又得说回来，

它毕竟是人间血肉。

众石头：[认真得近乎发恼了]

呔！你休要看俺们少一点灵性，

就这么连哄带诓地撩逗！

俺们难道不懂得那是血肉？

可指挥血肉的是意志，

而意志后边还藏的有——

石卧牛：[憨厚地]

役使万物的雄心，

石卧虎：[严肃地]

无所畏惧的奋斗，

石蟾蜍：[天真地]

别忘了他们可爱的幽默感，

石野猪：[嘟囔]

还有施展不尽的计谋，

石鱼：　[扑哧一笑]

还有幻想呢，

那幻想真够奇妙！

竟然安排水族搬家，

上到了墓顶高丘！

石卧马：[像个哲学家]

我觉得，也许这暗示着沧海桑田吧，

人类有人类的痛苦和忧愁。

石跃马：［愤然驳斥］

不对！应该说是——

伟大的不间断的追求！

石卧象：［老成持重地总结］

我算信服了，

人，真无愧于灵长的称号；

至于俺们，不过是些

被降服、被驯化的兽……

石匈奴武士：［在踏着他的战马下挣扎，哑声吼叫］

我抗议！

我当年可是贵族，而且不折不扣！

除了石匈奴武士以外的全体石兽：［嘲弄地］

哈哈！

嘻嘻！

真逗！你吹的什么牛？

奴隶主！强盗！杀人犯！贼酋！

石匈奴武士：［面红耳赤地争辩］

我有高贵的血液做证！

气昂昂而雄赳赳！

百分之百的单于嫡裔，

百分之百的可汗后胄！

请看我箭在左，弓在右，

还有这须如猬毛发如虬！

众石兽：［继续揶揄］

那么，你的毡帽呢？

　　　　　　干吗在北风呼呼中光着头？
　　　　　　那么,你的皮靴呢？
　　　　　　干吗在白雪皑皑中赤着脚？
　　　　　　莫非是你嫌累赘,
　　　　　　把它们扔下了山沟？
　　　　　　当心大将军显灵!
　　　　　　你呀,不识羞!
　　　　　　[石匈奴武士赧然语塞]

合为一体的石熊与石人:[威严地咳嗽]
　　　　　　诸位! 别闹! 如今该着我开口!
　　　　　　我一半有人,一半有兽,
　　　　　　合成一个谜,
　　　　　　谁也猜不透;
　　　　　　有的说我们在拥抱,
　　　　　　有的说我们在搏斗,
　　　　　　错了! 全都错了!
　　　　　　我们是两千年前的古典主义象征派,
　　　　　　体现着无名艺术家的
　　　　　　一种探索,一种痴情,
　　　　　　一种热梦,一种潜意识流!

众石兽:[欢呼]
　　　　　　对! 对! 说得对!
　　　　　　俺们岂不都有那么一点儿魅力么？
　　　　　　恶的不恶了,丑的也不丑;
　　　　　　兽看着俺们以为是同类化石,
　　　　　　人看着俺们惊叹着艺术结构!

多么好呀，俺们——

一堆没有呼吸的冥顽

却获得了生命与自由！

我： 原来你们有如此丰富的想象力，

逻辑推理也这样一丝不苟；

想必记忆的信息保存良好，

能否谈一谈地下的霍嫖姚？

众石兽：[庄严而又黯然]

当然可以，

历史不朽。

俺们甘愿做他的卫队，

俺们甘愿当他的牲口；

这是俺们的光荣，

有幸把大将军伺候！

记得是元狩五年，

大将军盛年早夭，

皇上因失了肱股而悲恸，

百姓因失了长城而纷扰。

武帝亲自为他选择墓地，

就在这茂陵右首。

那心思不言自明，

将军的神勇称得上空前绝后，

从今起，上穷碧落下黄泉，

有谁能替朕分忧？

[转入深沉地叙述]

那是个金风送爽的日子，

普天下的兵马都往京畿征调,

望不尽的黑盔黑甲,黑袍黑绶,

从长安到茂陵黑了个稠!

八十里路鸦雀无声,

三军涕下如雨,渭河泪水长流!

老石匠不出声地浑身发抖,

那光景怎能忘掉!

俺们也都哭了,

真的,眼泪能叫錾刀生锈……

我:　想不到你们会这般动情,

有时候怕就是人不如兽;

忍不住长叹一声:

"念天地之悠悠!"

众石兽:[异口同声地]

汉武帝是个好皇帝!

我:　可他同样有不少污垢!

众石兽:[宽厚地]

俺们不和你辩论,

反正他不曾把元勋当罪囚!

我:　这倒也是事实,

我愿投赞成票。

众石兽:[诚挚地]

唯有他下过《悔过诏》,

历朝历代,谁能有这等气度恢宏,

见识高超?

我:　哦,我同意,我同意,

不过,不远处就是他的灵柩,

让他听见背后议论多不好,

不如欲说还休。

[天色大亮,石刻定位,我亦离去,幕落。]

1982 年 8 月 12 日　金川

最初的一瞥

一个沙岗,又一个沙岗,
一个太阳,又一个太阳,
野性的旱风扑过来把我拥抱,
我的心困惑了,为什么它滚烫而又凉爽?

要诗歌在这儿扎根并且成长,
需要从什么样的神话中汲取力量?
我看见了多少热得能点着火的眼珠子啊,
也许,正是如此才没有泪水,没有忧伤。

沙 氏 家 族

这当然是一个庞大的家族，
他们之中既包括人，也包括植物；
可能并不都选择沙作姓氏，
却无疑是沙的嫡亲裔胄。

沙打旺！这名字再美不过了！
想必是整个家族的图腾和符箓；
它蕴蓄着多少坚忍不拔的希望，
它包容着多少沉默无言的痛苦。

篱 笆

一道道篱笆,挡住了莽汉的醉步,
庇护着无数的幼芽和脆弱的花菁葖,
既不是北方的冬青,更不是南方的翠竹,
不起眼的毛条组成了威风凛凛的队伍!

清一色穿着朴素的灰绿色的军服,
清一色挺着精悍的多肋条的胸脯,
它们的形象本身就说明了无限的忠诚,
它们的忠诚本身又解释了为人民服务。

致园丁（一）

你洒的汗水肯定更比雨水多，
要不你怎么能灌溉这片大漠？
这是人与自然间的一盘漫长的对弈，
你沉着地布下兵马，一格一格争夺……

我相信你的汗是绿色的染料，
甚至你的血脉也是绿色的江河；
你的眼光就是长明的绿灯，
为我们指示道路：生命本来是一团绿火。

致园丁（二）

在亿万年无休止的败北中，
你们第一次发起了小小的反攻；
面对着至今还在持续的自杀，
你们敲响了清醒而悲壮的警钟。

你们的属相准是十二生肖之外的骆驼，
吃的是带刺的衰草，睡的是如盖的狂风；
我真愿意学习你们哪，咬住一个决心——
死了，也要用尸骨的鹿砦阻挡黄龙。

火 炬 树

敬礼！沙漠中崛起的火炬树！
给我以光明,给我以信心,给我以前途,
前六个月你燃烧烈焰般的花朵,
后六个月你索性全身敷丹施朱。

火炬树啊,你可是奥林匹斯山上的红烛?
给我以号召,给我以力量,给我以幸福,
跑！跑！跑！坚定、稳健、迅速,
为了祖国,将失去的田庄果园一一收复！

花棒（一）

既然有生命，就必须开花，
而且，要开就开个痛快，开个繁华！
因此你遍体才挂满了铃铛，
摇着欢乐，摇着色彩，摇着喧哗。

假如世上的棍棒一律像你，
人们的皮肉将永远免遭毒打；
同时心灵也会变得十分美丽，
敌意和妒恨全在爱情中融化……

花棒（二）

不过我怀疑,你大概是一根哨棒,
当年,曾解押钦犯流放这边疆,
愚蠢的禁卒将你不断挥舞,
才溅下这满身的斑斑血浆。

当囚徒终于被打死在这绝域蛮荒,
禁卒回去了,顺手把你插在沙上;
你立刻含着恼怒的眼泪生根发芽,
年复一年地捧着鲜花将冤魂祭飨……

文 冠 果①

本来你是平凡又平凡的沙生植物，
自生自长，并没有半点特殊；
自从那些年被巫婆涂上一层脂粉，
便强迫你摆上供桌，替她兴妖作蛊。

谁说瀚海是一片贫瘠荒芜？
你的液汁却这样甜美、芬芳而又丰富；
然而你竟被树为样板了，究竟是何缘故？
我想，沙中榨油，当是她不可告人的企图。

以上各首写于 1982 年 8 月　甘肃金川

---

① 文冠果，俗名木瓜，嫩时香甜多汁，老了可做油料。由于江青的聒聒，一度身价显赫，仿佛是她创造了新品种。某些卖身之徒争相歌颂，致使其命运可笑可叹，一如芒果。

李冰太守夜巡歌

夜深沉，
月儿睡去灯未醒，
离堆有风喷薄雾，
山岚无梭织彤云。

都江堰，
二王庙中摇花影，
忽而吱嘎山门开，
衣衫窸窣脚步轻。

老太守，
三更何处去出巡？
孝顺小儿紧相随，
不忘铁锹攥手心。

二郎好，
羞着纨绔爱布裤；
爱泥爱水爱父业，
生子当如少府君。

父子俩，
殿上徒自立骸形，

三魂七魄俯仰间，
绵绵热肠暖万民。

下山去，
当先一着查宝瓶；
不拈柳枝不受供，
愧煞南海观世音。

无异象，
再登犀台观水情；
岷江之水天上来，
天乳理当育百姓。

论水性，
道是无情却有情，
世乱逼它夺路走，
天下太平自然平！

正沉吟，
灌区一片绿盈盈；
稻麦黍稷齐拍手，
过州过县争相迎。

太守乐，
一如酒后呈微醺，
深一脚来浅一脚，

多亏二郎挽扶稳。

最堪笑,
世上传说乱纷纷;
几时化牛斗恶犀?
何曾屠蛟动血刃?

李冰我,
但念苍生多艰辛;
治水全凭百工力,
勒石才传三字经。①

叹人间,
不知自重反自轻;
明明亲手创世界,
不信自己偏信神!

鱼儿嘴,
础石丛中竖钢筋,
太守眼花认不得:
何人移我定水针?!

---

① 川西平原灌县二王庙,山门之前立一巨碑,上镌如下文字:
深淘滩,低作堰,六字旨,千秋鉴。
挖河沙,堆堤岸;砌鱼嘴,安羊圈;
立湃阙,留漏罐;笼编密,石装健;
分四六,平潦旱。水画符,铁桩见;
岁勤修,预防患,遵旧制,毋擅变。

安澜桥,
款款腰肢微微嗔;
拔除朽木换铁桩,
只剩滩声似旧音。

打谷场,
遍地撒的金和银,
果真道路不拾遗?
无人看守是何因?

砖瓦堆,
红的红来青的青,
想是旧屋换新宅,
有柱有椽复有檩。

举目望,
通都大邑并小镇,
百犬不吠任我走,
权当夜班下工人。

庄禾熟,
不饥不寒不相侵;
满地墙头写啥子?
五讲四美两文明。

好纳闷,
似懂非懂闹不清;
自来微服多察访,
几曾见过这情景?

治蜀难,
天下未乱蜀先乱,
天下已定蜀未定,
当今太守第几任?

二郎忍,
忍俊不禁笑出声:
我家爹爹好糊涂,
白天不看也不听。

没听说,
人人都夸共产党亲;
最是实行责任制,
十分人心得十分。

您不见,
世上新人换旧人,
庙中哪有烧香客,
一色旅游中外宾。

纪念您,

　　　　全靠人心一杆秤；
　　　　焚书坑儒役佚苦，
　　　　中国早已不归秦……

　　　　天欲晓，
　　　　冉冉红日将东升，
　　　　太守撚须语二郎：
　　　　泥胎也该换脑筋。

1982 年 9 月 19 日　北京

附：致《星星》编辑部小札

《星星》众星：

　　今年七月十三日，得遂平生之愿——畅游了一次都江堰。过铁索，抚鱼嘴，登离堆，观宝瓶，一路上听了许多神话，自信能理解其庄严。二王庙中，李冰父子塑像极为传神，特别是 1974 年移建安澜桥时从河床下五公尺处发现之东汉建宁元年（公元 168 年）的历史珍品——李冰石雕一座，令人感慨万端，真乃是：历尽劫难，遗爱不灭。可是，想来想去，却歌咏不出这万端中的一端。这回又试着变了一个调子，虽自知不足以望陆棨、胡笳之项背，但又直觉非如此写法不可。犹豫再三，还是拿了出来，请你们看看，是否能判个三分？在我，仅求一吐积愫耳。致以敬礼！

公　刘
1982 年 9 月 22 日　合肥

告别庐山雾

天天如此,雾似的雨,雨似的雾,
坐在屋里,也能湿透眼珠;
好生憋闷,好生局促,我惴度
是否它升腾于不远处的一座水库?

那是个不发电的人工湖,水寒伤骨,
旁边有座豪华无比的国际友人俱乐部,
据说,它警卫了近二十年,原系别墅,
为何戒备森严?谁解其中缘故?

不打听也罢,世事烟中看,迷离且恍惚,
苏东坡诗云:身在此山中,不识真面目;
兴许,有朝一日气象变化大易寒暑,
可能,人们会有希望看个一清二楚。

1982 年 9 月　追记于合肥

庐山剧场

在庐山,住了一月有余,
却不曾去看过一次戏,
我怕走进那儿,我怕中途想起
那出闭了幕的最大的现代悲剧。

不解的是,剧场门前青松列队,
何以都朝着一个方向干斜枝垂?
面向当年的舞台,它们肯定右倾,
而面向世界,却"左"得稀奇。

1982年9月　追记于合肥

仙 人 洞

大概全庐山别无一处名胜
能够达到这样的夸张水平；
一旦你联想到那个罪恶的代号，
它就不但毫无仙气，反而充满妖氛。

劲松在哪儿？教人难以访寻，
无论你从什么角度取景，都不见踪影；
天上、心上同时疑云竞渡，也许
一开始就是骗局，发傻的可不止咱们。

1982年9月　追记于合肥

李太白之死

——谪仙人归天一千二百二十周年祭

一

人不能选择来,
该当能选择回,
至少,可以选择从何处启程归去;
天上的谪仙人啊,李太白!
我赞美,
我钦佩,
您精明地把羽化飞升的方位
安排在锦心绣口的吴头楚尾。

二

翠螺山
正是您醉后扣转的玉杯,
采石矶
留有您捉月奔江的金垒;
那上帝派遣来的神鲸啊,
早就从江心露出了它巨大的脊背——
"我来驮您,我来驮您,
我是您可靠的坐骑!"
魂兮魂兮,终于决然走了,

魂兮魂兮,走得未免太急……

听那神鲸的一声声呼唤,

至今还回声如雷!

三

不可尽信史籍,

史籍有真有伪;

宁愿相信讲古,

讲古才是心碑!

百姓们舍不得您走啊,

哪怕替您死上三千回!

猜想是借宿于酒家吧,

岂能料沉疴在腐胁!①

又想:倘或真的染恶疾,

天子圣明何不遣太医?!

我有不平啊我有怨怼,

我有叹息啊我有眼泪,

唉唉,我好生糊涂啊,

唉唉,我自羞自愧!

难道,太医会给"编唱本儿的"号脉处方吗?

望、闻、问、切,侍候的是皇上和贵妃!

四

人们都能记起,

---

① 腐胁,即胸脓肿。

每当节日兴会,
您一定身着宫锦袍,头戴双翅盔,
还登上那高力士脱过的靴子,
来到这江唇山嘴,
击剑狂歌,临风一酹,开怀大醉,
然后挥手而就——
成百篇的长行短句!
真是旷古未有的奇才呀,
昂藏七尺的须眉!
惭愧,我却不善骑射,不能海饮,
单凭这,也证明我不知诗味!
终其生,我想,
不过是平庸之辈。

五

相传那一日,
您又来江干排遣愁绪,
忽而有妇人号哭,
一阵阵摧肝撕肺;
您为这巨痛至哀所慑吸,
一路寻寻觅觅,
终于发现了
一张破网,一支烂楫,
一个孤苦伶仃的女子
怀抱着垂危的孩儿悲泣。
您急步上船,问明原委,

得知她五口之家竟有三名怨鬼——

丈夫驾船打鱼,

官府捉兵,忽报战死边陲,

高堂白发公婆,

不饮不食,先后黄泉相携;

剩下孩儿尚幼,

偏又命在旦夕……

"天哪,怎么不睁眼?

天啊,教我指望谁?"

她边诉边啼,

您又恨又急;

有了!您一跺脚,忽而双目生辉,

连忙低声安慰:

"照料娇儿当紧,

待我去去就回……"

六

等您赶到当涂,

早已气喘吁吁,

您直奔县令府上,

伸手将纹银索取,

李阳冰是您的族叔,

却又不拘于叔侄之礼;

他呵呵一笑,将您打趣:

"何处沽酒?愚叔奉陪。"

(我们真该向这位父母官

打恭作揖,
没有他苦心经营,
哪来的李太白全集!)
您惨然一笑,
小侄从此忌了!
绝不再沾半滴!
杜康固可助诗兴,
却也能令人麻痹!
当今之世,
满目疮痍,
诗再多再好,
终不过是点缀!

七

再回江干时,
三星已偏西,
那妇人宛若一尊化石,
怀中搂的是冰凉尸体,
但见她整衣起立,
吐出一句话,字字千钧锤:
"活着不如蝼蚁,
贪生又有何益?
君子古道热肠,
来世再报恩义!"
语音尚未了,
已被浪吞没。

我们的谪仙人啊,
此时浑身颤栗,
一如遭了雷殛!
兀立不动,两眼发直,
天,地,江,人皆无语;
白花花的碎银子,
乱纷纷跌落舱底……

八

怎么能忘怀了
眼下这一幕惨剧!
您心头闷闷不乐,
您身子摇摇欲坠,
多么想喝它一斗啊,
醉了,方能与世无争议!
但您终于咬了咬牙,
狠狠将自己责备:
"不能逃跑!不能颓废!
如此世道,贪杯有罪!"
……收拾起乱麻般的心事,
茫茫然不知身在何地,
但见江中一轮明月,
倒影儿贴着天帏;
"哈哈!月儿!久违久违!"
人们总说您这是酒后清狂,
我可得为您辩白:

不！恰恰是您一生中最清醒的瞬息！
"月儿呀,你害我找得好苦！
月儿呀,难道忘记了我有多少诗句歌颂过你?！
月儿呀,你徒然长一株香桂,
月儿呀,你枉自洒许多清辉！
吴刚呀,你的斧头该砍却人间的不平,
嫦娥呀,你的长袖该拂去人间的污秽！
还有你终生捣药的可爱的玉兔呀,
你的药,怎不见赐给下界,那怕只是些微！
对了,对了,你们全不管,我偏要管,
我去求些灵丹吧,救救我的同胞族类！"
于是,谪仙人纵身一跃,
向着漂摇的月儿扑去……

九

李太白,您和黎民共着忧乐,
李太白,您和众生共着呼吸；
怎能忘啊,憨厚的戴叟赠春酒解渴,
怎能忘啊,慈祥的荀媪供秋粮充饥,
怎能忘啊,潭落桃花谢汪伦,
怎能忘啊,云封石门访高霁……
您看见了吗？工匠们想您,
铜陵熔炉里紫烟直叩天扉,
您知道了吗？农夫们想您,
秋浦乡村起名叫青莲大队！
哪座名山没有您的石床石椅？

哪爿小肆不挂您的太白酒旗?
就连您的坟头,
都巴不得各州各县分立一堆!
翰林供奉只不过是个虚名闲职,
您又何尝习惯摧眉折腰事权贵!
诗篇成了全民族的宝贵财富,
这才是至高无上的千秋万岁!

十

而今凭吊采石矶,
衣冠冢前我久唏嘘,
一整圈山梨花齐戴重孝,
那色调与尊名正相匹配!
谢家青山多崔巍,
伴随仙骨生灵气;
清明岁岁有,白幡年年飞,
远村近社父老相约来奠祭!
谪仙人啊,从识字发蒙就开始诵读,
甚至从牙牙学语就渗入骨髓,
您的神奇!
您的俊逸!
您的崇高!
您的美丽!
都是我们精神的主旋律!
假如世上有诗国,
那么,您和杜甫忘年交,

当是一只双头凤凰的国徽!

1982年10月1日　合肥

你！大运河！

你！大运河！

闯荡江湖的袍哥，

寄身于了一切王朝的食客，

(管它们是兴盛还是衰落!)

你太饕餮了，

你才喝钱江水，

又喝长江水，

再往北还要喝淮河水,黄河水,海河水，

你总也喝不够，

你总是嚷嚷渴；

你喝掉了泽被万民的福祚，

你喝掉了胼手胝足的开拓，

你喝田妇的苦泪，

你喝纤夫的咸汗，

你喜欢官商们躺在你身上淫乐，

猜拳行令,杯盘交错，

你卑贱地吞下那些残酒，

你居然包庇他们倒卖白的盐,黑的心，

以及五光十色的锦缎绫罗……

你还是喝不够，

你从不打饱嗝；

你甚至兴高采烈地扑上去喝皇帝的尿，

你也加入了那帮无耻之徒的行列,
建一座"皇恩浩荡"的碑碣。
你!大运河!
你太无耻了,
你没有人格!
对于你,我没有歌,
我只有火,
只有牙齿和牙齿的摩擦和碰磕!
但是,我并不想挥舞我的拳头,
因为我真诚地希望:
面对着这些宽厚的创造者,
你,能将功补过……

迷　　楼①

汽车在公路上疾驰，
同伴伸手一指：
瞧！那儿就是迷楼！
那数丘菜地，一方莲池……

我想起了
歌台舞榭与兔葵燕麦交替轮换的
悲哀而愚蠢的公式，
想起了独夫杨广，
想起了他的暴虐、淫乱和无耻，
也想起了他那注定要破碎的镜子，
一声喟叹："好头颅！谁当得之！"
万千双皮包骨头的手揭竿而起了，
赐给他一个不甘心的死。

然后，又是新的万岁爷，
然后，又是新的什么楼，
不！我们发誓：
今天，要彻底斩断这磨道上转圈的历史！

---

① 隋炀帝的行宫，重门叠户，曲栏幽廊，入则迷失方向。

八怪画馆

扬州八怪,
我们的古典印象派!
有志,有胆,有才,
八只大鹏鸟,一字儿排开,
飞越了多少年代!
伟大的艺术造山运动哟,
你不过也就是挥笔的风,泼墨的海,
却把纸糊的画坛和纸扎的朝廷,
一股脑儿吓得东摇西摆。
而且分明能感觉到
你的余波,
在某些神经衰弱患者心上
一直轰鸣到现在。

请问,
在我们当中,
谁眼闭耳塞?
谁心胸狭窄?
那么,上这儿来吧,快!快!
一开始,也许你会瞠目,结舌,咂腮,
稍等等,你肯定能平静下来,
不知不觉间,
加深了对于变革的理解。

鉴　真

在日本有个地方叫作奈良,叫作奈良,
舍利塔中曾安葬中国和尚,中国和尚;
尽管我并不赞赏这种信仰,这种信仰,
却唯愿也能爆发那股力量,那股力量。

五次三番他东渡险遇风浪,险遇风浪,
直到双目失明却不失方向,不失方向,
最后登陆成功了实现希望,实现希望,
便把肉身和友谊留赠异邦,留赠异邦。

平 山 堂

> 月来满地水
> 云起一天山
> ——［清］板桥郑燮

除了风,除了露滴,除了鸟儿歌唱,
除了林涛,除了太阳轻唤花朵开放,
在这儿,听不见浮尘中跌宕的嚣响。

不论你对自己谈心,对历史谈心,一概无妨,
上可以对天,对天上崛起的山岗,
下可以对地,对地下流泻的汪洋。

哪来的书香、茶香,夹杂着焚椒烧兰的芬芳?
空无一物呀,几件楠木家具,三面雪白粉墙,
世上的另一世界,心中的又一心房,啊,平山堂!

瘦 西 湖

是谁？替你起下这么个美的名字？
像西子，偏有她不及的纤细腰肢；
该当你看出了我千里迢迢一片情痴，
才款款摆动那一厢弓身施礼的柳丝。

细雨迷蒙，莫非又回到了烟花三月泛舟时？
问杜牧，何处有明月下吹箫的处子？
二十四桥过处，但见农家罱泥，壮夫凿石，
都道是，愿扬州更加清丽端庄如同一首好诗。

雨 花 石

雨花台刑场，
凭吊者太多，
再也挖不出雨花石了，
土地一寸寸全被筛过。

于是好梦赶夜路而来，
想方设法抚慰我；
只见她轻轻一招手，
就变出了最美的两颗——

同样都四周白得发蓝，
中间却嵌着黑亮一坨；
依稀又布满了红丝，
一如那充血的眼结膜。

如果这是一对眼睛的化石，
它们意味着什么？
如果它们并不是眼睛，
干么又总是凝望着我？

哦，我记起来了，不错，
我们的确在什么地方相见过；

好同志,有何嘱托,
请对我说,请对我说。

　　实不相瞒,我也曾是诗的爱好者,
　　爱得就像着了魔;
　　当年我刻印的每一张地下小报,
　　那补白都烧过我的心火。

　　而且,据我所知,
　　在这儿死难的全为了一首大诗的创作,
　　从他们弹孔密集的肉体中
　　飞走了多少诗的魂魄?!

　　因此,我愿与你携手相握,
　　借你的笔继续我被打断了的吟哦;
　　假如你能成为一棵花树,
　　我要求你结一百颗的果。

我猛然惊醒过来——
震骇于我自己的大胆承诺;
并且我立刻充满信心地写将起来,
因为有这样的雨花石陪伴我生活。

栖霞山第一百窟

栖霞山呀栖霞山，
恨我来得太晚！
九十九座神龛俱都砸烂，
第一百座……也未幸免。

真乃天下第一胆！
这最后一窟，石匠本人竟跃上法坛；
草履短褐，手握一锤一錾，
失去了头的本相比众佛更加庄严！

可惜无从查访破"四旧"的好汉，
今日他可自知羞惭？
一口一声：你资产，我无产，
偏偏造自家祖宗的反！呔！瞎了眼！

明 孝 陵

孝陵,孝陵,
孝心在淮河之滨,
为了那块风水宝地,
筑一座城保一座坟。①

还亲笔撰写碑文,
历数租佃、挨饿、逃荒、出家的苦情,
可偏偏不告诫后代,
莫忘了普天下庄户人。

奴隶照旧得安于奴隶的命运,
只不过换了姓朱的鸣鞭掌印;
要真懂怎样当人民的孝子,
该去梅园新邨。

---

① 朱元璋在安徽凤阳老家,就卷席而埋的双亲墓地堆起了一个大山包,号称皇陵。外筑宫城、砖城、土城三座,充以宫殿、官厅、神厨、酒房等各数百间,又有金门、御桥、水关、碑亭、祭署、卜舍等,周长二十八里,备极壮观。后来被张献忠一把火烧了,剩下石人石兽三十二对,迄今大部尚存。

伟大而悲壮的往事

——参观太平天国遗址遗物有感

地上岂能建立天国？
驳杂的梦境，亮色的外形；
当我穿越过短命的王爷府第，
鞋底板也能得出这个结论。

田亩制度美得像一首诗，
构思虽好，却押错了韵，
革命绝不因火光而加倍壮丽，
烧过的果实不过是一堆灰烬。

先净化首领们的灵魂吧，
纯洁，拒绝下蛆的苍蝇；
用无缝的壳封闭私欲也许是痛苦的，
可这是神圣的终身监禁！

如果热衷于在头上制造光轮，
无异是吹肥皂泡，到头来了无踪影；
谁知道洪秀全们咽气时想些什么？
我却看见，那尸体组成的字标：此巷不能通行！

石 头 城

滚滚长江水,已经谦恭地退去,
卷走了浪里嘶叫的前朝旧曲;
石头城就剩下这短短一截了,
仿佛是历史着意留下的回音壁。

且不说那六朝金粉剥落无遗,
"总统府"前早扫净了降幡落旗;
由于悲啼,它曾露出十二颗残牙,
正是它当年咬碎过多少希望与生机!

南京还是南京,并未改名南夷,
凡属人民自己的土地,一律同等待遇;
甚至对她还有点儿破格眷顾,
因为她怀抱一串诗歌、传奇和回忆。

1982年9—10月 写于合肥;回忆、整理
1980年初南京—扬州之行

很久很久以前……①

很久很久以前,
就有个秘密藏在心窝:
我要到南斯拉夫去,
看一看亲爱的铁托。

如今,我终于来了,
他,却被马克思挽留在天国;
我只好用湿漉漉的目光,一一溅泼
他留下的这遍地花朵。

而且我注意到了
这大片的花海并不单是灼灼赤波,
尽管红花是美丽的,
像游击队的旗帜,像游击队的篝火。

正如我们脉管中奔流的生命
全都有一种共同的色泽,
然而这神奇的琼浆,却滋润着
不同的皮肤、毛发、眼睛、腿和胳膊。

---

① 此诗是作者在第十九届贝尔格莱德国际作家会议上发言的结束语。

是铁托教育了我,

最重要的并非关于整齐划一的美学;

而是应该像他那样,

锤炼铁的神经、铁的骨骼、铁的气魄。

1982年10月18日　贝尔格莱德

西去的航程

此番告别了北京,
等于告别了祖国,
我们打西大门出去,
一路上听飞机哼着歌,
(仿佛是《冰山上的来客》)
红色的外事护照,
紧紧地贴住心窝;
它就是我的万能钥匙,
哈哈!无论是上帝或者撒旦,
都造不出困住中国人的锁!

可是……不过……
从左舷窗望下去,
地上是沙漠,
从右舷窗望下去,
地上是沙漠,
没有水草,没有帐幕,
甚至没有骆驼……
地球竟如此丑陋吗?
我只得缄默。

然而我终究忍耐不住了,

悄悄地放下了活动小桌,
从行囊里找出地图,
用眼光仔细摸索——
刚过去的该是塔克拉玛干吧?
(那意思是:进去出不来,
请原谅我把话说破)
正在穿越的是塔尔沙漠吧?
(我猜这是印地语,
甭琢磨,那含义准也差不多)
前面是鲁卜哈利沙漠,
再前面是小内夫得沙漠,
更前面是大内夫得沙漠,
(全都是些阿拉伯方言,
谁知道说的什么!)
沙漠,沙漠,沙漠……
地球竟如此荒凉吗?
我感到寂寞。

好了! 好了!
马克思来救我们了!
看见塞浦路斯的橄榄树了!
看见达达尼尔海峡的大船坞了!
看见贝尔格莱德机场的雷达站了!
欧罗巴的温暖的红星哟,
闪灼,闪灼……
我马上就要降落,

降落在一个自家人的外国,
怎么能不格外快活!

铁　托　墓

洁净的大理石,
有棱有角,
四四方方,
第一个感觉是庄重,
第二个感觉是明亮,
第三个感觉是
硬得像铁一样。

上面镌刻着:
布罗兹·铁托,
满共不过一行。
淡荡,真淡荡。
名字旁边是
不知什么人送来的石竹和郁金香。
芬芳,忒芬芳。

我们也不是谒墓,
而是将中国的老朋友探望,
心和心
拉家常。
他对我们讲:

不仅克罗地亚扎果烈,①
整个南斯拉夫,
都有开采不尽的铁矿;
而无论工具、武器、心肠,
凡是铁铸的
肯定有力量。

------

① 克罗地亚共和国扎果烈区是铁托的故乡。

南共大楼

我要高声礼赞,
这天下第一等的胸襟!
用党费盖起来的
二十八层党中央大楼,
没有一个卫兵。

高山仰止啊,
我带来的只有
诗歌,风尘,
和一个东方共产主义者的崇敬!
也许,
该进去做一次同志式的访问?
摸摸衣兜,
没带组织介绍信。

那么,就站在这儿仔细打量吧,
背靠着
钢化玻璃大厅,①
只觉得,

---

① 在多瑙河堤与南共大楼之间,有一座完全玻璃结构的"萨瓦会议大厅",中国同志戏称为"水晶宫"。

我的心
立刻和这一切融为一体了,
永不破碎,永远透明。

克拉古耶瓦茨一堵墙

每块方砖，
都刻着一个烈士的名字，
每个名字，
都象征南斯拉夫的意志。

用这些砖砌起来的高墙，
是一首站着的诗；
你不能随便看它一眼，
你必须脱帽仰视。

粉碎性音乐 ①
——"伟大的一课"旁听笔记

如歌的行板
是大无畏的魂魄，
一缕缕，出自墓穴；
周而复始地爆裂、哽咽、间歇，
彻底地
摧毁了我的视觉。
怎么啦？
橡树成排成排地倒下去，
就像那七千名就义者！
眼前
失掉了绿的山野，
遍地（包括我身上）都在流血。
今天，在这儿，
在克拉古耶瓦茨，
我参加了一年一度签订的
生者与死者的盟约，
也头一次懂得了，
什么场合

---

① 南斯拉夫解放战争中，德国法西斯一次屠杀了克拉古耶瓦茨的七千名人民群众。每年的12月21日都要举行全国性纪念活动，名曰"伟大的一课"，庄严、隆重、简朴，实在是一种很好的传统教育。演奏和朗诵，都极为悲壮，感人至深，人称"粉碎性音乐"。

碰杯是猥亵，

而倒是需要

粉碎性音乐。

噩梦的肖像
——题克拉古耶瓦茨展览大厅的一幅油画(LUBAROA 1968)

一只覆盖画面的大手掌,
徒劳地,徒劳地
将我的眼睛遮挡,
我终于看见了,指缝中
架满了法西斯匪徒的机关枪。
……流火四溅,血
从所有被打断的脉管里
往下淌,往下淌,
滴答到展览厅的地上,
滴答到我的心上……

这不是油画
这是噩梦的肖像;
这样的死亡是美丽的,
光荣的克拉古耶瓦茨——
没有犹大的地方!

自　由
——参观克拉古耶瓦茨革命博物馆有感

有谁见过自由的售价？
无论是卢布，
或者是美元、马克和里拉，
都不能用来标码。
然而，它却坚持需要这样一些抵押：
热的血，
过早的白发，
失去孩子的妈妈，
等待结果的枝丫，
来不及开放的鲜花……

我们愿拿！我们愿拿！
给你？
我们不吝啬！
我们不害怕！
自由乃是慷慨者应得的报答！
能始于自由，
才终于伟大。

活在你们当中的火[1]

——给守卫篝火的孩子们

露天里呼呼地烧着一堆篝火,
点火的人儿他再也没能来过,
留下了引火棍将往事从头叙说。

露天里呼呼地烧着一堆篝火,
这堆火就像他在你们中间生活,
有了他即便在黑暗中也不用摸索。

---

[1] 1978年,铁托同志在克拉古耶瓦茨亲手点燃一堆篝火,迄今未灭;当时用来点火的棍棒还保存在博物馆内。

铜　　像

据我所知，
南斯拉夫并没有大铜矿，
但他竟如此慷慨，
到处都竖着铜像。

无论你走进什么市镇，
哪怕是稍大一点的村庄，
花园、街口、或者小小的广场，
说不定就会遇见
某一个在石座上站了几百年的
诗人、作家和无名英雄的
陌生而又熟悉的目光。

这时候，你不妨立定，
向他凝望，
长久地凝望。

你一定能感觉到：
他不仅形体在运动，
他还有运动着的思想。

他是物化了的歌声，

物化了的梦和欲望;
他爱过,他恨过,
他也有自己难言的忧愁和惆怅。
但他首先是爱国者,
不管他是否佩刀荷枪;
空气中响着他生前的誓言:
他甘愿死后在这儿站岗。

他,是土地的盐,
民族的脊梁,
时间的见证人,
光荣的徽章!

是的,南斯拉夫不产铜,
但南斯拉夫绝不会由于缺铜而灭亡;
保卫着南斯拉夫的,
除了活着的战士们,
还有这无数的
拒绝铜臭的铜像!

两 穗 玉 米

记得吗？米诺什，
那个下着小雨的清晨，
向导领着我们
进了卡齐村，
敲开你家的门——
天啊，一群不速之客，
而且是外国人。

看得出来，
你很吃惊又很高兴，
也顾不上脱下工作服，
就领我们参观你的家业、光景，
饲养棚，库房，拖拉机，康拜因……
那些高视阔步的火鸡是多么气愤啊，
听不懂的汉语，
打扰了它的安宁。

其实，我们也是农民。

伏伊伏丁那
对安徽、四川和北京郊区
敞开了自己的客厅。

唉,这么多双沾满泥水的鞋子,
破坏了地毯的洁净,
我们因自己的脚而脸红了,
抱歉地
望着宽厚的女主人。

大家纷纷坐定,
同时顾盼不停,
这儿的豪华照亮了我们的眼睛。
你自豪地公布着你的财产清单,
一宗宗如数家珍:
九头牛,每日产奶五十公斤,
三十口猪,很容易辨认:
黑的——肥油型,
白的——瘦肉型,
顺便你笑着交代,
你爱吃荤,
一顿能啖肉整三斤。
刚才,喝下去半公斤奶,
可有时又一滴也不沾唇,
喝与不喝,全看心情。
这时,我们的目光
开始了悄悄的谈心:
瞧!他身体多棒啊,
像海神!
面色又这么红润,

像童婴!
你并不曾发觉这种不礼貌的无声的窃窃私语,
你照旧十分高兴。
于是,
话题转向了介绍家庭——
儿子马上农大毕业,
女儿已经抱了外孙;
本人现年五十二岁,
轻轻松松,种地十公顷。

这时,女主人打开酒柜,
哟!亮出了多少玻璃瓶!
煞像动物园的飞禽:
有的腆着大肚子,
有的伸着长脖颈,
有的炫耀花纹,
有的莫测高深……
烈性酒,开胃酒,啤酒,果酒,
它们都在等着碰杯的命令,
一吐醉人的歌声!

……第二天,又是清晨,
米诺什给每个人捎来两穗玉米,
情重岂可论物轻!
我们明白,
这是庄户人对庄户人的信任,

友好的象征。
该怎样祝福你呢?
紧挨着巴尔干火药桶的
南斯拉夫大仓库!
我们希望,
一旦需要,
玉米棒也会变作手榴弹,
为了对付
掠夺者的入侵!

在德拉戈米尔同志家宴上想的心事

亲爱的德拉戈米尔同志,
你访问过中国,了解东方的习惯,
我们那儿虽说也是新社会,
可还残留着一些陈腐的标签,
比方说,人的价值
就往往决定于官衔。
作家协会秘书长,不大不小,
带一个"长"字也够体面,
可你却一直亲自开着小车
随着我们东跑西颠,
一路之上,无所不谈,
谈文学,谈友谊,谈历史,也谈明天,
仿佛我们过去就是老相识,
仿佛我们将来也能常相见;
感情真是一种奇怪的东西!
它不像公路,它没有终点。
然而,一觉醒来,
你失踪了,换了另一位接待员。……

直到离别的前夕,
你又如同魔法师般再度出现——
一手抚胸,笑脸微偏,

以标准的中世纪礼节,
邀请代表团赴家宴。
我悄悄把你拉过一边:
这两天干吗去了?
教人好生想念!
你淡然一笑:绝密! 不得外传!
参加定期的军事训练。

你端庄的妻子和朴实的儿子
轮番端上来大大小小的杯、盘、碗、盏,
开胃酒、汤、菜、面包和盐,
还有撒满椰丝的伏伊伏丁那美味糕点。
我,眼花缭乱,
一任刀、叉、银匙漫无目标地盘桓;
我的心,此刻正固执地围着一件事打转:
全民防卫制度该有多么好啊,
培养了崭新的全面的勇敢!
所以,你,德拉戈米尔同志,
拿笔的人拿起了枪杆,
竟也如此平淡、自然!

朗 诵 晚 会

通过麦克风汩汩涌淌的
是撒哈拉沙漠中的甘泉,
你的明净甜美的诗句
教人记起了抚慰牧场的春雨的温暖;
还有你,伊斯坦布尔祈祷者语言,
仿佛在念一段新的天方夜谭,
又仿佛揭开了,古兰经的发黄的经卷,
那样虔诚,那样迂缓;
接下来是斯坎底那维亚的雪地冰天,
针叶林,海岬,北极光照亮的夜晚;
一霎时又迸射出安哥拉的阳光,
赤道的炎热,敲击战鼓的双手布满血斑……
完整地保存着肖邦的心的是波兰,
罗马尼亚是欢乐的云雀,韵味有如橄榄;
采撷着一朵又一朵民族之花的主人,
编结了不会凋落的山地花环;
我们,却留下一片中国的思念,
献给铁托——永远的游击队员。

邂 逅

主人约我们相见,
选择了一爿地下小酒店。

我们的黄色的大脸,
我们的距离很宽的蒙古利亚型的双眼,
还有我们的语言,
全都是活广告,
牵引着全体顾客的视线。

一个陌生人
凑过来攀谈,
借火,
点烟,
自我介绍,
掏出来名片,
——按照中国的习惯观念,
他,是本地的"文化官员"。

主人立刻让座欢迎,
我们也表示欣然。

岂料来的却是一名炮手,

谁知道他挟着多少发善意的炮弹?!
一针见血,
开门见山:
"你们那个'文化大革命',
实在教我感到不安;
难道十亿人——
就没有一个不迷乱?"

坦率,
真诚,
勇敢。

三言两语说不清,
怎么办?
"顾左右而言他"吧,
我们想起了古人的手腕。
而因为羞耻,
血涌上了我们的脸。
(老天可怜!
幸亏灯光黯淡,
什么也瞧不见!)

可我的心在争辩:
亲爱的同志,你的问题
当然有答案!
我们,每个人都可以告诉你一万个故事,

复杂而简单,
荒唐而又辛酸。
可惜,
这儿不是讲故事的地点。
这属于全部日程之外的邂逅,
真像一滴水
偶然落进了油锅里边,
油花四溅!
我们感情的衣衫,
留下了
它的洗不掉的印瘢!
我明白了:
只要自己做错了事,
就无权阻止世界的批判!

在高速公路上

我们的车子像夜鸟投宿,
沿着高速公路向前飞扑;
这是一条美丽的项链,
串联着上百颗珍珠——
既有欧洲大陆任何一国的首都,
也包括其他繁华的商埠。

两边有多么茂密的林木!
映掩着数不清的精致别墅,
白的雪白,红的火红,
酒一般芬芳,果实一般成熟;
色彩鲜艳的加油站、咖啡馆和休息亭,
花瓣似的撒满沿途。

卡车、轿车、卧车,
备有起吊架和搅拌机的工程车,
长得吓人的集装箱运输车,
心事重重地各自奔忙,
它们的灯光是那样的专注
省却了一切礼节性的招呼。

高压线的铁塔无声地倾塌下去,

运矿石的高空索道能削掉头颅,
田地边上的铁丝网倏地圈拢过来,大概
错把人类认作了撒野的牲畜,
肥田用的粪堆自行爆炸星散了,
又是谁往车窗里抛进来成捆的玉蜀黍?

我们的车子像夜鸟投宿,
沿着高速公路向前飞扑;
一切都是幻觉造成的错误,
一切都宁静安谧得像幅画图,
但它永远只是充满有趣的虚惊,
但愿它永远不要变作坦克的砧俎!

多恼多瑙河

这就是你吗?

多瑙河!

金发公主的蓝色脉管!

梵婀玲上的蓝色恋歌!

斯特劳斯哪儿去了?

他的魔棍呢?

他的油彩呢?

为何不再来次即兴创作,

仿佛,不过是漫不经心的涂抹……

人们回答我:

斯特劳斯老了,

真的是老了,

不信你看——

满头鬈发

都变成了这望不到边的

忧郁的灰褐!

咕咚!

是谁翻过栏杆,跃入洪波,企求解脱?

众人面面相觑,不知所措,

可我心里明白:

这是我的被污染的扬子江的苦闷,
情不自禁地
去和她的姐妹会合。

回来吧,回来吧,
蓝色的没有烦恼的多瑙河!

诺维萨特古堡

主人将我们一步步引入迷宫,
一霎眼他自己故意失了影踪,
待我们顺着暗廊摸索前进,
忽而他又出现在行列之中。
难道是从地缝里钻出来的吗?
嗨,这个白了头发的顽童!
我们大笑,欣赏他的善意的摆弄
他也大笑,像一口摇摆的洪钟。

黑暗中让我们攀登陡峭坡道,
仰角四十度,当年牵引过炮声隆隆;
然后又公开了几个世纪的军事秘密——
那一处处外出求援的曲折的洞;
再指点一口被栅栏包围住的深井,
据说它和滔滔的多瑙河泉脉相通;
透过那锥形的密集的枪眼,
能感到旷野树枝上跳跃的阳光和微风。

啊,威严的城堡,地下的穹窿,
今天我周身沐浴着你的光荣!
虽然我已置身于数万名起义者的队伍,
抵抗着异族侵略者野蛮的进攻;

想必我也和我的战友同样消瘦,
无论活着死去,都脸色苍白两眼通红!
当一个塞尔维亚人是值得自豪的,
唯有他才是自己命运的主人翁!

啊,玄奥的结构,烜赫的战功!
你是一部形象的编年史,壮烈生动!
当我看到今天的南斯拉夫武装力量,
我也必然联想起他们祖先的传统!
全民防御的概念原来诞生于古堡,
诞生于奴隶们的血脉和心胸!
如果这一个民族就像这一座城堡,
它将是打不破的,无论敌人来自南北西东!

雨天游克鲁舍瓦茨

你,塞尔维亚的故都——

克鲁舍瓦茨,

秋风秋雨中,

我看见了

你潇洒的清姿:

这满天飘忽着的

都是你的流盼、飞吻

和亮晶晶的发丝……

光滑的石头街道

镶着、嵌着、砌着古典主义的情思,

而高速公路紧搂住你的腰肢,

又表现了新生活的冲动

和现代婚姻的最狂热的意志。

是的,在这个变革的世界上,我发现,

不论西方、东方,

都有越来越多的

粗鲁得可爱的小伙子!

显然,你生产的葡萄酒,

简直把风都灌醉了,

以至于它不知道

该往什么方向奔驰；
你的有着紫葡萄似的眼珠子的女诗人,
偏偏又喜欢使用黑纸,
在黑纸上
她写下些牛奶般洁白的文字；
人们还对我说,
你的七万居民
竟拥有二十四座图书室！
想必他们都是榨酒的能手吧,
像榨葡萄酒一样榨取知识！
啊,克鲁舍瓦茨,
有教养的城市！

进了古老的礼拜堂了,
十字架和避雷针都淋得精湿,
连钟声也是湿漉漉的呢,
仿佛一只什么鸟儿,
在拍着它那拍不动的垂翅。
兜售圣像的摊子,
教我无端记起了
到处叫卖香袋的
越热闹才越寂寞的
灵隐寺。

再往郊外走,眼前是
反抗土耳其苏丹的城堡,

它早已在废墟中光荣战死；
然而别担心，
如今活着的南斯拉夫人，
哪一个不是兵士?!

我将牢记这一场温暖的秋风秋雨，
我将牢记这个十月二十日，
我将牢记你送给我的雨天的诗，
克鲁舍瓦茨。

安德里奇故居

伊万·安德里奇,大作家,第一任全南作协主席,1975年3月去世。生前曾来华访问。所著《德里纳河上的桥》获诺贝尔奖金。

书籍,就是你的故居,
零乱中见整齐。
一张写字台,
一把圈椅,
一支笔,
一瓶墨水,
单调,与丰满成正比,
朴素,是真正的华丽。

我,跟在三百多名少先队员后面进去,
年轻了五十岁。

年轻了五十岁!
好不欢喜!
我也展开赤子般纯洁的心,
边看边做笔记;
第一行,
我就抄下了你的警句:

最幸福的是工作日!
当你的工作
于旁人有益。

可是,法西斯占领时期,
你却怠工到底——
你把每一个标点,
都裹得严严实实,
步儿寂寂,
心儿寂寂。
但你并未中断劳动,
但你深知出土文物的价值——
有所而为,
有所不为,
这正是作家的脾气!

美 人 国

欧罗巴和亚细亚的十字街口,
有一个巨大的橱窗,照人眼明,
从城市到乡村,
到处都展览着漂亮的体型;
简直连上帝都要嫉妒呢,
尘世上,怎么会有这一等美人!

男子有丛莽般威严的须鬐,
躯干凝聚着山岳的雄浑,
女子有柳丝般婀娜的腰肢,
通体闪烁着波浪的倩影,
同时,又都有会说话的眼睛,
那些蓝的、绿的、黄的、黑的活水晶……
纵然是七十、八十的老者,
一旦能将岁月的重荷减轻,
一旦能将生活的犁沟烫平,
霎时间,(你信不信?)
准能苏醒充满魅力的青春。
不待说,孩子们就更加可爱了,
面色红润,骨架匀称,
一个个全教你吃惊:
怎么,莫非自动就接受了

舞蹈、体育和军事学校的培训？！

我歌唱过大地和海洋，
我歌唱过雷电和风云，
我甚至歌唱过一棵树、一朵花，
从它的身上，我孜孜不倦地发掘
令人心醉的自然美的点滴属性。
如今来到了美人国，
我像矿工一下子碰见了黄金，
在一切的美当中，唯有
人体美具备最高贵的神韵！
我决定歌唱人体美了，
我宣布，从此我将服膺
古希腊圣哲的美学理论。

可惜美的素质
偏偏像陶瓷或者玻璃器皿，
太容易破损；
何况，在什么黑暗的角落
正窝藏着肩扛死亡之镰的丑恶的战神！
还有各式各样的亵渎，
同样是犯罪的硝镪水，
同样是不可容忍！
不过，我在这儿认识了许许多多同志以后，
我感到欣慰和荣幸，
他们两只手都不曾闲着，

既忙于保卫和平,
又忙于铸造灵魂,
我要向这些同志敬礼——
你们,是美人国里最美的人们!

老人和鸽子

一

在太阳温暖的后半晌,
在铺满落叶的地方,
每一条长凳上
都并排坐着悠闲的老人和悠闲的时光。

他们掏出家制的面包,
慢条斯理地掰着、揉着,
脚底下围着的一群鸽子,
怡然自得地叫着、啄着。

问问老人他在想些什么吧,
在想变一只自由自在的鸽子吗?
问问鸽子它在想些什么吧,
在想变一个无忧无虑的老人吗?

二

鸽子不惊,惊飞了的是我的心,
我的心飞回了万里外的北京;
那儿,也有无数爱鸟的老人,
在公园里打发光阴。

东方和西方是多么的不相同啊，
享受安逸，也有各自的标准；
一个追求精致的鸟笼，
一个追求动情的歌音。

出国旅行吧，敬爱的前辈们，
摸一摸同龄者的别一种胸襟；
反正我是主意早已打定，
至死，也绝不出卖年轻的灵魂。

听茨冈人唱歌

今夜晚,我们公推你为王,
统治这座城堡,这个饭店,
这十几副多愁善感的心肠……
你弹得一手好吉他,
飘忽中夹杂忧伤,
低回中隐藏激昂,
颤抖着的是蘸过酒的胡子,
还有那温文尔雅的歌唱。

关于爱情,这该死的爱情,
一会儿充满阳光,
一会儿完全绝望;
关于故乡,那可爱的故乡,
假如茨冈人都有一段乡愁,
那肯定比任何人更其沉重悠长!
最是四十年前的谣曲
一声声,一槌槌压人泪囊!

那一夜来了四辆军车,
那一夜来了军车四辆,
顶着胸膛的是三棱枪刺,
三棱枪刺顶着了胸膛;

勒令男女老幼全部集中,
集中到名叫集中营的地方……
弗里茨先生①,请你听我讲,
弗里茨先生,求你事一桩——
让我亲亲孩子吧,趁这灯还亮,
可是孩子不见了,眼黑心冰凉;
让我告别老娘吧,祝愿她健康;
岂料她竟咽了气,身子直且僵;
那么吻吻灯儿吧,哪怕它发烫,
弗里茨却赶上来,对灯开一枪!

啊,多少诗人耗费过多少纸张,
啊,多少纸张描绘过多少茨冈,
拉家带口,浪荡四方,
上帝般善良,恶魔般疯狂!
喝醉了就睡他三天三夜,
醒过来再通宵闹闹嚷嚷,
跳舞时简直像旋风一样,
喘喘气又替人看开了手相,
忘不了牵走一匹别人的马,
转卖给山那边的无名村庄……

这一切当然都成了以往,
我面前站的是新的茨冈;

---

① 弗里茨,德国人常用的名字。

法西斯教会他选择祖国,

没有祖国灯也没有保障。

啊,朋友,请你签名在这记事册上,

曲曲弯弯,记住多瑙河动情的波浪;

我虽不会弹吉他,但我有无弦琴,

字字句句,将日夜共鸣在心之音箱!

看话剧《岔路口》

在我们那儿,
也有这样的父与子,
培育着同一枚果实,
果实成熟了,
却长满了芒刺。

在我们那儿,
也有这样的父与子,
灌溉着同一枚果实,
果实能吃了,
却充满了苦汁。

翻译同志,
你不必解释,
我完全明白它的意思。
这不是在做戏,
这是生活在表现它的固执。

令人纳闷的是,
两国相距万里,
情况大有差池,
怎么

会有一模一样的家务事!
台上台下的人,
都在沉思。

国际书展印象

　　我参观了气派堂皇、色彩斑斓的苏、美、英、日展览馆。在中国馆只坐了不到五分钟。

一爿书肆,
就是一个世界。

各种肤色的墨水,
泼成了汪洋大海。

呵!所有的波浪都是笔立的,
扑面来,一声声汹涌澎湃!

终于我觉着寂寞了,
百无聊赖,视网膜铺满青苔。

古井岂是我的港湾?
水手不喜欢哑默的岸崖。

我承认,不挥手告别,
正是一种激烈的爱。

一 张 菜 单

一张菜单
把我带回北京饭店,
一张菜单
又把我送到了天府四川。
这充满诱惑的无声的语言,
撩起了
万里家国的思念。
红的柱子,绿的廊檐,
宫灯上的金穗些微发颤,
那是我的心,吊在天边;
在竹帘、漆器、画屏与景泰蓝之间
流动着幽香的薄暗。
桌上摆的是轻巧的天竺筷子,
还有精美的景德镇瓷杯、瓷碗、瓷盘。
所有的男女服务人员
清一色汉人打扮——
密匝匝的那么多布扣襻儿,
箍出了百分之百的
东方式的饱满与精悍……
啊,这迷人的氛围
装饰了一个袖珍本的中国,
尽管明明知道

它是南斯拉夫版。

多么可爱的餐巾！
方块字竟印了个满！
像一群故乡淘气的顽童
格格地笑着
径直搂住脖子扑到了胸前。

一张简单的菜单，
怎么隐藏了
如此惊人的魔幻？

干　杯
——1982 年 10 月 24 日纪实

我们穿过米海依洛夫大街,
满街的行人都朝我们注视,
满街的行人都摇着大姆指:
李——宁! 童——非!
什么? 难道我们改了名字?
这些贝尔格莱德人,
真有意思!

在惶惑中,终于来到了,
郊外的一所老式的房子,
天色灰蒙蒙的、秋风
舞弄着它的雨舌,温软而润湿
像小猫抱住大骨头那样
贪婪地、津津有味地舔着
快要落叶的树枝……
景色尽管有几分萧索,
却不能丝毫削减同胞聚会的兴致。
两位中国女主人奔出来了,
仿佛是他乡遇故知,
她们指着鼻子点数:
全到了吗? 一、二、三、四……

太好了，先请坐，喝茶，
至于饺子，等电视完了再吃，
啪嗒！荧光屏上
出现了热情澎湃的萨格勒布市。
在那儿，正举行男子体操单项比赛，
哦，我们恍然大悟了，
显然，这两个带卷舌音的中国名字，
几天来，已经磨练过南斯拉夫的
上腭、下腭、嘴唇和牙齿。

热血沸腾的《义勇军进行曲》
接连奏了六次！
同时升起过
六面五星闪烁的旗帜！
主客正好六位，
多么公平的分配！
多么美好的一日！
于是，我们欢呼，举杯，
互致内容相同的祝酒辞：
干杯！为了振兴中华！
为了好样儿的李宁同志和童非同志！

心　　约

有缘千里来相见,
很快,相见,
又化作了相思一段;
朋友,下一次握手
在哪一天?

山脉,恶意地横亘在中间,
海洋,阴险地蜷伏在脚边,
还有森林,扎痛了彼此的泪眼;
朋友,下一次握手
在哪一天?

请你记住,中国有位神仙,
名叫孙悟空,他,正是我的思念。
朋友,一个筋斗十万八千里,
我梦中有风筝,
你心中画一道地平线……

九千公尺高空看日出

掀开沉重黝黑的帐幔,
我,像长着翅膀的小天使
扑向睡过五十五年的摇篮。

我是这样困倦,
眼皮子里灌了铅;
我是这样兴奋,
从十二点守到子夜三点。
我现在到哪儿了?
下面该是亚细亚吧?
舷窗外边,模模糊糊的
粘着一层黄色的质感。
忽然,前面有座玫瑰园
没有围墙,没有栅栏,
可怎么也进不去的玫瑰园。

玫瑰花越开越纷繁,
转眼又变成紫罗兰,
转眼又变成金盏菊,
到处是彩色的羽毛,
到处是彩色的花瓣。

变薄了,

变淡了,

变成了鸭蛋青似的透明玻璃板……

落在西方的几个带电的云团,

不断地打闪,

劈劈啪啪,

好像刚才是它们放焰火,

天堂里在举行什么庆典!

你好啊,太阳!

太阳终于堂堂正正地升上了东天,

他正在向着我飞来呢,

我想,也许他带有祖国的信件;

好吧,就在这九千公尺的高空,

将这位外交信使接见……

然而,就是这一瞬间,

我像中了魔法一般闭上了双眼;

等我醒来,

卡拉奇的朝露已像初生婴儿泪珠似的鲜甜。

我想起了什么,

忙把所有的衣兜翻了个遍,

遗憾!

哪有半张便笺!

于是我只好在停机坪上记下这首诗,

不用笔写,而靠默念。

　　　　　　以上各首写于1982年10月—11月
　　　　　诺维萨特—贝尔格莱德—北京—合肥

寄诗人戴姗卡·马克西莫维奇

告诉你,我做了一个白昼梦,
没有隐喻,没有暗示,
用不着翻详梦书,
也不必找茨冈人占卜、解释;
清清楚楚的,你从飞机的舷梯上下来,
踏着老妇人的细碎的步子,
一直走向我的书桌,
笑着,读我写给你的这首诗。

不去北京一次,
人活一辈子,
有什么意思!
在无神论者心上,
找不到
耶路撒冷的位置;
太阳升起的地方
意味着——
中国的乡村和城市。

老母亲硬朗着哩!
(尽管已经八十四!)
我确信,这将成为事实,

或早,或迟。

1982年11月 合肥

美丽的孤岛
——为双月刊《紫禁城》而作

尽管也曾思绪缕缕,叹息声声,
我们,终于把握了自己的命运。
在你面前不但不必匍匐,
而且可以站着发表评论。

如今我们十亿人,
个个能闯紫禁城,
都有权检点,阳光下曝晒的
末代皇帝的赃证。

假如倒退七十年光阴,
它,却只能属于某一个"朕",
不管那家伙是白痴,
是淫棍,或者是暴君。

中国曾建立过多少个朝廷?
有的忒短命,
有的竟又数百载吞吐风云,
直到最后上吊,跳海,坠井……

但他们都有各式各样的紫禁城;

加上中途迁都的(多半是由于胆小的原因),
再伐木,再烧砖,再夯土,再架檩,
天下役伕们将裤带紧了再紧。

然后,是山呼万岁,
然后,是大宴群臣,
然后,或迟或早一把火,
将一切烧成灰,扬作尘……

一部二十四史,
岂不是就这样在灰尘中打滚?
当然,筑起回音壁也绝非徒劳,
否则,怎么解释袁世凯、张勋和江青!

啊,紫禁城! 紫禁城!
好一座美丽的孤岛!
主宰海洋的毕竟是水呀,
是水下复杂而又单纯的感情!

1982 年 11 月 12 日　合肥

凤　阳

> 从来就没有什么救世主
> 也不靠神仙和皇帝,
> 要创造人类的幸福,
> 全靠我们自己!
>
> ——《国际歌》

一

凤阳,
人们听惯了,听惯了你
拖着哭腔的歌唱,
凤阳,
人们见惯了,见惯了你
拖着尘土的流浪;
洪水泡过你九十九遍,
旱火烧过你九十九场,
还遭过九十九群飞蝗
像九十九团黑云铺天盖地而降……

不错,中国只有一个凤阳,
然而,世上遍地都有凤阳,
凤阳,

怀抱花鼓的东方吉卜赛哟,
人们忘不了
你拖着影子
踽踽闹市的凄凉!

丢下吧,丢下吧,凤阳!
把荆棘衰草里的圮败皇城丢在家乡,
把西风残照中的石人石马丢在家乡,
把金粉剥落尽的龙兴古刹丢在家乡,
(请相信,绝不会再出坐天下的和尚!)
丢下吧,丢下吧,凤阳!
这一切本来就不属于你呀,
它们属于,仅仅属于
那形形色色的朱元璋!

二

可是,淮河必须带走,
带走,无论你浪迹何方,
带走,藏她在好梦里,
带走,藏她在你心房,
带走,藏她在乡音中,
带走,藏她在你泪囊;
年复一年,尽管她被逼无奈中魔发狂,
将这片赤裸裸的不毛之地反复扫荡,
我知道,你并不忌恨她啊,
天涯海角,全世界的证词都将一样;

你总是一步三回首呀,凤阳!

你呼唤,你张望,

你留恋,你惆怅:

淮河呀,俺的可怜的亲娘!

三

经年劫磨后,

人马皆彷徨,

窄窄一道水沟

竟好似太平洋,

小小一个土丘

也俨然万仞岗;

胆小鬼在啜嚅:

人穷志短,

浪荡汉在嘟囔:

马瘦毛长,

不!这岂是你的脾性!

不!这绝非你的腑脏!

置诸死地而后生啊,

穷则思变,

变,从来都是孕育奇迹的温床!

梧桐诚然烧焦了,

灰烬中却爆出金凤凰!

待到山重水复处,

请君拭目看凤阳!

四

给一切垂危者以续命汤！
给全体地之子以演武场！
让乞丐们的眼神恢复尊严的本相！
让人格、人性、人道
不再囚禁在哲学家的课堂！

记住这一天，天刚蒙蒙亮，
"大包干"呱呱坠地了，
命运注定了它
投胎于穷乡僻壤的穷乡僻壤，
（我要强调，它既非什么试管婴儿，
更不是一次强奸结下的孽障！）
是的，它一度隐姓埋名，
为的是大步登台，掀帘亮相，
何必要盘问它的生身父母？
谁曾见大晴天查访太阳？
假如一定要登记户口，那么，
双亲——径直写下人民，
籍贯——不妨填上凤阳，
在"政治表现"的栏目里
还可以来一点儿艺术夸张：
它贡献了多少亿吨重的粮油，
就颁发了多少亿吨重的勋章！

五

责任制——这个崭新的语汇,

正在革命大辞典上大叫大嚷。

何谓责任？此话怎讲？

似乎该借用诗的形象：

它是一串红艳艳的炮仗花啊,

朴实耐看,火爆兴旺,

写在合同上,

刻在心版上,

挂在牛犄角上,

拴在马尾巴上,

描在数不清的锄头把上,

画在很稀罕的康拜因上,

责任！责任！责任！

社会主义干了三十年,

甜、酸、苦、辣样样尝；

如今可是头一回啊,

俺手执法律的权杖！

责任！责任！责任！

你不是任人玩耍的纸鸢,

能轻飘飘地随风悠荡,

你是担子！你是重量！

你——依赖我们大家的肩膀！

农业的根本出路在于责任制！

唯大勇者发此呐喊，
唯大智者作此默想，
谁敢说离经叛道？
宣布这一伟大结论的
是勇于实践善于实践的党中央！

六

昨日的讨饭篮
换得了
今天的光荣榜，
每一颗泪蛋蛋
都要用
万斤粮来报偿。

于是，我看见了春笋般拔地而起的青砖红瓦房，
我看见了光棍村忽然间一窝蜂地抢购喜糖，
我看见了母鸡趴在囤尖上悠然自得地下蛋，
我看见了莲藕鱼虾鹅鸭挤得打开了水仗，
我看见了四处放牧着黄的牛，黑的猪，白的羊，
我看见了凑热闹的狗儿在集上来回奔忙，
我看见了未来的电影院吸收欢笑的高墙，
我看见了生日相近辈分不同的各种工厂，
我看见了终于淌开了活水的干渠，
我看见了到底挣脱了图纸的桥梁，
我看见了汗腺萎缩者重新热泉奔涌，
我看见了流惯大汗者说话腰粗气壮，

我看见了专业户主们风雨无阻熙来攘往，
有的为皮毛喂兔，有的爱珍珠挂蚌，
我看见了老农接过儿子的毕业证书仔细端详：
"怎么样？开拖拉机你可在行？"
我看见了少男少女摽着劲儿栽种树秧，
结果子还早呢，为何他们心花怒放？
我看见了上困难户家里扎根串连的不是工作队，
而是乡亲们无私的援手和鼓励的目光……
我也看见了科学剖开了陈腐的脑袋瓜，
我也看见了阳光抚爱着学校的玻璃窗，
我也看见了活泼的空气在肺叶中流畅，
我也看见了鲜红的血液在脉管中鼓荡，
我终于看见了劳动和土地真正得到了解放，
我终于看见了人不再给神叩头烧香……

当然，我并不想夸耀你筋强骨壮，
你实在还小，还有待发育成长，
我更不认为你已经十全十美，
但我相信你是路标，你是方向！
好年胜景刚开头，
脚下道路万里长！

凤阳凤阳，
丹凤朝阳，
朝阳朝旭阳，
旭阳非夕阳，

凤凰啊,你是中国特有的吉祥之鸟,
理当在中国的天空振翼翱翔!

桂林，你曾应许我满城桂花
——献给带领我夺回生命的医护同志们

那一天，你三更配给我一张病榻，
那一天，你五更应许我满城桂花，
天亮后打从我卧室向楼外望去，
馥郁的森林呵，长得密密匝匝！

"等你能重新学步，你定会闻到桂花。"
可是我着急了，很快就下床悄悄问话：
还要待何时你才揽镜梳妆，
将那无数枝金钗压住如云的鬓发？

记得你只是含颦凝眸，一笑作答，
仿佛只顾自己郁郁葱葱由春及夏，
可你蓬勃的生命是如此富有魔力，
对我伸出了多少柔指似的枝丫！

到如今我才觉得如梦方醒，
是你，在沉默中为我披上绿的铠甲；
要不何以连死神也落荒而逃，
反倒我变作了将军凯旋还家。

于是我今夜晚要给你写诗，

蘸着这溢出玉盘的皎皎月华；

但见月亮中有丹桂婆娑起舞，

哦，桂林，你什么也不欠我，包括桂花。

1982 年 12 月 30 日　合肥

这不是我梦中的漓江

这不是我梦中的漓江，
我的漓江远比这清亮；
李可染洗过的大小山头，
一个个如今在哪儿躲藏？

这不是我梦中的漓江，
我的漓江远比这芬芳；
木兰桨荡起的灿烂水花，
一朵朵是否都已经萎黄？

这不是我梦中的漓江，
我的漓江远比这安详；
有洁癖的鱼群倏忽遁去，
只剩下鸬鹚的烦躁目光。

这不是我梦中的漓江，
我的漓江直通向天堂；
天堂之路尚且堆砌污秽，
闹市人流怎不倾泻肮脏？！

1982 年 12 月 31 日　追记于合肥

芦 笛 岩

哪位粗心的飞仙，
遗落这一堆笛管？
玲珑剔透，
流韵天然。

缥缈的韶乐拨动心弦，
战栗的灵魂嗫默无言；
俗子因你而梦游，
众神因你而思凡。

1983 年元旦追记　合肥